Une famille pour Catrina

*

Sous les ordres du chirurgien

FIONA McARTHUR

Une famille pour Catrina

Traduction française de
MARCELLE COOPER

BLANCHE

HARLEQUIN

Collection : Blanche

Titre original :
HEALED BY THE MIDWIFE'S KISS

Ce roman a déjà été publié en 2018

HARPERCOLLINS FRANCE
83-85, boulevard Vincent-Auriol, 75646 PARIS CEDEX 13
Service Lectrices — Tél. : 01 45 82 47 47 - www.harlequin.fr
ISBN 978-2-2804-8957-7 — ISSN 0223-5056

Composé et édité par HarperCollins France.
Imprimé en avril 2023 par CPI Black Print (Barcelone)
en utilisant 100% d'électricité renouvelable.
Dépôt légal : mai 2023.

FSC
www.fsc.org
MIXTE
Papier issu de sources responsables
FSC® C159065

Pour limiter l'empreinte environnementale de ses livres, HarperCollins France s'engage à n'utiliser que du papier fabriqué à partir de bois provenant de forêts gérées durablement et de manière responsable.

Prologue

Jeudi. 6 heures du matin.
Maternité de Lighthouse Bay.

Sous les yeux angoissés des jeunes parents, Catrina Thomas frictionna le nouveau-né inerte à l'aide d'une serviette chaude. Au bout de longues secondes, le bébé agita ses membres violacés et, étrennant ses poumons, se mit à hurler avec force tandis que sa peau virait au rose.

— Vous pouvez le prendre, Craig, dit-elle en encourageant le papa à soulever son fils.

Avec d'infinies précautions, Craig déposa le nouveau-né sur la poitrine nue de sa femme, qui, un petit rire triomphal aux lèvres, serra le bébé contre son sein, englobant les mains de son mari dans cette tendre étreinte.

C'était le moment-clé, celui qui rappelait à Catrina pourquoi elle avait choisi le métier de sage-femme et pourquoi elle continuerait à l'exercer jusqu'au bout. Malgré les regrets que ce spectacle ravivait en elle, elle éprouvait chaque fois une joie intense qui parvenait à effacer l'espace d'un instant le souvenir de ses rêves perdus.

Une heure plus tard, elle embrassa chaleureusement Ellie, sa chef de service, en dépit du gros ventre de celle-ci, qui limitait quelque peu les effusions.

— Tu vas me manquer. Je n'arrive pas à croire que c'est ton dernier jour… Et que, à cette même heure après-demain, j'aurai terminé ma dernière garde de nuit.

— Moi aussi, j'ai du mal à m'y faire. Mais je pars tranquille, sachant que le service est entre de bonnes mains, répondit Ellie en lui adressant un sourire radieux.

La future maman rayonnait de bonheur. En un an de mariage, elle s'était épanouie sur tous les plans, et pas seulement au niveau du tour de taille…

Catrina lui rendit son sourire.

Elle enviait son amie qui possédait tout ce qu'elle désirait : une famille et une vie en dehors du travail.

Raison de plus pour changer de cap et tourner la page, se dit-elle en attrapant son sac. À défaut d'avoir un jour sa propre famille, elle aussi pourrait mener une vie intéressante. Lorsqu'elle aurait remplacé Ellie à la tête de l'équipe des sages-femmes, elle était bien décidée à profiter de la lumière du jour et de ses soirées pour sortir avec des hommes soigneusement choisis parmi ceux — et ils étaient nombreux — qui lui faisaient des avances. Envolée, l'excuse du travail de nuit, et c'était tant mieux ! Cela faisait deux ans qu'elle se cachait. Le moment était venu de rassembler son courage et d'aller de l'avant.

— Profite bien de ta dernière journée, à demain, lança-t-elle à son amie avant de s'éloigner dans le couloir.

Le lendemain avait lieu le déjeuner offert pour le départ en congé maternité d'Ellie.

Relevant le col de sa veste, elle sortit dans la fraîcheur du matin.

Au sortir de l'été austral, les frondaisons commençaient à se teinter de rouge et d'or. On entrait dans sa saison préférée.

La brise qui lui piquait les joues annonçait de la pluie, ce qui la réconciliait un peu avec la perspective de passer une partie de la journée au lit. Elle dormait mieux après une promenade, même courte, sur le remblai qui surplombait la plage. Surtout après une naissance.

Elle prit le chemin de la plage, s'efforçant de ne pas penser à la jeune maman qu'elle avait laissée en train de câliner un bébé tout rose en salle d'accouchement. Le visage offert au crachin, elle s'emplit les poumons d'air iodé.

L'étendue de sable formait un croissant qui s'étirait jusqu'à la digue. À mesure que le soleil montait dans le ciel, la mer se parait de reflets saphir virant au marine à l'horizon.

Laissant ses pieds s'enfoncer dans le sable vierge de toute empreinte, elle s'abîma dans la contemplation du paysage.

Pour un œil non averti, il paraissait toujours le même, mais il changeait au gré de l'affaissement des dunes grignotées par la mer. Tels des phoques taillés dans le granite, des rochers émergeaient de l'écume des vagues, sentinelles indifférentes à l'érosion qui attaquait chaque jour un peu plus la baie.

Que n'était-elle comme ces rochers que rien n'atteignait...

Dans une tentative dérisoire pour se protéger, elle avait passé ces dernières années à résister au courant, mais il allait falloir céder à la force de la marée — de la vie — et voir ce que cela lui apporterait.

Il y avait un autre promeneur — l'homme brun et athlétique qu'elle croisait chaque matin depuis quatre semaines. Comme d'habitude, il portait son bébé dans un harnais sur le dos et marchait d'un pas vif le long de la grève.

Il portait un ciré, et le bébé — une petite fille, semblait-il — arborait un pimpant bonnet rouge orné de pompons. Aujourd'hui, le papa en avait un aussi, sans pompon, et ils étaient tous deux emmitouflés dans des écharpes.

Un frisson la parcourut.

Autour de son propre cou, une écharpe n'aurait pas été du luxe, d'autant que la fatigue accentuait la sensation de froid.

Après deux lugubres années de gardes de nuit, ça lui ferait du bien de travailler de jour. Jusque-là, par lâcheté, elle avait préféré tomber d'épuisement dans son lit à l'aube plutôt que d'affronter la solitude durant ces heures entre chien et loup où tout prend des proportions terrifiantes.

L'homme et l'enfant ne se trouvaient plus qu'à quelques

mètres. Âgée d'environ un an, la fillette agitait gaiement ses petits poings. Le papa lui parlait en souriant, mais le sourire n'atteignait pas ses yeux, où se lisait une infinie tristesse.

Ah non ! Elle n'avait pas besoin de croiser la route d'un autre désespéré.

Elle avait interrogé des commerçants de Lighthouse Bay à propos de cet homme. Pour une fois, personne ne savait rien sur lui.

— Bonjour, dit-elle en arrivant à leur hauteur.

Elle agita la main en direction de la fillette qui lui répondit par un adorable sourire dévoilant quelques dents de lait.

— Bonjour, dit l'homme, hochement de tête à l'appui.

Au moins, il lui avait dit bonjour aujourd'hui !

Elle ne lui en voulait pas de garder ses distances. Quelques semaines auparavant, elle était comme lui. Mais, désormais, tout allait changer.

1.

Finn Foley grimaça un sourire à l'adresse de la promeneuse.

Comme à l'accoutumée, celle-ci portait sous sa veste la tenue rose des sages-femmes de l'hôpital. Une profession qu'il évitait désormais comme la peste.

C'était une sage-femme qui lui avait annoncé que son épouse s'était enfuie de la maternité en les laissant, lui et leur bébé d'un jour. Tout en lui apprenant que son monde s'écroulait, elle s'était approchée en le fixant d'un regard soupçonneux, presque hostile, comme si ç'avait été sa faute.

Rien à voir avec cette jeune femme aux cheveux brun-roux que les feux du soleil levant doraient amoureusement. Voici quatre semaines qu'il la croisait sur la plage, et il avait appris à apprécier son doux visage et le regard empli de compassion qu'elle lui lançait à chacune de leurs rencontres. Un regard dénué de tout jugement qui réchauffait l'âme, un peu à la manière de ce rayon de lumière en provenance du phare qui s'insinuait dans les recoins de son cottage par quelque bizarre phénomène de réfraction.

Elle lui adressait d'ordinaire un sourire, comme maintenant, et parfois un bonjour. Dieu merci, cela n'allait jamais plus loin.

Piper gazouilla, et il inclina la tête en arrière pour saisir ses paroles.

— Tu as dit quelque chose, ma puce ?

— Man-man-man-man.

Un étau invisible lui enserra la poitrine. Le poids de la culpabilité de n'avoir jamais retrouvé la maman en question.

Il ferma les yeux pour tenter de se ressaisir.

— Essaie de dire papa. Papa, papa, papa, papa…

— Pa-pa-pa-pa-pa-pa, répéta docilement Piper.

Un autre rayon de soleil s'infiltra dans les ténèbres de son existence.

— C'est bien, ma chérie.

C'était la raison pour laquelle il s'était installé à Lighthouse Bay : pour retrouver la lumière. Pour Piper.

Cela semblait marcher. L'océan, le sable, les falaises, ainsi que le sourire amical des quelques personnes qu'il croisait — comme cette jeune femme — exerçaient un effet apaisant sur ses nerfs et lui redonnaient un peu confiance en l'avenir.

De toute façon, il n'avait guère le choix. Il fallait qu'il aille de l'avant pour Piper. Fillette gaie et rieuse, celle-ci était son petit rayon de soleil et sa planche de salut. Sans toutes ces choses qu'il fallait faire pour s'occuper de ce bout de chou, il aurait peut-être sombré dans la démence.

Deux mois auparavant, Frances, sa sœur, lui avait dit que Piper se refermait un peu sur elle-même et qu'elle ne semblait pas s'épanouir à la crèche municipale à laquelle il la confiait durant ses heures de travail.

La remarque lui avait ouvert les yeux. Il est vrai que Piper pleurait lorsqu'il la déposait à la crèche. Elle s'agrippait à lui, hurlait. En revanche, elle était étrangement silencieuse quand il la récupérait une dizaine d'heures plus tard.

Comment avait-il pu ne pas s'en rendre compte avant ? Sa fille ne supportait pas d'être séparée de lui !

Écoutant les conseils de sa sœur, il avait décidé de quitter le cabinet de pédiatrie où il travaillait en pilotage automatique depuis un an et de trouver refuge dans un endroit vierge de tout souvenir. Justement, Frances connaissait le lieu idéal : l'une de ses amies en proie à des accès de déprime y avait séjourné récemment et lui avait vanté les vertus thérapeutiques de Lighthouse Bay.

Rien ne le retenait en ville, surtout pas sa grande maison vide où les murs lui renvoyaient un écho accusateur. Il avait donc fait ses valises pour Lighthouse Bay dans l'intention d'y passer quelques semaines afin de consacrer tout son temps à Piper.

Dès son arrivée, il avait su qu'il avait pris la bonne décision. La mer, les vagues, et cette lumière si particulière qui sculptait les falaises avaient agi comme un baume sur son esprit et lui avaient permis d'entrevoir une lueur au bout du tunnel. Ici, il pourrait recouvrer la paix et tenter de se reconstruire.

En attendant de se trouver un logement, il était descendu dans une grande ferme transformée en chambres d'hôtes. Mais les familles nombreuses bruyantes qui y logeaient, ainsi que les couples d'amoureux en goguette, l'avaient rapidement lassé des repas pris en commun. Au bout de quelques jours, il avait donc loué un cottage surplombant la plage afin de retrouver un peu d'intimité, mais il avait vite recommencé à déprimer dans cette maisonnette à la déco impersonnelle.

Par un heureux hasard, le cottage voisin avait alors été mis en vente. « Travaux à prévoir », avertissait la pancarte de l'agence.

Il était tout sauf bricoleur. En fait, il avait deux mains gauches. Ce qui ne l'avait pas empêché de visiter la propriété en compagnie de Piper. « Ça te plaît ? », avait-il demandé à sa fille, qui avait répondu par un grand sourire et un « ba-ba-ba » enthousiaste. Il n'en avait pas fallu davantage pour qu'il signe le compromis de vente. Voyant qu'il payait comptant, l'agent immobilier lui avait permis d'emménager avant même la signature de l'acte de vente.

Ce cottage lui servirait de maison de vacances… Ou de maison tout court, s'il décidait de ne pas retourner à son ancienne vie. C'était un virage à 180° pour un pédiatre citadin comme lui, mais sa survie en dépendait. Parent célibataire et mari raté, il n'avait rien à perdre à repartir de zéro.

Bien obligé, il s'était improvisé peintre pour rafraîchir les lieux, notamment la pièce principale qu'il voulait transformer en nursery et salle de jeux pour Piper.

La tâche avait été laborieuse. Les finitions laissaient à désirer, ainsi qu'en témoignaient les éclaboussures sur les plinthes et les parquets : une fois sèches, celles-ci s'étaient avérées indélébiles, résistant même au white-spirit. Prenant leçon de ses erreurs, il avait ensuite collé des bandes adhésives pour protéger les plinthes et étalé de vieilles couvertures au sol. Au bout d'une semaine d'efforts, il avait fait le tour du cottage avec, dans les bras, sa petite inspectrice des travaux finis qui avait semblé ravie du résultat.

Ce n'était pas parfait, loin de là, mais c'était la première chose positive qu'il entreprenait depuis le départ de Clancy.

Clancy était partie.

Après tous ces mois, il avait encore du mal à y croire. Au lendemain de l'accouchement, son épouse s'était enfuie. Avec un autre homme, selon les conclusions du détective qu'il avait engagé. Mais il avait été impossible de retrouver sa trace. Elle s'était littéralement volatilisée. En presque douze mois, il n'y avait eu aucun mouvement sur son compte bancaire, et sa carte de sécurité sociale n'avait été présentée à aucun guichet d'hôpital. En désespoir de cause, il avait eu recours à un spécialiste informatique pour retracer son adresse IP au cas où elle aurait travaillé quelque part. Hélas, là aussi, il avait fait chou blanc sur toute la ligne.

Frances, qui avait été à l'origine de sa rencontre avec Clancy, avait aussi de son côté entamé des recherches. Tout aussi infructueuses que les siennes.

À cause du mot que Clancy avait laissé aux sages-femmes, le commissaire de police avait estimé qu'il s'agissait d'une disparition volontaire, et on n'avait pas lancé d'avis de recherche. Finn en avait donc été réduit à engager le détective privé.

« Veille sur Piper. Elle est ta fille. N'essaie pas de me retrouver. Je ne reviendrai pas ».

Voilà ce que disait le mot.

Les commérages avaient dû aller bon train à l'hôpital parmi les sages-femmes.

« Pourquoi sa femme l'avait-elle quitté ? », « S'était-il montré violent envers elle ? », « Il fallait que ce soit grave pour qu'elle abandonne son bébé. »

Les personnes qui le connaissaient savaient qu'il n'en était rien. Même mariée, Clancy avait toujours revendiqué son indépendance. Elle avait sans doute préféré s'enfuir plutôt que d'assumer les contraintes de la maternité…

Sur le moment, il avait été incapable d'accepter cette thèse soutenue par ses proches. Il s'était enfermé dans le déni : elle allait revenir, forcément. Ce n'était pas possible autrement. Elle avait agi dans un moment d'égarement, ce ne serait pas la première fois qu'elle disparaîtrait pour plusieurs jours…

Sa plus grande crainte était que Clancy ne souffre d'une dépression postnatale qui la pousse à commettre l'irréparable. L'angoisse au cœur, il avait même contacté les morgues des environs.

Le pire était de ne pas savoir. Jour après jour, les questions s'étaient bousculées dans sa tête, même après que le détective lui avait apporté un début de piste : l'hypothèse de l'amant.

Mais quelle femme, même infidèle, s'enfuirait le lendemain de son accouchement en abandonnant son bébé ?

L'inquiétude associée à la fatigue de devoir s'occuper d'un nouveau-né lui avait ôté le sommeil, et son travail en avait pâti. Il s'était enfoncé dans la dépression comme dans des sables mouvants, sans être de force à lutter. Un jour, s'estimant incapable de faire son travail correctement, il avait préféré s'arrêter.

L'achat de ce cottage avait été sa première bonne décision en un an. Cette semaine de travaux lui avait enfin permis de se détendre, et même, à certains moments, de s'amuser. Debout dans son berceau, Piper l'avait encouragé en tapant des mains tandis qu'il s'essayait à des tâches dépassant ses compétences comme la plomberie, la menuiserie ou la pose de carreaux de ciment.

Ou la cuisine. Ou le ménage. Ou l'art d'être père…

Allons, il ne s'en sortait pas si mal.

Après un dernier coup d'œil à la mer, il rebroussa chemin vers la maison.

— La promenade est terminée pour ce matin, ma puce. Rentrons prendre le petit déjeuner. Puis, pendant que tu feras dodo, papa va poser ces carreaux dans la douche.

Il avait prévu des carreaux ornés de dauphins, d'étoiles de mer, de croissants de lune, de fleurs, afin que la douche soit un moment ludique pour Piper. Mais une baignoire, cela aurait été tout de même mieux pour un enfant de cet âge. L'actuelle baignoire était hors d'usage, son remplacement figurait sur la liste des travaux nécessitant l'intervention d'un professionnel.

Lors des bains que Piper prenait actuellement dans une bassine en plastique, elle adorait éclabousser tout ce qui se trouvait à sa portée, y compris lui. Il finissait trempé comme une soupe. Après le bain de sa petite princesse, il épongeait la mare à l'aide d'une serpillière, et il n'aurait voulu céder sa place pour rien au monde.

S'occuper de Piper l'aidait à ne pas sombrer dans la dépression. Il n'avait pas besoin du psychologue que Frances lui avait recommandé ni des médicaments prescrits par son beau-frère. Jusqu'à ce qu'il émerge enfin du trou dans lequel il s'était lui-même enterré, il resterait ici, à Lighthouse Bay, où personne ne le montrait du doigt ni ne le regardait avec pitié, et où aucun souvenir ne risquait de lui exploser à la figure.

Il commença à gravir le sentier menant au cottage et, en arrivant aux premières maisons, il vit devant lui la sage-femme croisée un peu plus tôt.

Accroupie au milieu du chemin, celle-ci était penchée sur quelque chose.

— Ça va ? dit-il en accélérant le pas.

Elle se tourna pour lever le regard vers lui, et il vit alors qu'elle tenait un oiseau contre sa poitrine.

— Elle s'est assommée en se cognant contre une vitre.

Le loriquet à tête bleue lui semblait mort, ses ailes vert vif repliées, immobiles, dans la main de l'inconnue. Mais les plumes rouges et jaunes de la poitrine frémirent, et il sut qu'il s'était trompé.

— Comment savez-vous qu'il s'agit d'une femelle ?

Question stupide s'il en était.

— Parce qu'elles sont de plus petite taille que les mâles. De toute façon, quelle importance ?

La note d'humeur ne lui échappa pas, et cela lui fit presque du bien de l'entendre. Il préférait de loin provoquer l'irritation que la pitié.

— Aucune.

Sa fille s'agita dans son harnais.

— Papa, papa, papa !

— Oui, Piper. On y va, ma chérie.

Un sourire adoucit le visage de la sage-femme.

— Désolée, je dois vous paraître bien revêche. À la sortie d'une garde de nuit, je ne suis généralement pas d'humeur très sociable.

— Non, c'est ma faute. La question était stupide. Je vais examiner cet éclopé. Pourriez-vous vous lever, s'il vous plaît ?

Harnaché comme il l'était avec Piper, il lui était impossible de se baisser.

La jeune femme se redressa souplement, d'une seule détente. Sans doute avait-elle des cuisses d'acier à force de gravir les sentiers des dunes.

— L'une des ailes est peut-être cassée, dit-elle d'une voix empreinte d'empathie.

Certainement un réflexe professionnel. Face à un patient quel qu'il soit, elle basculait en mode sage-femme. Celles qui lui avaient parlé le matin où Clancy avait disparu avaient adopté ce même ton feutré et circonspect.

— Elle respire, dit-il en sentant la poitrine du volatile se soulever sous ses doigts. Le mieux serait de la placer dans un carton ou une boîte à chaussures, au calme, dans le noir, et de la laisser se remettre du choc.

— Elle n'est pas blessée ?

— Je ne décèle aucune trace de sang. À mon avis, elle sera bientôt prête à reprendre son envol.

— Dois-je lui donner un peu de nourriture et d'eau ?

— Pas de nourriture. De l'eau, dans un petit récipient afin qu'elle ne risque pas d'y tomber et de se noyer.

Zut. Encore une remarque qui ne brillait pas par son intelligence.

Enfin, elle daigna lui sourire, et son visage déjà avenant en fut transfiguré.

— Vous êtes vétérinaire ?

Sans doute se moquait-elle de lui, mais il lui pardonnait bien volontiers. Quelqu'un d'aussi joli qu'elle avait tous les droits.

— Non. Juste un amoureux des animaux. Je vais vous laisser soigner votre protégée.

— Merci pour l'examen et pour les conseils.

— De rien. Au revoir.

Il reprit sa marche.

Il avait presque atteint le sommet de la colline quand il entendit de nouveau la voix de l'inconnue.

— Au revoir, Piper ! lança-t-elle.

— Ba-ba, répondit sa fille en gazouillant joyeusement.

2.

Vendredi. 7 heures du matin.

Catrina alla récupérer son sac au vestiaire et sortit de l'hôpital d'un pas léger.

Sauf urgence, elle venait de faire sa dernière garde de nuit.

Au départ, quand Ellie lui avait proposé de la remplacer et de passer en équipe de jour, elle avait hésité car le changement lui faisait peur. Tout ce qui l'écartait de la routine qu'elle avait mise en place depuis deux ans l'effrayait. Puis elle s'était raisonnée. Le changement était justement ce dont elle avait besoin. Le retour à la lumière du jour lui serait grandement bénéfique.

Et à présent elle était prête à vivre de jour. Prête à affronter l'avenir.

Elle en avait fait, du chemin, depuis deux ans. Depuis la mort d'Ed. Et pas seulement parce que, lundi, elle prendrait provisoirement les rênes du service des sages-femmes de la maternité de Lighthouse Bay.

Elle avait toujours gardé son chagrin pour elle-même, ne donnant libre cours à ses larmes que le soir, dans l'ancienne fermette qui lui servait de cottage.

Certaines choses ne pourraient jamais changer, mais, depuis le mariage d'Ellie, elle s'était surprise à penser qu'elle aussi pourrait un jour se rapprocher d'un homme, à condition de rencontrer le bon. Elle envisageait une relation amicale, pour commencer, car elle avait trop peur que l'histoire ne se répète. Ensuite…

Ensuite, elle verrait si elle aurait le courage ou pas d'aller plus loin.

Le courage. Tout se résumait à cela. La semaine précédente, pour se lancer un défi, elle avait pris sa première leçon de plongée sous-marine — elle avait été à la fois fascinée et terrifiée par cette discipline depuis qu'elle avait vu, gamine, *Le monde de Nemo.* Dans l'eau cristalline de la baie, à quelques encablures du phare, le moniteur s'était montré si patient et rassurant qu'elle prendrait peut-être une seconde leçon ce samedi.

Et quand elle aurait maîtrisé l'exercice, elle s'offrirait une journée de pêche au large.

À l'aube de la quarantaine, la femme du capitaine de la marina avait accouché dernièrement d'un beau garçon joufflu, et qui avait été la sage-femme ? Elle, Catrina. Entre deux séances d'adoration de son fils, qu'il qualifiait de huitième merveille du monde, le capitaine lui avait promis une sortie en haute mer.

En prévision, elle avait acheté des comprimés contre le mal de mer, qui attendaient depuis le jour J dans le tiroir de la cuisine.

Au courant de son désir de vaincre ses peurs, ses collègues lui suggéraient toutes sortes de sports extrêmes, allant du classique saut à l'élastique au parapente en passant par le saut en parachute, et elles glissaient dans son casier des brochures vantant les mérites de vacances casse-cou avec descente de rapides en kayak, alpinisme dans l'Himalaya ou survol des Andes en deltaplane.

Adrénaline garantie, disaient les prospectus.

Hum. Elle préférait passer son tour pour tout ce qui était saut dans le vide. L'aventure, d'accord, sauf qu'elle n'avait pas envie de se tuer, et ses finances ne pouvaient au demeurant pas lui permettre des expéditions au bout du monde. Mais pour le reste, elle y penserait. Relever un défi par mois, ce serait une bonne chose pour muscler son capital confiance, en montant d'un cran à chaque fois.

Le soutien de ses amies et collègues lui faisait chaud au cœur. Ayant toutes souffert des vicissitudes de la vie — décès, divorce, infidélité du conjoint et autres revers de fortune, Ellie, Faith et les autres avaient échoué à Lighthouse Bay où elles formaient un petit noyau soudé, solidaire, uni dans le désir de s'aider mutuellement et d'aider les patients, et elles étaient reconnaissantes d'avoir trouvé ce havre de paix. Il y avait quelque chose de magique dans ce croissant de sable et ces falaises. Et ce phare blanc qui, du haut de son promontoire, veillait sur les cottages en les caressant de sa lumière…

Pour en revenir aux défis qu'elle se lançait, la décision de poursuivre ses leçons de plongée était louable, et la partie de pêche en mer lui permettrait d'affronter quelques-unes de ses peurs, mais quitte à avoir du courage, elle pourrait le pousser jusqu'à entamer la conversation — une véritable conversation — avec un homme !

Hier, les premiers mots qu'elle avait adressés au père de Piper avaient été agressifs, teintés de sarcasme. « Quelle sorcière mal lunée ! », avait-il dû penser.

Heureusement, elle s'était ensuite décontractée, et leur bref échange avait, somme toute, été assez cordial. Cela ne la dérangerait pas de lui parler plus longuement la prochaine fois qu'ils se croiseraient afin d'améliorer un peu l'impression négative qu'elle avait dû lui faire.

En tout cas, il avait eu raison pour l'oiseau. Celui-ci, après quelques heures passées bien au chaud dans sa salle de bains, avait repris du poil de la bête pour s'envoler à tire d'aile.

Si elle était capable de parler de nouveau normalement à un membre du sexe fort, elle serait peut-être un jour capable de sortir avec l'un d'eux. Au moins une fois. Voilà six mois qu'elle éconduisait tous ceux qui l'invitaient à aller prendre un verre après le travail…

Parce que aucun d'entre eux n'était Ed.

Tout semblait concourir pour lui indiquer que le moment était venu d'aller de l'avant, de tourner la page. Le service venait de recevoir du renfort en la personne de quatre sages-femmes supplémentaires, ce qui réduirait considérablement la charge de travail de chacune et limiterait les astreintes. Cela signifiait davantage de jours de congé en perspective, et donc pour elle davantage d'occasions de rencontrer quelqu'un — ou de faire plus ample connaissance avec le beau papa de la plage.

Ses pieds foulèrent le sable. Elle avançait en s'emplissant les poumons d'air marin vivifiant avec la digue en point de mire lorsqu'elle aperçut le père et la fille qui débouchaient du sentier menant aux cottages.

Piper voyageait comme toujours dans un harnais sur le dos de son père. Celui-ci avait une expression moins triste aujourd'hui.

— Quelle belle matinée ! dit-elle en mettant le cap vers eux.

Il parut étonné qu'elle l'accoste alors qu'ils se contentaient d'habitude de se croiser.

— Bonjour. Comment va l'oiseau ?

— Il s'est envolé deux heures après son sauvetage. Vous aviez raison, il ne souffrait d'aucune blessure.

— Tant mieux.

Et il poursuivit son chemin.

Un peu déçue, elle fit un signe de la main en direction de Piper qui lui répondit en agitant gaiement la menotte.

Dommage, le papa n'avait pas envie de bavarder. Autant rentrer grappiller quelques heures de sommeil avant le repas en l'honneur d'Ellie. Mais pas question de déroger au rite sacré de la promenade. Ces quelques pas sur la plage lui faisaient tant de bien !

Finn attendit un peu avant de se retourner pour regarder l'inconnue.

L'inconnue. C'était ridicule de continuer à l'appeler ainsi alors qu'ils se croisaient tous les jours depuis un mois. Hier soir, il avait pensé à elle en se demandant si elle pleurait un oiseau mort.

Elle marchait vite dans le sable, on voyait qu'elle avait l'habitude. Les infirmières et les sages-femmes ont le pas vif, c'est une seconde nature chez elles. Elles ne flânent pas, même devant l'océan.

Chaque matin, lui-même effectuait la même promenade qu'elle jusqu'à la digue, mais en prenant tout son temps. Il aimait sentir ses pieds s'enfoncer dans le sable, la brise marine lui fouetter les joues. Depuis qu'ils étaient ici, Piper et lui avaient bronzé, retrouvé des couleurs, et sa petite fille débordait de nouveau de joie de vivre. Sa sœur n'avait pas menti, cet endroit était bon pour la santé.

En parlant de Frances, il attendait sa visite dans la journée, non sans appréhension. Il s'était construit son petit nid à Lighthouse Bay, et il craignait que son intrusion ne détruise le fragile équilibre qu'il avait atteint après des mois de chaos.

Pourvu que cette visite ne fasse pas resurgir les fantômes du passé !

En tout début d'après-midi, la décapotable rouge de Frances se gara devant le cottage.

— Comme c'est beau, Finn ! s'exclama sa sœur en s'engageant dans l'allée. Je n'arrive pas à croire que tu as fait tous ces travaux tout seul !

Haussant ses sourcils dessinés au crayon, elle s'arrêta pour observer la façade repeinte en rose pâle.

Pour la porte, il avait choisi une teinte amarante qui s'accordait assez bien avec les murs. Il s'était surpris lui-même. Dans la foulée des travaux de peinture, il avait bêché les plates-bandes et planté pensées, dahlias et pétunias qui commençaient à gonfler et à prospérer, si bien que son jardin ressemblait à celui d'une vieille dame à la main verte, pas au carré de terre en friche qu'on se serait attendu à trouver chez un pédiatre en rupture de travail rongé par la culpabilité.

En détaillant l'ensemble, Frances secoua la tête d'un air incrédule qui le vexa un peu.

— Eh bien ! Je ne savais pas que tu aimais jardiner !

— Moi non plus, dit-il en haussant les épaules. Piper aime passer du temps dehors. Et puis, l'entretien du jardin, ça occupe.

Frances prit son temps pour remonter l'allée, en se lançant dans un flot de paroles.

Si d'aventure un voisin était à sa fenêtre, il en aurait pour son argent ! Cela n'augurait rien de bon. Sa sœur parlait pour ne rien dire quand elle était embarrassée, et il se demandait quel pouvait bien être le problème.

— J'adore ce rose pastel ! Il se marie à merveille avec les cottages de la rue.

— C'est Piper qui a choisi la couleur. Les filles aiment le rose. Même si ça me peine de l'admettre, la mienne semble prête à perpétuer le stéréotype.

Frances le regarda comme s'il avait perdu la raison.

— Piper ne sait même pas encore parler. Peux-tu me dire comment elle a choisi la couleur ?

— Je lui ai présenté plusieurs échantillons, et elle a tiré le rose à chaque fois. À qui d'autre aurais-tu voulu que je demande ? ajouta-t-il en durcissant le ton.

Sa sœur se tut, et il se sentit coupable.

C'était toujours ainsi. Elle trouvait matière à discussion dans tout ce qu'il disait, jusqu'à ce qu'il finisse par lui clouer le bec. Elle n'avait pas de mauvaises intentions, mais, bon sang, il avait déjà hâte qu'elle s'en aille !

Enfin, ils arrivèrent sous le porche. Afin de détendre l'atmosphère, il désigna l'empreinte de main que Piper avait laissée dans le ciment.

— Comme tu le vois, Piper a posé sa touche partout !

Calée sur sa hanche, sa fille ne gigotait pas dans tous les sens, contrairement à son habitude. La frimousse grave, elle observait cette tante avec qui elle n'avait pas d'affinités particulières. Peut-être sentait-elle aussi la tension dans l'air. En tout cas, sage comme une image, elle se blottit contre lui.

Il l'embrassa sur les cheveux.

— Entre, Frances.

L'intérieur n'avait rien d'exceptionnel, mais il était fier de lui montrer le fruit de ses efforts : la nursery-salle de jeux où le lit de Piper était installé.

— Il me reste la cuisine et la buanderie à repeindre. Mais j'ai refait la salle de bains et posé de nouveaux parquets. Piper apprendra à marcher dessus.

La mine consternée, sa sœur promena son regard à la ronde.

— C'est tout petit.

Il fronça les sourcils.

— Normal. C'est un cottage de bord de mer, pas un manoir.

— Bien sûr. Mais ta maison était si belle, dit-elle d'un air peiné. Tu l'as mise en vente !

Il aurait dû s'attendre à la réaction de Frances. Elle avait adoré son imposante propriété sur les hauteurs de la ville, située deux collines plus haut que celle, tout aussi imposante, qu'elle partageait avec son mari.

Lui, il ne s'était résigné à habiter dans cette immense demeure que parce que Clancy aimait l'endroit.

— Tu vas acheter une nouvelle maison ?

— Je viens d'en acheter une. Celle-ci, dit-il, geste à la ronde à l'appui. J'ai l'intention d'habiter à Lighthouse Bay.

— Je… Je croyais que tu louais ce bungalow.

— Eh non. J'en suis le propriétaire.

Le désarroi grandit encore d'un cran sur le visage de sa sœur.

— Et ton travail ?

— J'ai un poste qui m'attend ici quand je serai prêt à remettre le pied à l'étrier. Le médecin du coin m'a proposé une place dans son cabinet. Je me spécialiserai en pédiatrie, mais je recevrai aussi les autres patients. Tâter de nouveau de la médecine générale, ça me fera du bien, ajouta-t-il pour essayer de s'en convaincre lui-même. Pour le moment, je ne suis pas pressé de reprendre.

— Mais…

— Mais quoi ?

Il haussait encore le ton ! Toutes ces questions commençaient à l'horripiler sérieusement.

— Tu n'étais censé séjourner ici que quelques semaines puis revenir à la maison.

— La maison ? Tu veux parler de cette immense baraque sur la colline remplie de fantômes et de douloureux souvenirs ? Ou de ce cabinet médical où je passais le plus clair de mes journées tandis que ma fille dépérissait à la crèche ?

Voyant la mine bouleversée de sa sœur, il la serra contre lui de son bras libre tout en recalant Piper sur sa hanche.

Frances ne voulait que son bien. En plus, elle était la seule famille qu'il lui restait maintenant que leur mère était morte. Pourquoi s'emportait-il contre elle ? À cause des dix ans qui les séparaient ?

Non. Frances ne l'avait jamais compris — pas davantage que leur mère, mais ce n'était pas qu'une question d'âge.

— Ne t'inquiète pas pour nous. Lighthouse Bay est un endroit merveilleux. C'est ce qu'il nous fallait, à Piper et à moi. On a la ferme intention d'y rester.

Frances semblait au supplice.

— Tu ne rencontreras jamais une jeune femme bien sous tous rapports, ici !

Il réprima un juron.

Décidément, elle aggravait son cas.

— Et que ferais-je d'une jeune femme bien sous tous rapports, peux-tu me le dire ? Je ne veux personne dans ma vie pour le moment !

Sa mauvaise humeur grandissait. Il écourta la visite du cottage et, au lieu du pique-nique qu'il avait prévu sur la plage, il emmena Frances dans le restaurant le plus cher de la ville.

Pendant que Piper dormait dans sa poussette, sourde au bruit des conversations autour d'eux, il écouta les anecdotes de sa sœur sur la très chic clientèle de son mari et le quotidien trépidant de son cabinet.

Dans un coin de la salle, un groupe de gens buvaient du champagne pour célébrer Dieu sait quoi. À cette table était assise une jolie brune dont le visage lui parut vaguement familier. Élégante, maquillée avec soin, le cheveu lissé et brillant, elle était canon. Et à en juger par les regards admiratifs des hommes autour d'elle, il n'était pas le seul à l'avoir remarquée.

Comme elle lui faisait un signe de tête, il reconnut la sage-femme de la plage.

Il la préférait au naturel, sans brushing ni fard, les cheveux au vent !

Parmi les convives se trouvait le Dr Southwell, assis à côté d'une femme d'allure sophistiquée dont il enlaçait tendrement les épaules. Au milieu de tout ce petit monde élégant qui aurait sans doute recueilli l'approbation de Frances, une seule personne ne buvait pas de champagne : une femme enceinte à la mine radieuse, qu'un homme, sans doute le futur père, couvait amoureusement du regard.

J'espère que tu auras plus de chance que moi, mon vieux…

— Finn ?

La voix de sa sœur l'arracha à ses pensées, et il s'obligea à reporter son attention sur elle.

— Désolé. Tu me parlais des associés de Gerry ?

— Je vois que tu suis attentivement ce que je dis ! s'exclama Frances d'un ton mi-fâché mi-amusé. Je disais que, avec ses tenues bariolées de fermière endimanchée, Nancy Nothnagle ne fait guère honneur à son médecin de mari. Quelqu'un devrait lui apprendre à s'habiller.

Prenant son mal en patience, il se força à participer à la conversation — le minimum syndical — jusqu'à ce que Piper se réveille, ce qui lui fournit une excuse pour réclamer l'addition.

Une demi-heure plus tard, non sans soulagement, ils dirent au revoir à Frances et regardèrent la décapotable disparaître au bout de la rue.

— Ta tante ne s'arrange pas avec le temps, Piper. Heureusement, on habite loin d'elle, désormais.

Il prit le seau et la pelle en plastique et mit le cap vers la plage avec sa fille pour renouer avec leurs habitudes.

Piper avait besoin de jouer et de se défouler pour pouvoir dormir d'une traite la nuit.

À sa grande surprise — et joie, car après la visite de sa sœur, il avait besoin d'empathie —, il vit que la sage-femme était assise sur la jetée en tenue de plage, le cheveu dansant dans le vent.

Il lui sourit comme à une vieille amie.

3.

Assise sur la jetée, Catrina balançait ses jambes dans le vide en respirant à pleins poumons l'air salé. La brise faisait voler ses cheveux dans tous les sens, mais elle n'en avait cure. Le soleil, le vent, la mer, elle n'en demandait pas plus.

Elle fronça les sourcils en voyant le papa débarquer sur la plage avec sa fille.

Son visage affichait son expression mélancolique habituelle, mais soudain, quand il la vit, sa bouche esquissa un sourire chaleureux et incroyablement charmeur.

Si, si, c'était à elle qu'il s'adressait ! Qu'avait-elle donc fait pour le mériter ?

— Quel bel après-midi ! lança-t-il.

— Magnifique. Je vous ai vu au restaurant. C'est la troisième fois qu'on se croise en une semaine.

Il s'approcha de la digue avec Piper sur son dos, et s'arrêta en dessous de l'endroit où elle était assise.

— Et pas la dernière, j'espère.

Serait-il en train de la draguer ? Non, ce n'était pas possible !

Elle l'observa comme un artiste observe son modèle, d'un œil détaché et objectif.

Il était très grand. Et très beau. Des yeux bleus ourlés de longs cils, des cheveux bruns un peu trop longs qui rebiquaient sur le col de sa chemise, un menton carré et volontaire, des pommettes saillantes qui semblaient presque tranchantes sous le soleil sans concession.

De près, elle voyait que son sourire était un peu forcé. Cela lui coûtait visiblement de se montrer sociable.

Elle savait ce qu'il ressentait.

— Il serait peut-être temps que je me présente : Catrina Thomas.

Elle ne déclina pas sa profession. Il n'avait qu'à la lui demander s'il était intéressé, mais quelque chose lui disait qu'il ne le ferait pas. S'il l'avait approchée, ce n'était pas pour la draguer, mais parce qu'il avait besoin de parler à quelqu'un.

— Finlay Foley. Et Piper, ma fille.

Le bébé gigota gaiement dans son harnais, et Catrina ne put s'empêcher de lui sourire.

Qui pourrait résister à cette bouille craquante ?

— Piper a l'air d'avoir envie de jouer dans le sable, observa-t-elle.

— Elle n'est jamais aussi contente que quand elle en est couverte de la tête aux pieds, dit-il en levant une main bronzée pour caresser la petite cheville potelée qui lui tapotait le flanc. Nous allons construire des châteaux de sable. Il faut qu'elle se dépense pour pouvoir dormir la nuit.

Parlait-il à Piper ou à elle ?

— C'est le souhait de tous les parents, répondit-elle, histoire de dire quelque chose.

Comme il commençait à délier les lanières du harnais pour en extraire la fillette, elle observa les muscles qui tendaient le tissu de sa chemise blanche.

Cet homme avait un corps très affûté.

Il souleva Piper et l'assit sur le sable puis déposa seau et pelle à côté d'elle.

— Voilà, mademoiselle, au travail. Sa tante est venue nous voir aujourd'hui, ajouta-t-il. Piper n'a pas pu faire sa sieste. Au fait, c'est la première fois que je vous vois sur la plage l'après-midi.

— C'est gentil de l'avoir remarqué…

Pourquoi était-ce gentil ? Soulagée de savoir que la femme qui accompagnait Finlay au restaurant était sa sœur, elle disait n'importe quoi. Que ce soit une sœur, une cousine ou une fiancée, elle n'en avait rien à faire !

— Aujourd'hui est mon premier vendredi de repos depuis des lustres, expliqua-t-elle avec un rien de précipitation. À partir de la semaine prochaine, je passerai en garde de jour et ne travaillerai plus que du lundi au jeudi, ce qui va me laisser beaucoup de temps libre. Il va me falloir apprendre à me mêler aux autres, dit-elle, grimace à l'appui, en jetant un coup d'œil vers les familles qui se trouvaient autour de l'aire de jeux.

— Je sais. Ce n'est pas facile, dit Finlay.

Il lui adressa un petit sourire penaud qui indiquait qu'il partageait ses réticences.

Sans savoir pourquoi, elle eut soudain envie de lui en dire davantage sur elle-même.

— Je suis veuve. Les mondanités, très peu pour moi. L'avantage d'être de garde de nuit, c'est que je n'avais pas à faire semblant d'être sociable.

Finlay hocha la tête.

— Ma femme nous a quittés juste après la naissance de Piper, dit-il, visiblement lui aussi en veine de confidences. Le lendemain, pour être exact. Depuis, je me suis replié sur moi-même.

Par quitter, sous-entendait-il qu'elle était morte ou qu'elle était partie ?

Non. Impossible qu'une femme parte le lendemain de la naissance de son enfant… Pourtant, quelque chose lui disait que la mère de Piper n'était pas décédée. Avait-elle souffert de dépression postnatale ? De maltraitance de la part de son mari ?

— Je crois qu'elle est partie avec un autre homme, ajouta Finlay, comme s'il lisait dans ses pensées.

Il sourit comme s'il puisait du plaisir dans son incrédulité.

— J'ai failli devenir fou à force de me poser des questions. Décidément, j'ai intérêt à me remettre au travail à Lighthouse Bay pour m'occuper l'esprit. Ce qui me dérange, c'est qu'il va falloir que Piper retourne à la crèche.

Quelle sorte de travail pensait-il trouver ici ? Il n'y avait pas des possibilités infinies.

— Vous pourriez reprendre à mi-temps.

— Ce serait une solution.

— Êtes-vous dans le bâtiment ? Vous avez repeint la façade de votre cottage…

— Vous savez donc où j'habite ?

— Bien sûr. Nous habitons à quelques centaines de mètres l'un de l'autre. Mais je ne vais pas vous donner mon adresse, au cas où vous seriez un dangereux psychopathe.

La plaisanterie était censée cacher son embarras.

— Si je trouve où vous logez, je vous promets de ne jamais débarquer à l'improviste.

— À la bonne heure.

Elle reporta son attention sur Piper qui était en train de se lécher les doigts.

— Je crois que Piper prend goût au sable.

Aussitôt, Finlay souleva l'enfant pour lui nettoyer la bouche à l'aide d'un mouchoir.

— Le sable n'est pas fait pour être mangé, ma chérie, l'entendit-elle dire au bébé.

Quant à son air coupable, il disait clairement : « Voilà ce qui arrive quand je ne fais pas attention à ma fille. »

En tout cas, il semblait avoir oublié sa présence. Et tant mieux, car elle avait besoin de digérer tout ce qu'elle venait d'apprendre à son sujet. Elle avait soudain envie de piquer un sprint pour se réfugier chez elle.

Elle se leva prestement.

— Ravie d'avoir fait votre connaissance, Finlay.

Il se tourna vers elle, l'air surpris.

— De même.

Dix minutes plus tard, elle fermait sa porte à double tour et s'adossait au battant, essoufflée.

Ouf ! Un autre défi de relevé.

Non qu'elle ait couru un réel danger, mais elle avait eu son lot d'émotions. Et elle s'était montrée étonnamment prodigue en confidences : Finlay savait désormais qu'elle était veuve, qu'elle travaillait à l'hôpital, et il connaissait même son emploi du temps, puisqu'elle avait eu l'imprudence de le lui communiquer alors qu'il ne lui demandait rien du tout !

Qu'est-ce qu'il lui avait pris ? En présence de cet homme, elle avait perdu toute retenue, c'était inquiétant. Elle était contente d'être rentrée.

Bien que…

Elle promena son regard autour d'elle et fit la grimace.

L'intérieur du cottage était sombre, plongé dans la pénombre.

Évidemment ! Comme elle avait coutume de dormir pendant la journée, elle gardait les stores baissés. Maintenant qu'elle allait travailler de jour, elle ferait mieux de s'habituer à ne plus évoluer dans l'obscurité, au propre comme au figuré.

Elle se hâta de relever le store de la cuisine, et la lumière entra à flots dans la pièce. Puis elle attacha les rideaux de la salle de séjour afin de voir le monde extérieur.

À la lumière du jour, la déco lui parut terne. Cela manquait de couleurs.

C'était décidé : quelques coussins de couleur rehausseraient son canapé et ses fauteuils gris, et un tapis chatoyant remplacerait avantageusement celui orné de zébrures grises et blanches qu'elle avait acheté dans un magasin de déstockage lors de son emménagement.

Ouvrant la porte-fenêtre, elle sortit sur la terrasse pour regarder l'océan, évitant toutefois de baisser le regard vers la plage au cas où Finlay et Piper seraient encore en train de jouer sur la grève.

À sa droite se trouvait le cottage où Ellie et Sam habitaient en attendant que se termine la construction de la grande maison destinée à accueillir leur nouvelle famille élargie. Ceux-ci garderaient-ils le cottage comme ils en affichaient l'intention ? Ce serait un peu perturbant d'avoir de nouveaux voisins…

Sa voisine de gauche était l'élégante Myra, originaire de Sydney, qui tenait la cafétéria de l'hôpital et qui avait récemment convolé en justes noces avec le Dr Southwell, le beau-père d'Ellie.

Catrina sourit à ses pensées.

Avec deux jeunes mariées pour voisines, elle se sentait un peu obligée de sortir de sa tour d'ivoire. Ça avait sans doute joué dans sa décision de se mêler au monde des vivants. Autour d'elle, les gens n'avaient pas peur de s'engager dans de nouvelles relations, alors, pourquoi pas elle ?

Elle alla s'asseoir sur la balancelle qu'elle avait mis des heures à monter lors de son emménagement.

Le mode d'emploi avait été rédigé dans une langue difficilement définissable, et elle avait dû batailler sous un vent de force six pour fixer vis et écrous avec la crainte qu'une rafale n'emporte le tout. Depuis, elle s'était promis de ne plus rien acheter en kit. Censée accueillir deux personnes, cette maudite balancelle n'avait servi à personne d'autre qu'à elle, étant donné qu'elle n'avait guère l'occasion de recevoir des visites.

Mais ça, c'était avant. Lundi, elle entamait une nouvelle vie placée sous le signe du renouveau. Et elle l'étrennerait en prenant son deuxième cours de plongée demain. Ce serait comme une résurrection. Lentement mais sûrement, elle renaîtrait au monde.

Et si d'aventure, elle croisait Finlay et Piper sur la plage ce week-end, elle irait vers eux et s'arrangerait pour lier plus ample connaissance.

Assis sur la plage, Finn, le cœur serré, regardait sa fille démolir avec entrain les pâtés de sable qu'il lui confectionnait.

Ce dimanche, Piper fêterait son premier anniversaire sans sa mère. Clancy avait raté tous les moments importants de cette première année : sa première dent, son premier mot, ses premiers pas — bien que Piper passe encore la plupart de son temps à se traîner sur son postérieur.

Depuis peu, il s'était fait une raison et n'attendait plus le retour de sa femme. Elle ne reviendrait jamais, inutile de se bercer d'illusions.

Que feraient-ils dimanche ? S'en tiendraient-ils à leur routine habituelle — promenade sur la plage, repas, sieste et rebelote ?

Il avait plutôt envie d'emmener Piper au centre commercial pour lui acheter des vêtements, des jouets, et pourquoi pas manger une glace. Le dimanche, il y aurait foule. Entre la chasse pour une place de parking et le parcours du combattant avec la poussette dans la cohue, il parviendrait avec un peu de chance à garder à distance les souvenirs douloureux.

Une vague de colère le submergea, et il serra les dents pour ne pas gémir.

Pour la énième fois, il maudit celle qui avait abandonné leur fille.

Soudain, il sentit une petite main se poser sur son bras.

Debout en équilibre instable sur ses jambes, Piper le regardait d'un air grave, comme si elle devinait sa souffrance.

La gorge serrée, il l'attira dans ses bras et la serra contre lui.

Quoi qu'il décide de faire après-demain, ça devait être en célébration de Piper. Ce n'était pas l'anniversaire du départ de Clancy, mais l'anniversaire d'un an de son petit ange, qu'ils fêteraient comme il se doit.

— Je t'aimerai toujours, ma chérie. Toujours. Que veux-tu faire dimanche ?

— Maman, maman, maman, maman.

C'était la dernière chose qu'il avait envie d'entendre.

— Non, ma puce. S'il te plaît.

Elle posa un doigt potelé sur sa joue.

— Papa, papa, papa, papa ? reprit-elle d'une petite voix hésitante.

S'efforçant de refouler son émotion, il lui fit un gros bisou puis la souleva au-dessus des vagues pour que ses pieds fassent trempette. Elle poussa des cris de joie tandis que l'écume lui chatouillait les mollets.

La culpabilité l'assaillit de nouveau.

C'était affreusement égoïste de sa part d'interdire à Piper de dire maman. Et s'il demandait à Catrina de les accompagner ? Celle-ci ferait office de mère de substitution pour la journée…

Repoussant cette idée saugrenue, il s'appliqua à masquer sa tristesse pour jouer avec sa petite princesse.

4.

Un rai de lumière poignarda l'œil de Catrina. Elle étouffa un gémissement et se couvrit le visage pour se protéger des assauts du soleil.

Qui diable avait laissé les rideaux ouverts ?

Il lui fallut quelques secondes pour se remettre les idées en place et avoir la réponse à sa question.

Comme à chaque fois au réveil, le souvenir d'Ed revint la hanter, et son cœur se mit à cogner douloureusement contre ses côtes.

Du calme. Il fallait qu'elle se tienne à ses bonnes résolutions. On était samedi. Le jour de la leçon de plongée.

Zut. Ça ne lui disait vraiment rien. Pourquoi s'acharnait-elle à tester ses limites de cette manière alors qu'elle n'était vraiment pas dans son élément à cinq mètres de profondeur sous la mer ?

Elle rejeta la couverture, balança les pieds hors du lit et les posa sur le parquet tiède.

Le soleil avait chauffé les lattes. Ça aussi, c'était nouveau.

Et cela ne faisait que commencer. Elle allait entamer un chapitre inédit de sa vie. Le livre restait le même, elle n'en avait arraché aucune page. En allant de l'avant, elle ne reniait pas le passé, elle choisissait juste de renouer le fil de sa vie.

Bien que chaude et dorée, la lumière était un peu trop vive pour ses yeux endormis. Une tasse de thé l'aiderait à se réveiller.

Clignant les yeux, elle alla pieds nus jusqu'à la petite cuisine.

En s'affairant autour du plan de travail, elle réfléchit au défi qu'elle avait relevé la veille : faire un bout de conversation avec un bel homme célibataire.

Rectification : Finlay Foley n'était pas célibataire. En tout cas, elle s'était comportée comme une femme normale qui échange quelques mots avec un promeneur. Un promeneur très séduisant…

Mais elle n'était pas attirée par lui, non non ! Ou alors de manière superficielle, par son physique. Elle n'avait aucune intention de donner suite à cette attirance. Son cœur appartiendrait toujours à Ed. Le chagrin d'avoir perdu son grand amour ne s'effacerait jamais. Elle devait simplement réapprendre petit à petit à goûter aux plaisirs simples de la vie — admirer un bel homme en faisait partie —, et peut-être un jour, dans quelques années, pourrait-elle prétendre de nouveau au bonheur.

Finlay ne semblait pas encore avoir atteint ce stade. Sans le connaître, elle en était un peu triste pour lui.

Allons, elle ferait mieux de se préparer pour sa leçon de plongée. Elle prendrait son petit déjeuner à son retour.

Elle enfila son maillot, une robe bain de soleil par-dessus, et, pressant le pas afin de ne pas être en retard, elle descendit l'allée avec sa serviette et son tuba.

La leçon dura deux heures. Le vieux Tom se montra aussi patient que la première fois et lui fit même des compliments en lui disant qu'elle était une élève douée.

Fière d'elle, Catrina reprit le chemin du cottage.

Qui aurait cru qu'elle s'en sortirait aussi bien ? Elle s'était sentie plus à l'aise que la semaine précédente. L'embout en silicone bien serré entre les dents, elle avait appris à respirer sous l'eau et avait pu admirer à loisir les poissons multicolores et la délicate flore sous-marine.

Occupée à se repasser le film en Technicolor des fonds sous-marins, elle ne vit qu'au dernier moment l'homme et la petite fille qui barbotaient dans un trou d'eau entre les rochers, au pied de la falaise. Peu profonde, l'eau arrivait à la taille de Piper.

— Oh ! c'est vous !

— Bonjour, Catrina. Vous m'avez l'air de bonne humeur ce matin.

Elle aimait la manière formelle dont il l'appelait par son prénom entier. Ed avait usé du diminutif Trina, mais elle n'était pas prête à l'entendre dans la bouche d'un autre homme.

— Bonjour, Finlay.

— Tout le monde m'appelle Finn.

— Eh bien, bonjour, Finn. Et bonjour, Piper, dit-elle en souriant à la fillette qui arborait aujourd'hui un maillot de bain rose orné de vaporeux volants. Y a-t-il des poissons dans cette mare ?

— Ou-a-sson, répéta l'enfant en tapant de son petit poing dodu dans l'eau.

Finn écarquilla les yeux.

— Elle a dit poisson ! s'exclama-t-il d'un air émerveillé. Je n'arrive pas à y croire !

— Son vocabulaire s'étoffe, dit Catrina en essayant de conserver son sérieux. Moi aussi, j'ai vu des poissons ce matin, Piper.

— Vous avez fait de la plongée ? demanda-t-il en désignant le masque.

— Eh oui. C'était ma seconde leçon.

— J'adorais la plongée, autrefois. Si vous voulez nous rejoindre dans notre piscine, vous êtes la bienvenue.

Elle promena son regard alentour pour vérifier que personne n'était en vue. Elle allait se ridiculiser en s'asseyant dans ce trou d'eau. Pourtant, Finn était tout sauf ridicule dans sa chemise bleue collant à son torse et son short qui dévoilait de puissants quadriceps.

Une attirance purement physique, se rappela-t-elle. Posant le masque, la serviette et les sandales qu'elle tenait à la main, elle releva sa robe pour ne pas la mouiller et descendit dans le petit bassin.

Mmm, l'eau fraîche était comme une caresse sur sa peau…

Elle sentait le regard de Finn sur elle. Qu'était-il en train de penser ? La trouvait-il attirante ?

Soudain, Piper tapa joyeusement dans l'eau, ce qui les éclaboussa et détendit l'atmosphère.

— Où s'est tenue votre séance de plongée ?

— Près de la petite île qui se trouve derrière la pointe. Bay Island. Il n'y a pas trop de courant, là-bas, et c'est l'endroit rêvé pour enseigner la plongée aux débutants comme moi. Le vieux Tom est un très bon professeur.

Piper enfouit la menotte dans le sable et en retira un coquillage qu'elle porta à la bouche.

— Non, ma chérie, dit Finn en lui ôtant sa pêche miraculeuse des mains. Ce n'est pas bon.

Le spectacle de cet homme athlétique qui veillait si bien sur ce bout de chou était attendrissant. Elle commençait à se laisser gagner par l'émotion, quand son estomac se mit à gargouiller bruyamment.

— C'était très agréable de faire trempette dans votre piscine privée, mais je vais vous laisser, dit-elle en remontant sur les rochers. Je n'ai pas encore pris mon petit déjeuner et je meurs de faim.

— Ah, il m'avait bien semblé, dit Finn, l'œil pétillant de malice. C'était tellement fort que j'ai cru entendre un moteur de bateau.

Elle l'éclaboussa d'une pichenette.

— Grossier personnage !

Il se leva en riant et souleva Piper dans ses bras.

— Cette petite demoiselle a faim, elle aussi. Il est temps d'aller déjeuner.

Ils la rejoignirent sur les rochers.

— On peut faire le chemin ensemble, si ça ne vous dérange pas ?

Si, ça la dérangeait. Elle n'avait aucune envie qu'il sache où elle habitait.

D'un air soigneusement désinvolte, elle haussa les épaules et commença à marcher en direction du remblai.

— Voulez-vous déjeuner avec nous ? dit Finn en lui emboîtant le pas.

Ah non, pas question ! Cet homme la rendait nerveuse…

Mais le fait de surmonter ses peurs n'était-il pas le but de tous ces défis qu'elle se lançait ? D'autant plus que ce papa poule n'avait rien d'un psychopathe. Elle ne risquait rien avec lui. Sauf peut-être de lui laisser voir l'attirance qu'elle éprouvait à son égard et qui n'avait pas lieu d'être.

Elle hésita un long moment avant de répondre.

— D'accord.

S'il avait été seul, elle aurait refusé, mais Piper leur servirait de chaperon.

— Le restaurant de la plage vous convient-il ? Ils ont une zone de jeux sécurisée où Piper adore crapahuter. L'endroit est de surcroît à l'ombre, ce qui est appréciable à midi.

— Parfait. Je vous y retrouve dans un petit quart d'heure, le temps d'aller chercher mon porte-monnaie chez moi.

— Hum, dit Finn, la mine dubitative. Piper n'aime pas attendre lorsqu'elle a faim. Vous n'aurez qu'à nous payer des glaces ou un dessert la prochaine fois.

La prochaine fois ? Il semblait bien sûr de lui !

Tout allait un peu trop vite à son goût. Elle avait remporté son défi de faire la conversation avec Finn, mais cette invitation à les accompagner au restaurant la prenait de court.

— Ça ne fait rien, dit celui-ci devant son indécision. On n'a qu'à remettre ça à une autre fois.

Contre toute logique, elle sentit la déception l'envahir. Pourquoi se prenait-elle la tête ainsi ? Il ne s'agissait que d'un déjeuner, après tout !

— Non, non. Allons-y. Ce sera agréable de manger un morceau en compagnie de quelqu'un, pour changer. À condition que ce soit moi qui régale la prochaine fois.

Ils s'assirent sous les parasols et regardèrent Piper s'en donner à cœur joie dans le bac de balles en polystyrène de toutes les couleurs. Rampant sur le tapis de mousse, elle partit à l'abordage du navire miniature où flottait le drapeau à tête de mort. Prenant appui sur le magnifique gouvernail bleu, elle se mit debout et poussa un cri victorieux.

À chaque fois qu'un ange passait, il suffisait à Catrina de regarder la fillette, et ses mimiques craquantes l'aidaient à trouver de quoi relancer la conversation.

— Cette petite est un bonheur à observer, dit-elle en sirotant son café glacé. Elle semble toujours de bonne humeur.

— Vous ne l'avez pas vue le soir, quand elle refuse d'aller se coucher, dit Finn en riant. Mais, dans l'ensemble, c'est vrai qu'elle est un petit rayon de soleil. C'est pour elle que je me lève chaque matin.

Catrina comprenait ce qu'il voulait dire.

— Vous n'avez pas chômé depuis votre arrivée. Votre cottage a fière allure en rose.

— C'est Piper qui a choisi la couleur.

— Alors, tout s'explique. Le rose et les filles, c'est une longue histoire…

Ils venaient de finir leurs sandwichs au rosbif quand un incident se produisit à une table voisine. Une femme repoussa sa chaise et se mit à secouer violemment un petit garçon.

— Crache-le ! Allez ! Il a avalé un bouton, dit-elle en jetant un regard désespéré à la ronde.

En manque d'air, l'enfant se mit à tousser et à suffoquer. En quelques secondes, son visage prit une vilaine teinte bleue.

Finn se leva et les rejoignit en deux enjambées.

— Puis-je vous aider ? Je suis médecin.

Prenant les choses en main, il obligea le garçonnet à se pencher en avant et lui donna des tapes fermes dans le dos.

— Penche-toi davantage, dit-il en l'aidant à incliner la tête entre les genoux. Ça va sortir.

Et en effet, le bouton ne tarda pas à rouler au sol, pour le plus grand soulagement des clients qui observaient la scène.

Catrina était admirative et stupéfaite.

Finn était médecin ! Première nouvelle ! S'il n'avait pas été là, elle se serait bien sûr portée au secours du gamin, mais il avait agi avec beaucoup de calme et de sang-froid. Il avait eu raison de ne pas employer la méthode de Heimlich, plus efficace sur un adulte que sur un enfant.

Il aida l'enfant épuisé à se redresser et à s'asseoir sur les genoux de la maman.

— Laissez-le reprendre son souffle, dit-il à celle-ci.

Il se pencha à son oreille pour lui murmurer quelque chose. La femme hocha la tête puis regarda le bambin et le serra fort contre elle.

— Merci, dit-elle à Finn, d'une voix vibrante d'émotion.

Catrina en eut les larmes aux yeux.

Elle avait eu très peur que l'enfant ne s'étouffe, mais grâce à l'action rapide de Finn, tout se terminait bien. Elle n'aurait pu faire mieux, sauf qu'elle aurait peut-être ensuite conseillé la maman sur les gestes de premiers secours à faire en cas d'urgence.

Indifférente au drame qui venait de se jouer, Piper avait continué à naviguer sur son bateau miniature. Ou peut-être avait-elle su, avec ce sixième sens propre aux bébés, que son papa sauverait la vie du petit garçon.

« C'est un héros. Normal, avait-elle l'air de dire. C'est mon papa. »

Finn vint se rasseoir à leur table.

— Que lui avez-vous dit ? demanda-t-elle en indiquant la mère qui était en train de payer l'addition.

— Je lui ai demandé de reproduire mes gestes si son fils venait de nouveau à ingérer un corps étranger. Surtout, je lui ai vivement déconseillé de le secouer comme elle le faisait.

— Vous m'impressionnez, dit Catrina, la voix un rien chevrotante.

Ce type faisait un zéro faute… Et toutes ces émotions étaient de trop pour elle.

Elle ramassa sa serviette et son tuba et repoussa sa chaise.

— Je vais rentrer. Merci pour le repas.

Elle agita la main en direction de Piper, qui semblait avoir épuisé les joies de l'aire de jeux.

— Peut-être pourrais-je vous inviter le week-end prochain… Si Piper est libre, bien sûr.

Finn se leva.

— Je vais consulter son agenda, dit-il, pince-sans-rire. Et je vous tiendrai au courant.

— Entendu. Au revoir, Finn.

— Au revoir, Catrina. À bientôt.

Une lueur de regret assombrissait ses yeux bleus. Et elle sut qu'il était triste de la voir partir.

Cet homme exceptionnel à tous points de vue appréciait sa compagnie ! Cela lui redonnait un peu confiance en elle.

Vivement demain, qu'ils puissent de nouveau se croiser par hasard sur la plage.

5.

Finn se leva le dimanche avec un mal de tête carabiné.

Piper aussi avait passé une mauvaise nuit.

Est-ce qu'ils couvaient quelque chose tous les deux… À moins qu'il n'ait transmis à sa fille le stress qu'il ressentait à l'approche de la date anniversaire du départ de Clancy ?

Il avala deux comprimés de paracétamol et un comprimé effervescent de vitamine C qu'il fit dissoudre dans un verre d'eau. Puis, sur la pointe des pieds, il traversa la salle de jeux pour aller presser une orange pour le petit déjeuner de Piper.

En passant, il jeta un coup d'œil au petit lit.

Piper dormait encore, ce qui ne lui ressemblait guère. Si elle n'était pas en forme, ils resteraient à la maison.

Sur la table basse se trouvaient les deux cadeaux qu'il avait emballés avec soin : un ensemble de jardinage joliment présenté dans un panier en osier, et un puzzle en cubes avec lequel on pouvait former plusieurs portraits d'animaux. Le vendeur lui avait dit que le jeu convenait aux enfants de deux ans et plus, mais Finn était convaincu que sa fille qui montrait des capacités d'observation et de réflexion très développées pour son âge en viendrait à bout facilement.

Pas d'anniversaire sans gâteau !

Il ouvrit le placard où il avait rangé une boîte de préparation pour cupcakes.

Il lut le mode d'emploi qui lui parut simple, puis il sortit le tout pour l'étaler sur la table. L'ensemble comprenait les emballages gaufrés, le glaçage rose et les vignettes de princesse en pâte d'amande à coller sur les merveilles après cuisson.

La cuisson prendrait quarante minutes. Il attendrait que Piper se réveille pour s'y mettre.

Sa tasse de café en main, il sortit sur la terrasse et regarda les vagues mourir sur la plage. Au loin, une silhouette marchait d'un pas vif en direction du remblai.

Catrina.

Le vent dansait dans ses cheveux. Sans doute regagnait-elle son cottage après sa promenade matinale.

Il caressa un instant l'idée de l'appeler pour partager son fardeau avec elle, avant de secouer la tête.

Elle n'avait pas besoin qu'il l'encombre avec ses problèmes.

— Pa-pa…

Il se retourna et vit sa fille debout, accrochée aux barreaux du lit.

Malgré son moral en berne, il lui sourit.

— Qui c'est la plus jolie petite fille du monde ?

— Zo-li.

— Bon anniversaire, mon cœur.

Il la souleva dans ses bras pour l'embrasser. Elle gazouilla, et il dut se retenir pour ne pas la serrer plus fort contre lui.

— Joyeux anniversaire…, commença-t-il à chanter.

À mi-chemin, sa voix se brisa alors qu'il pensait à Clancy et à tout ce qu'elle ratait. Mais il se força à terminer la chanson.

— Regarde, dit-il ensuite en emmenant Piper à la fenêtre. Il fait un grand beau soleil, rien que pour toi. Qu'as-tu envie de faire ?

Posant la tête sur son épaule, elle mit son pouce dans sa bouche et referma les yeux.

— Ce n'est pas la grande forme, hein, ma puce ? Pour moi non plus. Voilà ce que je te propose : on va se la couler douce, aujourd'hui. Nous allons faire un gâteau, et tu vas m'aider — les médecins sont censés être intelligents, mais je t'avoue que la pâtisserie, ce n'est pas mon truc. Puis nous nous installerons sur la terrasse et laisserons le soleil tuer nos microbes.

Il posa à terre Piper qui rampa à quatre pattes jusqu'à sa caisse de jouets avec moins d'entrain que d'habitude.

Il jeta un coup d'œil par la fenêtre et vit que Catrina avait dépassé leur cottage et se dirigeait vers la falaise du phare.

Peut-être habitait-elle dans l'une des fermettes perchées sur la falaise, toutes bâties dans la même pierre blanche que le phare.

À son arrivée, il avait repéré ces fermettes depuis la plage, mais l'agent immobilier lui avait dit qu'elles n'étaient pas à vendre. Jamais il ne s'était promené par là-bas en empruntant le chemin qui menait à l'hôpital. Peut-être pourrait-il y faire un tour avec Piper, cela les changerait de leur circuit habituel.

Pas aujourd'hui, toutefois. De toute façon, il avait promis à Catrina qu'il ne se présenterait pas chez elle à l'improviste. En plus, un dimanche, ce serait mal élevé. Non, il était bien décidé à ne pas monter là-haut sans y être invité.

Deux heures plus tard, il n'en était plus aussi sûr. La matinée s'étirait, interminable. Piper et lui avaient fait leur tour de la plage. Pas de baignade aujourd'hui, car le vent était frisquet, et sa fille risquait de s'enrhumer encore davantage. Ils étaient rentrés, avaient joué à l'intérieur, fait de la pâtisserie, déballé les cadeaux, déjeuné. Et maintenant, il tournait comme un lion en cage.

Demain, il se mettrait en quête d'une baby-sitter.

Dans une petite ville comme Lighthouse Bay, ce n'était pas facile de trouver quelqu'un de confiance. En attendant de dénicher la perle rare, il avait repoussé le moment de reprendre du service dans le cabinet de généralistes local, ce qui l'avait arrangé en fait, car il ne se sentait pas prêt à réendosser la blouse blanche. Mais, la veille, l'incident du restaurant l'avait remis en selle.

Après le repas, Piper avait repris du poil de la bête, peut-être grâce à la magie des cupcakes, et elle aussi semblait s'ennuyer ferme.

C'était décidé. Ils iraient explorer le territoire inconnu de la falaise.

Il emballa un cupcake pour la route, harnacha Piper sur son dos, et ils sortirent sur la plage.

Ils se dirigèrent vers le chemin consolidé par des marches qui montait vers les trois fermettes, dont l'une d'elles était probablement la maison de Catrina.

Cela faisait du bien d'être dehors, le vent lui donnait un coup de fouet et chassait un peu sa tristesse.

— Papa, papa, papa ! chantonna Piper avec conviction.

Elle aussi, elle aimait être à l'air libre. C'était son anniversaire, il était censé exaucer tous ses souhaits. Mais quel souhait pouvait-on nourrir à un an, à part celui d'avoir une maman ?

Hélas, il n'était pas en mesure de le réaliser, mais si Catrina était chez elle, et si elle acceptait de leur ouvrir, elle fournirait peut-être à Piper un peu de cette compagnie féminine qui lui manquait tant.

La pente était raide. Il sentait les muscles de ses cuisses souffrir. Pas étonnant que Catrina soit en aussi bonne forme, si elle la gravissait plusieurs fois par jour !

En arrivant au sommet, il se rendit compte que l'escalier menait à une allée qui desservait d'un côté l'arrière des trois maisonnettes, et de l'autre un sentier de promenade qui courait le long de la falaise. Les fermettes étaient bordées de haies qui les protégeaient du regard des promeneurs.

Tant mieux. Il n'aurait pas aimé qu'un rustre épie Catrina dans sa cuisine. Mais les haies l'empêchaient aussi d'observer les cottages de plus près.

En désespoir de cause, il emprunta le sentier de randonnée qui les mena à un belvédère où se trouvaient un banc et un télescope des années cinquante, ancré au sol par un solide pied de ciment.

Non sans mal, car Piper gigotait dans son dos, il était en train de se pencher pour regarder dans les jumelles, quand il entendit une voix derrière eux.

— Piper devait peser son poids dans la montée de la côte.

Gagné. Il avait vu juste. Catrina habitait bien dans le coin !

— Bonjour, Catrina.

— Bonjour, tous les deux. Que venez-vous faire dans les nuages ?

— Nous n'étions jamais montés sur cette falaise. Comme c'est l'anniversaire de Piper, j'ai voulu lui offrir cette petite aventure en terre inconnue.

Un sourire illumina le visage de Catrina.

— Joyeux anniversaire, ma chérie. J'espère que papa t'a fait un gâteau ?

— A-to, répéta Piper en tapant joyeusement des mains.

— Bien sûr, dit-il. Nous avons confectionné des cupcakes, et c'est Piper qui a collé les vignettes de princesse en pâte d'amande.

— Mes félicitations à tous les deux. J'aurais bien voulu voir ces merveilles.

— Il se trouve que nous avons emporté un cupcake pour le goûter. Je suis sûr que Piper ne verra aucun inconvénient à le partager avec vous.

Hum, il s'avançait peut-être un peu. Sa fille n'était pas partageuse pour les sucreries.

Le sourire sceptique de Catrina indiquait qu'elle partageait ses doutes. Une petite fille de un an ne se laisserait pas spolier sans rien dire d'un demi-cupcake, surtout le jour de son anniversaire !

— On ne va pas rester au bord de la falaise, dit Catrina,

ce n'est pas un endroit très sûr pour un bébé. Venez donc chez moi, je vous ferai visiter les lieux. Nous nous assiérons sur la terrasse : elle est grillagée, Piper pourra y jouer en toute sécurité.

6.

Un peu décontenancée, Catrina devança Finn et Piper sur le sentier.

Elle avait du mal à croire qu'elle les avait invités chez elle !

Ils étaient en train de passer devant le cottage de Myra et du Dr Southwell quand la porte s'ouvrit. Au grand dam de Catrina qui vit le médecin sortir sous le porche.

Le sexagénaire sourit en l'apercevant, puis il écarquilla les yeux à la vue de ses compagnons.

— Finn et Piper avec Catrina ! Je vois que vous avez fait connaissance.

Le sang afflua à ses joues.

— Eh oui, marmonna-t-elle. À force de se croiser tous les jours sur la plage… Belle journée, n'est-ce pas ?

Comme si elle ne regrettait pas suffisamment son imprudente invitation, elle venait de se faire prendre en flagrant délit de conduire un homme chez elle ! Tout le monde serait au courant dès ce soir. Le Dr Southwell n'était pas particulièrement porté sur les commérages, mais Myra se ferait un plaisir de colporter la nouvelle à la cafétéria. Et Ellie, la belle-fille de Southwell, serait parmi les premières à être mises au courant. Ah, les plaisirs de la vie dans une petite ville…

— L'arrière-saison promet d'être splendide, dit le vieux médecin. Mais vous m'excuserez, il faut que je file à l'hôpital.

Et il s'éloigna dans l'allée en leur faisant un signe de main.

— Comme vous le voyez, je suis entourée de médecins

de toutes parts, dit Catrina en s'efforçant de masquer son embarras. Le Dr Southwell, et de l'autre côté ma chef de service, Ellie, et son mari qui se trouve être le fils du Dr Southwell.

— En cas de problème, vous n'avez pas besoin d'appeler SOS médecins.

— J'ai les secours à ma porte, c'est vrai, dit-elle tout en essayant de se rappeler si elle avait laissé son logis en ordre. Je vous préviens, la maison est toute petite.

— La mienne aussi. Tous les cottages du coin sont construits sur le même plan, je suppose. Au fait, il faudra que vous veniez me voir.

— Pour admirer les travaux ? Ce sera avec plaisir.

Façon de parler. Elle verrait d'abord comment se passait la visite impromptue de Finn.

Elle ouvrit et constata non sans soulagement qu'elle avait ouvert tous les stores le matin. La salle de séjour était inondée de lumière, et les yeux étaient d'emblée attirés par la porte-fenêtre de laquelle on apercevait l'océan.

— Quelle vue ! dit Finn en sortant sur la terrasse.

Le regard fixé sur la mer, il se mit à détacher maladroitement les lanières du harnais de Piper.

— Laissez-moi vous aider, proposa-t-elle en passant derrière lui.

Elle déboucla les lanières et souleva Piper pour la poser sur le tapis en jute.

Aussitôt, l'enfant rampa à quatre pattes jusqu'à la balustrade pour se mettre debout. Oscillant sur ses talons, elle se retourna vers son père pour lui adresser un sourire tout fier.

— Bravo, ma chérie ! dit Finn en s'accroupissant pour la soutenir par la taille.

Catrina resta en retrait, observant l'attendrissant duo.

Une adorable petite fille débordante de santé et un papa séduisant en diable. Il n'y avait rien de plus irrésistible qu'un bel homme aux petits soins pour un enfant. À son cœur défendant, elle se sentait de plus en plus sous le charme.

Soudain, elle repensa à ce qu'il lui avait dit : c'était le premier anniversaire de Piper. Or, il lui avait confié que sa femme l'avait quitté le lendemain de la naissance de leur fille… Ce qui signifiait que c'était également l'anniversaire de son départ.

Bon sang, cela jetait un éclairage nouveau sur la situation ! Lors de l'anniversaire de la mort d'Ed, elle n'avait même pas eu le courage de sortir du lit.

— Voulez-vous boire quelque chose ? demanda-t-elle, la gorge serrée. J'ai une tasse spéciale pour bébé — pour la fille d'une de mes amies lorsqu'elle vient me rendre visite.

— Non, merci. Piper a sa bouteille d'eau.

Il ouvrit le sac à dos pour en sortir une sorte de bouteille Thermos rose, ainsi qu'un sachet transparent contenant un cupcake, qu'il cacha prestement derrière son dos.

— Il vaut mieux qu'elle ne le voie pas. Je vous ai promis la moitié du gâteau, mais vous me rendriez service en le mangeant en entier. Piper en a déjà eu trois. Elle va être malade si elle en mange davantage.

Sans se faire prier, Catrina s'empara du sachet et, le dos tourné à Piper, en sortit le gâteau.

Ils avaient eu la main lourde sur le glaçage, mais elle n'allait pas faire la difficile. Un cupcake, ça ne se refuse pas.

— Mmm, s'il est aussi bon qu'il est beau…

— C'est Piper qui a collé l'étiquette.

— Bravo. Et bravo aussi au papa.

Elle avala une bouchée.

C'était un peu pâteux, et le glaçage était trop épais. Mais c'était l'intention qui comptait.

— Pas mauvais, dit-elle avec un sourire. Je vais garder le reste pour plus tard. Voulez-vous qu'on aille se promener sur la falaise ? À un kilomètre au nord, il y a une grotte qui offre une vue imprenable sur l'océan. Et une petite colline à l'herbe bien verte qui sert de toboggan naturel aux enfants du coin, Piper est un peu petite pour s'essayer au toboggan, mais rouler dans l'herbe ne devrait pas lui déplaire.

— Je confirme. Y a-t-il un endroit où je peux la changer avant qu'on ne parte ? J'ai tout le nécessaire…

— Installez-vous sur mon lit, dit-elle en lui désignant la chambre. Entre-temps, je nous prépare un petit en-cas.

Dans la cuisine, elle emballa deux cannettes de soda, des abricots pour Piper, des biscuits à l'amarante que la petite pourrait réduire en miettes à sa guise, un paquet de chips, deux pommes et une banane. Elle y ajouta une couverture à carreaux — ce serait la première fois qu'elle servirait pour un pique-nique — et fourra le tout dans une grande besace.

Ils se mirent en route dix minutes plus tard, Piper bien calée sur le dos de son père et Catrina fermant la marche comme si elle faisait partie de la famille.

Sauf qu'elle n'en faisait pas partie. Elle n'était même pas une amie, juste une vague connaissance. Elle ferait bien de ne pas l'oublier !

Le soleil chauffait sur le sentier. Heureusement, une fraîche brise marine faisait voler ses cheveux et ceux de Piper.

La fillette était blonde, ses boucles allaient sûrement foncer plus tard pour virer au châtain, mais elle ne serait jamais aussi brune que son père. La maman devait être blonde…

Quand il lui avait dit l'autre jour qu'elle était partie avec un autre, s'agissait-il d'une boutade ?

Plus tard, si l'occasion s'en présentait et si elle en avait le courage, elle demanderait à Finn ce qu'il était arrivé à la mère de Piper. Pour l'heure, ce n'était pas le moment de lui poser la question, d'autant qu'il semblait enfin se détendre.

Un paquebot de croisière glissait à l'horizon. Ils étaient en train de le regarder tout en marchant quand une mouette vola au-dessus de leurs têtes avant de piquer vers l'océan.

— Zo, zo ! cria Piper, son index pointé vers l'endroit où l'oiseau avait disparu dans l'eau.

Tout excitée, elle gigotait ferme dans le dos de Finn.

Ils s'arrêtèrent, le temps que la mouette émerge des eaux avec son butin dans le bec.

Tels des oiseaux volants, les surfeurs évoluaient avec grâce au milieu des vagues.

— J'adore le surf, dit Finn.

— Moi, je n'en ai jamais fait.

Un défi de plus à ajouter à la liste.

— Quand Piper sera plus grande, je lui apprendrai à surfer. Cette baie semble l'endroit idéal.

— À une époque, avant son mariage, le Dr Southwell faisait du surf tous les matins. L'an dernier, il s'est malheureusement assommé contre les rochers, et on a dû l'évacuer en hélicoptère. À quelque chose malheur est bon, puisque cela a permis à Ellie de rencontrer Sam qui était venu de Brisbane remplacer son père à l'hôpital. Ils sont désormais mariés. Ils vont avoir un enfant, et c'est moi qui vais prendre la direction de l'équipe des sages-femmes pendant un an, d'où mon passage en garde de jour.

— Bref, tout le monde est gagnant.

La note d'amertume ne lui échappa pas.

Finn ne supportait-il donc pas qu'il y ait des couples heureux ?

— C'étaient eux qui vous accompagnaient au restaurant vendredi ? reprit-il.

— Entre autres. Il y avait aussi Myra, l'épouse du Dr Southwell. On célébrait le départ d'Ellie en congé maternité et ma promotion.

— Félicitations.

— Merci. J'inaugurerai mes nouvelles responsabilités demain. On verra comment je m'en sors.

— Je vais moi-même reprendre bientôt du service, mais pas à l'hôpital. Le Dr Southwell m'a proposé de travailler dans son cabinet en ville. Je commencerai dès que j'aurai trouvé une baby-sitter pour Piper.

Elle haussa les sourcils.

— Êtes-vous médecin généraliste ?

— Non, je suis pédiatre. Je me suis également spécialisé en obstétrique. Il m'est arrivé de recevoir des futures mamans en consultation, mais je n'ai jamais pratiqué d'accouchement.

— À nous deux, nous formerions une bonne équipe, dit-elle en riant. Vous pour le suivi pré et postnatal, et moi pour l'accouchement. Pour en revenir à cette baby-sitter que vous cherchez, j'ai peut-être quelqu'un pour vous, si ça vous intéresse.

Le visage de Finn se referma, et elle regretta de s'en être mêlée.

Il ne semblait pas prêt à confier sa fille à une tierce personne. Il aurait manifestement du mal à couper le cordon ombilical avec sa petite puce, et il préférait que ce soit le plus tard possible, comprit-elle.

— Vous connaissez quelqu'un ? reprit-il cependant. Il va bien falloir que je trouve tôt ou tard une nourrice ou une garde d'enfant…

— Oui. Elle s'appelle Marni. Elle adore les enfants. Ses jumeaux ont six mois, et elle vient de recevoir son agrément de nourrice.

7.

Finn n'avait plus du tout envie d'admirer le paysage. Il regrettait d'avoir parlé de baby-sitter. Quelque chose l'avait poussé à aborder le sujet comme pour se lancer un défi. Pour Piper, il s'était promis d'aller de l'avant, et il fallait qu'il s'oblige à envisager la chose, même s'il y répugnait.

Son instinct lui criait de faire marche arrière, de dire à Catrina qu'ils en reparleraient lorsqu'il serait prêt. Sans doute comprendrait-elle.

— Cette Marni, c'est quelqu'un en qui on peut avoir confiance ? s'entendit-il dire en lieu et place. Vous me la recommandez ?

Dans le regard de Catrina se mêlaient bienveillance et compassion.

— Bien sûr. Sinon, je ne vous en aurais pas parlé. Si j'avais un enfant, poursuivit-elle, je le confierais à Marni les yeux fermés.

Il entendit une étrange petite fêlure dans sa voix.

Pensait-elle à son mari décédé ? Regrettait-elle de ne pas avoir un enfant de lui ? Au moins, lui, il avait Piper. Sans elle, sa vie n'aurait pas de sens.

— Peut-être pourrions-nous organiser une rencontre entre Piper et Marni et voir si le courant passe entre elles, suggéra Catrina.

— Bonne idée. Dites-m'en un peu plus sur cette femme.

— Eh bien, elle a vingt-huit ans. Son mari et elle possèdent la teinturerie de la grand-rue, mais Marni est mère au foyer. C'est le genre maman poule. Ses jumeaux débordent de santé maintenant, et c'est tant mieux car elle a failli les perdre à vingt-trois semaines d'aménorrhée. Elle a passé beaucoup de temps alitée à l'hôpital afin de pouvoir mener sa grossesse à terme. Nous, les sages-femmes de Lighthouse Bay, nous la considérons comme notre héroïne. Et notre héros est Sam, le mari d'Ellie, gynécologue-obstétricien, et spécialiste des grands prématurés. Heureusement, il était là pour suivre Marni. Par le passé, Bob et elle avaient déjà perdu une petite fille née deux mois et demi avant terme.

Finn hocha la tête distraitement.

Il ne savait que penser. Marni avait des jumeaux qui devaient occuper pleinement ses jours et ses nuits. Or, il voulait quelqu'un de disponible pour Piper.

— Elle a des jumeaux et elle veut tout de même s'occuper d'autres enfants ?

— Elle adore les bébés, les siens et ceux des autres, dit Catrina, un sourire rassurant aux lèvres. Avant d'avoir son agrément, elle les gardait gratuitement. Mes collègues et moi, nous ne cessons de lui dire qu'elle ferait une sage-femme formidable. Cela ne m'étonnerait pas qu'elle envisage de suivre une formation une fois que ses garçons seront assez grands pour aller à l'école. Tout ça pour vous dire qu'elle sait y faire avec les enfants et que Piper sera en parfaite sécurité chez elle.

— Hum. Pourriez-vous me donner son numéro ?

— Bien sûr. Encore mieux, je pourrais vous emmener chez elle, ce qui vous permettrait de les rencontrer, elle et son mari. Ce sont des gens très sympathiques. Ils habitent dans votre rue, le cottage bleu.

Le projet prenait forme, il sentit la panique monter en lui.

Il contacterait cette Marni, mais pas aujourd'hui.

Le regard empreint de compassion, Catrina lui toucha le bras.

— Réfléchissez-y. Je vous recommande Marni car je la

connais, mais il y en a d'autres, tout aussi bien. Je suis sûre que vous trouverez quelqu'un qui répondra à vos attentes. Lorsque vous serez prêt.

Ses craintes se voyaient-elles donc tellement ?

Il partit d'un rire qu'il voulait désinvolte.

— Tous les parents obligés de reprendre le travail doivent en passer par là, je suppose.

— Bien sûr. Certaines mamans qui viennent d'accoucher refusent de passer la nuit à l'hôpital car elles sont pressées d'aller retrouver leurs autres enfants. Si ce bout de chou était ma fille, ajouta-t-elle en jetant un coup d'œil vers Piper, j'aurais moi aussi du mal à m'en séparer.

Il serra les dents.

Toutes les femmes n'avaient pas la fibre maternelle. Certaines pouvaient abandonner leur progéniture sans aucun état d'âme, par exemple Clancy. Il redoutait le jour où Piper lui poserait des questions au sujet de sa mère et où il devrait lui dire la vérité.

— Nous serons bientôt arrivés à la grotte, annonça Catrina.

Il se réjouit du changement de conversation.

Enfoncée dans la falaise, la grotte avait presque la taille d'une maison. Malgré son mètre quatre-vingt-dix, il pouvait y tenir sans avoir besoin de se plier en deux. À l'entrée, quelques blocs de pierre servaient de bancs aux promeneurs désireux de faire une pause ou de se protéger de la pluie. Des traces de suie indiquaient que de nombreux campeurs y avaient fait du feu et planté leur bivouac, mais l'endroit était préservé de toute dégradation — aucun citadin en goguette n'avait, Dieu merci, gribouillé de graffiti sur les parois. La fraîcheur augmentait à mesure qu'on avançait vers le fond de la grotte.

Ils explorèrent les lieux pendant quelques minutes, puis ils se mirent en chemin vers la colline. Au bas de la pente, ils étalèrent la couverture de Catrina et s'installèrent.

Il sortit une balle du sac à dos et la fit rouler dans l'herbe en direction de Piper qui, toute contente d'être libérée de son harnais, la lui renvoya en gloussant joyeusement.

— C'est bien, ma puce !

Catrina commençait à sortir les victuailles de la besace.

Il vint s'asseoir à son côté, donna un biscuit à Piper et prit une pomme pour lui-même.

— Mon dernier pique-nique remonte à si longtemps que je ne m'en souviens même plus, avoua-t-il.

— Pareil pour moi, dit Catrina en débouchant une cannette.

Elle prit une gorgée de soda et poussa un soupir d'aise.

— Quel bel après-midi ! Remarquez, il fait toujours beau à Lighthouse Bay.

— Toujours ?

— Non, rectifia-t-elle en riant. Nous avons parfois des tempêtes et des vents de force 10. On a alors intérêt à fermer les volets et à rester calfeutré chez soi, mais cela n'arrive qu'une ou deux fois dans l'année.

Après le pique-nique, ils s'allongèrent pour faire une sieste, chacun à un bout de la couverture. Piper s'endormit dans ses bras, et il resta à regarder les nuages défiler au-dessus d'eux. Il lui aurait suffi d'allonger le bras pour prendre la main de Catrina, mais le Finn qui aurait osé un tel geste était mort un an auparavant.

Une heure plus tard, alors qu'ils prenaient le chemin du retour, il fit tout de même preuve de courage pour lui demander l'adresse exacte de Marni.

— Voulez-vous qu'on aille frapper à sa porte maintenant ? proposa Catrina.

— Sans l'avoir prévenue de notre visite ?

Malgré sa réticence, il se rendait compte qu'une visite impromptue lui permettrait de mieux évaluer la personne et l'environnement. Si la maison était sale, mal rangée, ou présentait un danger pour Piper, il le saurait de suite. Et puis, Catrina l'aiderait à briser la glace.

Dans l'intérêt de Piper, il devait accepter. Il ne laisserait pas sa fille à une tierce personne sans être sûr à cent pour cent que celle-ci possédait les qualités requises.

Quelques minutes plus tard, ils sonnaient à la porte de la nourrice.

Un homme aux cheveux roux vint ouvrir. Des pleurs de bébé s'entendirent derrière lui, et une odeur de rôti chatouilla les narines de Finn.

Cela faisait une éternité qu'il n'avait pas mangé de rôti ! Il en avait l'eau à la bouche.

— Catrina ! dit l'homme, tout sourires. Comment vas-tu ?

— Bien, Bob. Et toi ? Mmm, quelque chose sent divinement bon, dit-elle après qu'ils se furent embrassés sur la joue. Quelle chance tu as d'avoir un cordon-bleu pour femme !

— Il y a toujours une place pour toi à table, Catrina, tu le sais bien.

— Je te présente un ami, Finn Foley, et sa fille Piper. Il aurait éventuellement besoin d'une nourrice pour Piper et je lui ai parlé de Marni…

Elle le présentait comme un ami, ce qui lui fit chaud au cœur. Catrina était pour l'heure sa seule amie à Lighthouse Bay.

— Il aimerait s'entretenir avec elle si c'est possible.

— Bien sûr. Entrez. Marni, ma chérie, lança Bob en élevant la voix, je t'envoie un papa qui aurait besoin de renseignements sur les gardes d'enfant.

Finn aima la manière dont Bob présentait la chose. Des renseignements, cela n'engageait à rien.

Un peu nerveux toutefois, il entra à la suite de Catrina dans la salle de séjour qui s'ouvrait sur une cuisine à l'américaine. Le cottage était plus grand que le sien, car le couple avait construit une extension où deux bambins étaient en train de s'ébattre sur une couverture, entourés de jouets de toutes sortes. Par la baie vitrée, on apercevait un minuscule jardin clôturé.

En plus d'être un cordon-bleu, la maîtresse des lieux était aussi une fée du logis : il n'y avait pas un grain de poussière sur les meubles baignés de lumière, et le carrelage brillait comme un sou neuf. Même les jouets traînant au sol semblaient tout propres.

L'intérieur du cottage paraissait si parfait que Finn se détendit un peu. Comme son regard croisait celui de Catrina, il lui adressa un hochement de tête approbateur.

Une jeune femme vint au-devant d'eux en s'essuyant les mains sur un torchon. Elle aussi embrassa Catrina.

— Quel plaisir de te revoir, Catrina !

— Marni, je te présente Finn et Piper.

Le sourire un peu timide de Marni acheva de rassurer Finn.

Catrina l'aida à détacher sa fille de son harnais. Il le faisait d'habitude seul, mais il devait admettre que c'était plus facile avec de l'aide. Et puis, il aimait que Catrina le touche.

Il cala sa fille contre sa hanche et serra la main que Marni lui tendait.

Sa poignée de main était ferme, sa paume ne transpirait pas. Un bon signe.

— Ravie de faire votre connaissance, Finn. Vous habitez en haut de la rue, c'est cela ?… Bienvenue, ma puce, poursuivit leur hôtesse en caressant la joue de Piper. Regarde, ce sont mes garçons. Lui, c'est Olly, dit-elle en désignant celui qui jouait avec une sorte de chenille en plastique rouge. La plupart du temps, il est sage comme une image. Mikey qui est en train de mordre les oreilles de son nounours est par contre un petit coquin. Dis-moi, tu en as, de jolis yeux…

D'abord fascinée par les bébés, Piper se tourna vers la

dame qui lui souriait. Elle la regarda un instant puis enfouit le visage dans le cou de Finn.

Il lui caressa le dos.

— Elle est timide devant les inconnus.

— Bien sûr.

Marni les invita à s'asseoir.

— Alors, Catrina vous a dit que je gardais des enfants ? dit-elle en échangeant un sourire avec Catrina. Les sages-femmes de Lighthouse Bay sont ma meilleure publicité. Ce sont toutes des championnes. Savez-vous que sans elles et sans le jeune Dr Southwell, nous n'aurions pas nos magnifiques jumeaux ?

Finn se retourna vers les deux bambins aux joues rebondies.

— Oui, je le lui ai dit, dit Catrina. Tu es sûre qu'on ne te dérange pas ? Tu devais être en pleins préparatifs du dîner ?

— Ne t'inquiète pas, Bob va finir d'éplucher les pommes de terre.

Ça aussi, c'était rassurant : le mari partageait les tâches ménagères avec sa femme. Une atmosphère sereine régnait dans cette maison. Malgré le travail que leur donnaient les jumeaux, les parents contrôlaient de toute évidence la situation. Cet environnement serait sans nul doute bénéfique à Piper, qui avait besoin de s'ouvrir à d'autres adultes et à d'autres enfants. Cela n'aurait rien à voir avec la crèche de la grande ville où elle avait été si malheureuse.

Pourtant, en cet instant précis, elle s'accrochait encore à lui comme une moule à son rocher. Le visage enfoui dans son cou, elle refusait de regarder leur hôtesse.

— Mon objectif est de garder deux enfants en bas âge, expliqua celle-ci. Cela suffira à payer les gages de l'employée qui aide mon mari à la teinturerie. J'ai l'intention d'exercer ce travail de nourrice à domicile jusqu'à ce que mes garçons soient assez grands pour aller à l'école. Hélas, dans la vie, tout ne se passe pas toujours comme on le souhaite, dit-elle calmement. On verra bien si j'arrive à pérenniser mon activité.

Marni possédait des qualités humaines indéniables, et il voulait se l'attacher comme nourrice exclusive. Elle cherchait des clients, et lui, une personne digne de confiance qui soit prête à consacrer beaucoup de temps et d'attention à sa fille. S'il lui proposait de la payer double, accepterait-elle de ne s'occuper que de Piper en plus de ses jumeaux ?

Attention, toutefois, à la manière dont il formulerait son offre. S'il présentait le gain d'argent comme argument principal, cela risquait de froisser la jeune maman.

— Catrina m'a dit que vous veniez de recevoir votre agrément. Vos jumeaux doivent déjà solliciter pas mal de votre temps. Moi, je n'ai que Piper, et elle m'occupe bien…

Marni jeta un regard attendri à ses jumeaux, puis à son mari qui avait pris le relais dans la cuisine en enfilade.

— J'aime être entourée d'enfants. À une époque, Bob et moi pensions ne jamais connaître le bonheur d'être parents. Puis les garçons sont arrivés. J'ai dû passer deux mois allongée pour qu'ils aient une chance de naître à terme, ce qui nous les rend encore plus précieux…

Finn hocha la tête, compréhensif. Elle l'avait interrompu avant qu'il lui présente sa requête, mais il l'écoutait attentivement.

— J'ai peur de trop les gâter, poursuivit leur hôtesse. Afin qu'ils ne se considèrent pas comme des enfants rois, je veux leur apprendre les valeurs de don et de partage, pas seulement entre eux, mais également envers d'autres enfants. Et puis je ne vous cache pas qu'un peu d'argent supplémentaire sera le bienvenu. Enfin, il y a une troisième raison qui m'a poussée à demander l'agrément : Bob et moi, nous sommes tous deux des aînés de familles nombreuses. Or, nos neveux et nièces se trouvent à des milliers de kilomètres d'ici, dans la région de Perth. Afin de combler ce manque, nous nous sommes dit que ce serait bien d'accueillir d'autres enfants.

— Le choix de la profession de nourrice me semble tout indiqué dans ce cas.

Les arguments de Marni apportaient de l'eau à son moulin. Mais patience. Il ne fallait pas la brusquer en lui proposant son contrat d'exclusivité.

Marni tendit une petite peluche — un hérisson — vers Piper et lui chatouilla le cou avec. Partagée entre timidité et curiosité, Piper releva sa frimousse et poussa un petit cri de ravissement à la vue de la bestiole. Sous les yeux attendris de Marni, elle s'empara de la peluche pour la serrer contre elle.

— Puis-je avoir davantage de détails ? Combien de jours par semaine aurez-vous besoin de faire garder votre fille ?

— On m'a proposé un poste à mi-temps. Je travaillerai les lundi, mardi et mercredi.

La mère de famille hocha la tête.

— Trois jours de garde, c'est mieux que cinq pour une petite fille qui n'a pas l'habitude d'être séparée de son papa.

— En fait, elle a déjà été en crèche en ville, et elle ne s'y est pas plu du tout. Cela ne fait que six semaines que nous sommes inséparables. Peut-être pourrait-on commencer par une demi-journée d'essai ? Si elle n'est pas concluante, je reporterai mon retour à la vie professionnelle. Le bonheur de ma fille passe avant tout.

Pour la plupart des gens, travailler est une nécessité pour vivre mais, en exerçant pendant des années dans un cabinet de pédiatrie très en vogue, il avait assuré ses arrières.

Si Marni le considérait comme un privilégié, elle n'en montra rien.

— C'est bien de pouvoir s'adapter aux besoins de son enfant, dit-elle simplement, un sourire serein aux lèvres. Vous allez sûrement lui manquer au début.

— Pour vous dire la vérité, je ne suis pas encore tout à fait décidé à sauter le pas.

— Ce n'est pas grave, dit-elle sans se départir de son sourire. Vous vous renseignez, c'est normal.

Il n'aurait pu rêver femme plus compréhensive.

Engage-la, lui soufflait la voix de la raison. *Elle est parfaite.*

Mais il ne pouvait pas s'y résoudre.

En quête de soutien, il lança un regard vers Catrina, qui lui sourit en retour.

Sans doute n'intervenait-elle pas par discrétion, pour ne pas avoir l'air de se mêler de ses affaires.

— Combien d'heures pourrez-vous consacrer à Piper chaque jour ?

— Autant que vous voudrez, à condition de ne pas dépasser quarante heures par semaine, et hors week-ends, bien sûr.

— Où Piper dormira-t-elle dans la journée ?

— À côté de la chambre des jumeaux, il y a une petite pièce que nous avons aménagée en nursery en y installant deux lits. Inutile de me fournir des petits pots, c'est moi qui ferai la cuisine. Quand on prépare à manger pour quatre, on peut le faire pour cinq.

Rien à redire. En plus, ils habitaient à deux pas, dans la même rue !

Comme Piper, nettement plus détendue qu'à leur arrivée, câlinait son hérisson, il la souleva de ses genoux pour la poser à terre. Aussitôt, elle fila à quatre pattes vers les deux bébés en traînant le hérisson dans son sillage. Arrivée à un mètre des garçons, elle s'arrêta et s'assit sur son postérieur.

C'était trop mignon. Un bout de chou d'un an qui observait plus petits qu'elle.

Assez hésité. Il fallait qu'il se lance.

— J'ai rendez-vous avec mon futur employeur demain.

Peut-être pourrais-je vous laisser Piper pendant une heure pendant que je négocie mon contrat ?

— Pourquoi pas deux heures ? proposa Marni. Elle aura ainsi le temps de prendre ses marques, et vous n'aurez pas besoin de vous dépêcher de rentrer pour la récupérer. Je suis sûre que tout se passera bien.

Finn se leva, les jambes molles.

— Va pour deux heures.

Voilà, il avait franchi le Rubicon. Pourvu qu'il n'ait pas à le regretter !

Se levant à son tour, Catrina lui sourit d'un air approbateur. Rassurant.

— Voici ma carte professionnelle avec les numéros de fixe et de portable. Et ce flyer vous indiquera mes tarifs, dit Marni en lui tendant le tout.

— Merci, dit-il en soulevant sa fille dans ses bras. Je vous laisserai ma carte demain quand je vous amènerai Piper afin que vous puissiez me contacter à tout moment.

Bob quitta sa cuisine pour venir lui serrer la main.

Quand la porte se referma derrière eux, Finn eut envie de s'adosser au battant, de soulagement.

Il avait su surmonter ses craintes et faire le premier pas pour commencer leur nouvelle vie. Et Marni avait raison, il n'y avait aucune raison que cela se passe mal.

— Vous n'avez pas dit grand-chose, fit-il observer à Catrina.

Elle rit.

— Je n'en ai pas eu besoin. C'était tellement évident que vous étiez faits les uns pour les autres !

8.

Le lundi suivant, à 17 h 30, Catrina sortit épuisée de sa garde.

En plus de s'occuper de ses patientes, elle avait inauguré ses responsabilités de chef de service, fait le planning pour la semaine, distribué les heures de pause, joué les arbitres pour régler quelques petits différends entre collègues et rempli des tonnes de paperasse. Elle avait grandement besoin de souffler !

Mais il fallait apprécier le bon côté des choses : désormais, il faisait jour quand elle quittait l'hôpital. Elle pourrait profiter de quelques heures de soleil, se promener à loisir sur la plage au lieu de se dépêcher d'aller se coucher, et même dîner en ville si l'envie lui en prenait.

Afin d'évacuer le stress de la journée, elle marcha d'un pas vif jusqu'à la digue, où elle resta assise un bon moment à admirer le ballet des vagues.

Sur le chemin du retour, elle sentit son cœur bondir de joie à la vue des silhouettes désormais familières de Finn et Piper. En l'apercevant à son tour, Finn agita la main, et Piper fit de même.

Comme ils s'approchaient, elle ne put s'empêcher d'admirer l'envergure des épaules de Finn, ses cuisses musclées, et son visage si charismatique éclairé d'un grand sourire — un sourire qui lui était destiné à elle, et à personne d'autre ! Rien que pour ça, cela valait la peine d'être de garde de jour.

— Bonsoir. Comment s'est passé l'après-midi de Piper chez la nourrice ?

— Très bien. Elle ne voulait pas partir quand je suis revenu la chercher !

Ne sachant si elle devait rire ou compatir, elle opta pour la seconde solution.

— Pauvre papa qui croyait que vous alliez lui manquer…

— C'est ça, moquez-vous ! s'indigna Finn.

Une indignation feinte à en juger par la malice qui brillait dans ses yeux.

— Avouez que vous avez dû être soulagé.

— Complètement. Cela m'a rassuré de constater qu'elle se sentait si bien dans un environnement étranger. Et c'est à vous que je le dois, Catrina. Merci beaucoup.

Comme elle aurait voulu prendre son fabuleux sourire en photo ! Une photo qu'elle pourrait ressortir lorsqu'elle aurait le moral à zéro.

— De rien. Pour le peu que j'ai fait…

— Ne minimisez pas votre mérite. Pour vous témoigner notre reconnaissance, Piper et moi nous aimerions vous inviter à dîner jeudi. Si vous êtes libre, bien sûr…

Il avait marqué une hésitation sur les derniers mots, comme s'il ne s'attendait pas à ce qu'elle soit libre.

— Je n'ai rien de prévu et je viendrai avec plaisir.

Le soulagement se lut sur le visage de Finn.

— Ne vous attendez pas à quelque chose de spécial, ce sera à la fortune du pot. Au moins, cela vous évitera d'avoir à faire la cuisine chez vous. On mangera de bonne heure, ainsi, vous serez rentrée avant la tombée de la nuit.

Elle rit. Étant donné que la nuit tombait à 19 heures, ils n'auraient pas intérêt à traîner.

— Je pourrai être chez vous à 18 heures. Sauf urgence, auquel cas je vous appellerai pour annuler.

— Je sais ce que c'est. Et nous ne vous en voudrons pas.

— Parfait. Merci pour l'invitation, Piper, dit-elle en chatouillant la cheville potelée qui dépassait du harnais.

Un joyeux gloussement lui répondit.

— Maman, maman, maman.

Elle fit semblant de ne pas avoir vu le spasme de douleur qui avait déformé le visage de Finn l'espace d'un instant.

— Sans doute a-t-elle passé son temps à le dire chez Marni, dit-elle, s'efforçant de prendre son ton le plus désinvolte. Les jumeaux vont apprendre à parler tôt avec elle. Connaissant les garçons, je parie qu'ils retiendront tous les gros mots que leur père dira.

La remarque était censée arracher un sourire à Finn. Et elle y parvint.

— Et vous, Catrina, votre première journée en tant que chef de service s'est bien passée ?

— Disons que… Elle s'est passée. Entre la paperasse et les commandes aux fournisseurs, j'ai essayé de faire mon travail de sage-femme. Chapeau à Ellie qui ne s'est jamais plainte ! Je suppose qu'il faut que je prenne mes marques. Mais quel plaisir de finir en plein jour au lieu de regagner ses pénates entre chien et loup ! Et ce sera encore mieux avec le changement d'heure, où il ne fera pas nuit avant 20 heures.

Les soirées seraient alors plus longues, et les occasions de croiser Finn et Piper sur la plage plus nombreuses.

Finn n'écoutait Catrina que d'une oreille.

Elle allait venir dîner jeudi !

Il se sentait tout excité à cette perspective, sans trop vouloir en approfondir la raison. Il avait l'impression de redevenir un adolescent en proie à ses premiers émois.

Pourtant, Catrina n'avait jamais émis de signaux indiquant qu'elle s'intéressait à lui autrement que comme une amie. Et au départ cela lui convenait parfaitement. Leurs brèves rencontres sur la plage lui avaient changé les idées en l'arrachant à sa tristesse, jusqu'à ce qu'il se rende compte qu'il les attendait avec une impatience grandissante. À chaque fois qu'il la voyait, il remarquait un détail nouveau, comme cette mèche de cheveux dorés par le soleil qui lui tombait sur le front et qu'il avait envie d'écarter de ses yeux. Ou la ligne gracieuse de sa nuque où la peau semblait si tendre, si douce.

Au départ, c'était pour Piper qu'il avait voulu se rapprocher de Catrina, afin que sa fille ait une présence féminine dans sa vie, mais la jeune sage-femme irradiait une telle chaleur autour d'elle qu'il sentait ses défenses fondre un peu plus de jour en jour.

C'était égoïste de rechercher sa compagnie étant donné qu'il n'avait pas grand-chose à lui offrir. Techniquement, il était toujours marié. Pourtant, depuis qu'il était à Lighthouse Bay, il commençait lentement à se reconstruire et à s'ouvrir aux autres, et à devenir un meilleur père pour Piper.

Au cours de ce dîner, ils fêteraient le placement en nourrice de Piper ainsi que sa propre prise de fonctions au cabinet médical lundi prochain. Il avait invité Catrina un jeudi car il savait qu'elle travaillait les quatre premiers jours de la semaine. Jeudi soir, elle serait donc plus disponible et disposée à veiller tard.

Au cours de ce dîner, il tâterait le terrain pour voir si elle accepterait de passer davantage de temps en sa compagnie le week-end suivant.

Mais il ne fallait pas mettre la charrue avant les bœufs.

— Je suppose que le Dr Southwell vous a fait visiter son cabinet ?

La voix de Catrina le ramena au présent.

— Oui. Il m'a montré mon futur bureau ainsi que les salles de soins. J'ai hâte de commencer.

Il avait déjà demandé à son ancien cabinet de lui expédier son matériel. L'alternative aurait été d'aller le chercher lui-même, sauf qu'il n'avait aucune envie de remettre les pieds en ville.

— Reg Southwell m'adressera les petits patients en priorité, de sorte que je pourrai continuer d'exercer ma spécialité.

Catrina hocha lentement la tête.

— Nous aurions bien besoin d'un pédiatre supplémentaire à l'hôpital. La demande est telle qu'il y a un délai d'attente de plusieurs semaines pour obtenir un rendez-vous avec le consultant. Peut-être pourriez-vous effectuer quelques vacations chez nous ?

— C'est prévu. Reg m'en a parlé, et cela ne me dérange pas du tout. En fait, il compte s'absenter bientôt pour plusieurs jours.

— Je suis au courant, dit Catrina en riant. Myra est parvenue à le convaincre de partir en croisière avec elle.

Reg s'était bien gardé de lui confier ce détail.

— Je ne savais pas qu'il s'agissait d'une croisière ! Mais je pense que je n'aurai aucun mal à tout gérer. C'est un petit cabinet.

— Que ferez-vous lors des urgences de nuit ? demanda-t-elle.

— Le Dr Southwell est souvent appelé la nuit ?

— Parfois. La plate-forme téléphonique sollicite d'habitude les médecins de l'hôpital, mais il peut arriver qu'elle fasse appel au généraliste.

— Hum. Je n'y avais pas pensé…

Marni accepterait-elle de garder Piper la nuit ?

— Il va falloir que vous y réfléchissiez. De toute façon, le problème ne se posera pas tant que le Dr Southwell sera là.

Maudite croisière ! Sans connaître cette Myra, il lui en voulait d'avoir convaincu son médecin de mari d'abandonner ses patients quelques jours pour s'adonner à une activité aussi futile. Proche de la retraite, Reg n'avait pas dû se faire beaucoup prier…

Zut. Il regrettait presque d'avoir signé ce contrat avec

Reg Southwell. Il aurait dû attendre encore un peu. Alors qu'il croyait que tout se mettait en place, cette complication lui rappelait que la vie d'un parent célibataire est semée d'embûches. Une de plus. Il commençait à en avoir l'habitude.

Le jeudi, contrairement à ce que Finn avait dit à Catrina, il décida de mettre les petits plats dans les grands. Il tenait de sa mère le goût de la cuisine, et il avait naguère mitonné à Clancy de bons petits plats durant les quelques mois de leur mariage.

Il savait que Catrina aimait la viande. Lorsqu'elle avait partagé leur repas au restaurant le week-end de leur rencontre — était-ce il y avait seulement une semaine ? —, elle avait commandé un sandwich au rosbif.

Le bœuf figurait donc au menu sous forme d'un rôti.

Après l'avoir cuit, nourri de beurre et doré dans les règles de l'art, il le découpa puis le remit au four recouvert d'une feuille de papier d'aluminium avec ses accompagnements — petites pommes de terre fondantes, oignons braisés, carottes et haricots verts. La sauce était particulièrement réussie.

Tout droit sortis du four, des petits pains achevaient de refroidir dans une corbeille en osier recouverte d'un torchon.

Tout était prêt pour leur invitée.

Piper aurait droit à un peu de tout. Il lui découperait sa viande en tout petits morceaux afin qu'elle puisse se régaler à table en leur compagnie.

Assise dans son parc dans la salle de jeux, elle était en train de parler à son lapin en peluche. Elle avait déjà pris son bain, portait sa grenouillère pyjama et montrait des signes de fatigue, de sorte qu'il commençait à se demander s'il ne ferait pas mieux de lui servir son dîner maintenant.

Ce serait difficile de nourrir Piper sans prélever au passage une tranche de rôti pour lui. Il mourait de faim.

Il tendait la main vers le gant de four quand on frappa à la porte.

Se sentant soudain nerveux comme un adolescent à son premier rendez-vous, il se précipita.

C'était ridicule ! Ils n'étaient qu'amis.

Debout sous le porche, les cheveux nimbés de soleil, Catrina lui adressa un sourire presque timide. Belle comme le jour, elle portait une robe en cotonnade imprimée, un cardigan et des sandales couleur corail qui laissaient entrevoir des ongles peints de la même couleur.

Elle avait pris la peine de se changer pour lui…

— Vous êtes ravissante.

— Merci, dit-elle en rougissant. Moi aussi, j'ai un compliment à vous adresser : ça sent très bon chez vous.

Il éclata de rire.

— Pour ne rien vous cacher, j'étais impatient que vous arriviez. Je meurs de faim !

Son impatience s'expliquait également par une autre raison, mais il ne voulait pas effaroucher Catrina en la lui révélant.

Elle rit à son tour, et le tendre ourlé de ses lèvres se gonfla de manière tentatrice.

Pourtant, il était sûr qu'elle ne se servait pas de sa beauté pour le séduire. Catrina Thomas n'attendait rien de lui. Sans doute était-elle à mille lieues d'imaginer qu'elle occupait de plus en plus ses pensées.

9.

Quand Finn avait ouvert la porte, Catrina avait senti son cœur bondir. Durant toute la journée, elle avait attendu le moment de le revoir.

Le regard admiratif qu'il avait promené sur sa silhouette ne lui avait pas échappé, et elle ne regrettait pas le quart d'heure passé à se changer et à retoucher son maquillage. Une fois n'était pas coutume, elle avait dénoué ses cheveux pour les laisser flotter sur les épaules, ce qui semblait recueillir l'approbation de Finn.

Allongée dans son parc, Piper s'était redressée à son approche et lui avait adressé un sourire adorable, auquel elle avait répondu par un baiser.

À présent, elle était assise à table avec, en face d'elle, Piper juchée sur sa chaise haute, bavoir au cou, tandis que Finn s'affairait dans la cuisine en enfilade.

— Puis-je vous aider ?

— C'est une cuisine minuscule, il n'y a pas de place pour deux. En revanche, si vous voulez vous rendre utile, donnez donc un morceau de pain à ma fille. Elle le mâchera pendant que ses légumes refroidiront. J'ai appris à mes dépens qu'il vaut mieux l'occuper quand j'ai le dos tourné, sinon, elle commence à s'agiter et à vouloir descendre de sa chaise. C'est une redoutable cascadeuse.

— Ah. Tenez, mademoiselle, dit-elle en se dépêchant de passer un morceau de pain à la fillette. Une tactique de diversion dictée par votre papa. Je ne fais qu'obéir.

Piper s'empara avidement de l'offrande et y mordit à pleines gencives.

Deux secondes plus tard, Finn arrivait avec le premier plat et une saucière pleine.

— Légumes et sauce au vin rouge et au poivre doux, annonça-t-il.

Il rebroussa chemin et revint deux minutes plus tard avec le plat de résistance, un magnifique rôti de bœuf rosé à cœur.

— Si vous n'aimez pas la viande saignante, les tranches à point sont sur le bord, dit-il en prenant place à côté de sa fille.

— Mmm, j'en ai l'eau à la bouche ! Figurez-vous que j'avais tellement de travail aujourd'hui que je n'ai pas eu le temps de déjeuner. Et cela fait bien deux ans que je n'ai pas mangé de rôti de bœuf.

Quand Ed était tombé malade, elle avait cessé de lui mitonner de bons petits plats auxquels il n'aurait de toute façon pas touché.

La tristesse l'assaillit à ce souvenir, et elle se plaqua un sourire sur ses lèvres pour faire bonne figure. L'heure n'était pas à ressasser le passé.

— Est-ce le premier rôti de Piper ?

— Oui. Il faut fêter cela en plus de tout le reste.

Il souleva la carafe d'eau pour remplir leurs verres.

Des verres de cristal.

— Servez-vous. Moi, je vais m'occuper de Piper.

Prenant l'assiette en plastique ornée de personnages de dessins animés, Finn y découpa en menus morceaux une demi-tranche de bœuf et des légumes.

Il maîtrisait tellement bien ce geste réservé d'ordinaire aux mères qu'elle en sourit. Un vrai papa poule.

Elle attendit qu'il se serve à son tour avant d'attaquer son repas.

Mmm, la sauce était délicieuse, et les légumes et la

viande fondants à souhait. Finn faisait un sans-faute dans tous les domaines !

Tout en se régalant, elle promena son regard à la ronde, notant les touches décoratives : la frise d'animaux le long du mur, le mobile confectionné à partir de coquillages qui pendait au-dessus du lit de Piper, le tapis récapitulant les lettres de l'alphabet avec une chaise à la taille de sa propriétaire. Et des peluches aux quatre coins de la salle de jeux. Il y avait bien quelques petits accrocs dans la peinture, mais cela ne rendait les lieux que plus chaleureux — et le maître de maison plus attachant.

— Est-ce que vous aimez notre maison ?

Elle hocha la tête.

— Si un jour vous voulez arrêter la médecine, vous pourrez vous reconvertir dans la décoration.

— Et encore, vous n'avez pas vu la salle de bains ! C'est moi qui ai posé les carreaux de la douche, j'en suis particulièrement fier.

— J'y jetterai un coup d'œil, je vous promets.

Peut-être serait-elle amenée à revenir ? Cet homme et sa fille formaient un duo attendrissant, et elle espérait devenir leur amie. Peut-être même jouer un rôle plus important dans leur vie ?

Surtout ne pas précipiter les choses. Finn n'était pas prêt, et elle non plus. D'ailleurs, où en était-il avec la mère de Piper ?

La question lui fit l'effet d'une douche froide, et la nourriture perdit de sa saveur.

— Alors, racontez-moi comment s'est déroulée votre semaine, dit-elle avec un entrain factice. Piper était-elle toujours aussi enthousiaste après une journée complète chez Marni, ou lui avez-vous manqué ?

— Les deux. Marni a un merveilleux contact avec Piper. Et le Dr Southwell va bientôt voguer vers la Tasmanie en compagnie de sa chère et tendre. Ils partent dimanche. Je serai donc sur le pont au cabinet et à l'hôpital — trois jours de garde. Piper devra rester chez Marni. Heureusement, je ne serai d'astreinte qu'une seule nuit.

— Eh bien, pour quelqu'un qui reprend après plusieurs mois, vous mettez les bouchées doubles !

— J'aurais dû reprendre bien avant. Rien de tel que le travail pour vous remettre de plain-pied dans la vie réelle et chasser la déprime. Mais c'est aussi grâce à toi que je ne broie plus de noir, Catrina… Tu permets que je te tutoie, n'est-ce pas ?

Rien ne lui ferait plus plaisir. Ils étaient sur le point de franchir un cap dans leur relation, et, malgré la satisfaction que cela lui procurait, elle se sentait un peu nerveuse.

— Bien sûr. Les formalités, ça va un temps. Une nuit d'astreinte, c'est bon, tu limites les dégâts. Tu resteras chez toi à attendre les appels du médecin régulateur, et avec un peu de chance ce sera le calme plat.

— Je serai d'astreinte au cours de la nuit de jeudi. Piper couchera chez Marni.

Elle aurait été disponible pour garder la fillette, mais, au fond, mieux valait ne pas s'en mêler.

— Je suis sûre que tout se passera bien. Je bois à ta première semaine de travail à l'hôpital, ajouta-t-elle en levant son verre d'eau. En espérant croiser souvent ton sourire dans les couloirs.

— Ah ! Il va falloir que je me souvienne de sourire.

Le lundi, Finn se surprit à penser de plus en plus souvent à Catrina. Décidément, entre la place qu'elle occupait dans ses pensées et la tournure que prenait sa carrière — médecin généraliste avec quelques consultations pédiatriques et des vacations dans un hôpital de campagne —, il enchaînait les expériences inédites.

Plus d'une fois au cours du week-end, il avait provoqué

le hasard pour croiser Catrina. L'apercevant de sa terrasse, il était descendu sur la plage en feignant de tomber sur elle.

S'amusait-elle aussi à ce petit jeu ? Il voulait le croire.

Ils s'étaient donc beaucoup vus. Elle l'avait mis au courant des habitudes de l'hôpital : depuis que les sages-femmes avaient acquis plus de responsabilités et créé leur propre service au sein de la maternité, le fonctionnement de l'établissement en avait été transformé, et il n'était pas rare que des spécialistes et généralistes les assistent pour des grossesses à complications. Donc, il était prévenu : il aurait peut-être à prêter main-forte en maternité ou dans l'aile réservée au centre de naissance, la chasse gardée des sages-femmes.

Il n'avait pas encore tenté de l'embrasser. Dieu sait pourtant qu'il rêvait de cette bouche pulpeuse qui semblait si douce, si pleine de promesses.

Jamais la mère de Piper n'avait provoqué de sentiments aussi intenses en lui. Clancy et lui avaient été physiquement attirés l'un par l'autre, et ils avaient foncé tête baissée dans le mariage suite à l'accident de préservatif qui avait conduit à la conception de Piper. En réalité, ç'avait été davantage son idée que celle de Clancy, et il en avait, hélas, payé le prix fort.

Quelles qu'aient pu être les carences de sa femme, celle-ci lui avait donné Piper, et il ne pouvait désormais pas concevoir la vie sans sa fille, son bien le plus précieux. Sans Piper, il n'aurait jamais pu se sortir de la spirale infernale de la dépression.

Catrina, elle, l'aidait à se reconstruire et à s'insérer socialement dans la communauté, et elle stimulait ses instincts les plus nobles en le poussant à être meilleur. Grâce à cela, il serait peut-être un jour un meilleur partenaire pour une nouvelle compagne. Une compagne qui pourrait être elle ? Tout en elle lui plaisait, et il commençait à croire qu'elle aussi s'intéressait à lui.

Ce matin, en montant la colline en direction du petit hôpital, il espérait que ce serait le cas.

L'océan scintillait sous le soleil. Piper avait babillé de joie en retrouvant Marni et les jumeaux. Et lui-même allait travailler à l'hôpital après avoir remis le pied à l'étrier au cabinet de Reg. Tout s'annonçait sous les meilleurs auspices. La vie était presque belle.

Après une année de chaos et de ténèbres, il émergeait à la lumière et il avait envie d'ouvrir de nouveau son cœur. À Catrina, si elle voulait bien de lui.

Reg lui avait suggéré de se présenter d'abord au centre de naissance, au cas où quelque future maman serait sur le point d'accoucher, avant de commencer sa ronde des lits dans le bâtiment principal.

Professionnelles chevronnées, les sages-femmes n'avaient sans doute pas besoin de sa visite, mais Reg, en médecin de la vieille école un brin paternaliste, considérait qu'elles requéraient aide et protection — une opinion qu'il valait mieux ne pas ébruiter pour ne pas déclencher les foudres du personnel féministe.

Au moins, le conseil de son employeur lui donnait une excuse toute trouvée pour franchir les portes coulissantes de la maternité et chercher Catrina.

Soudain, une infirmière qu'il avait rencontrée lors de la visite de reconnaissance que Reg lui avait fait faire vendredi vint au-devant de lui en courant. Cela sentait l'urgence.

— Docteur Foley, suivez-moi en salle d'accouchement, s'il vous plaît. Tout de suite !

Il lui emboîta le pas. En entrant dans la salle, il vit Catrina penchée sur un chariot de réanimation, en train de prodiguer un massage cardiaque à un nouveau-né. Du pouce, elle appuyait à intervalles réguliers sur le minuscule thorax tandis que sa collègue pratiquait la ventilation artificielle. L'horloge numérique du chariot indiquait que la naissance avait eu lieu quatre-vingt-dix secondes avant.

Levant les yeux, Catrina le vit, et dans son regard le soulagement se mêla à l'inquiétude.

— La rupture du cordon ombilical anormalement court au cours de la phase d'expulsion a entraîné une perte de sang chez le nouveau-né, lui expliqua-t-elle d'une voix calme. Le bébé ne respire pas spontanément. Le rythme cardiaque était de soixante pulsations par minute. Grâce à la réanimation cardio-thoracique, il est remonté à quatre-vingt.

Tout en gardant une main sur la poitrine du nourrisson, elle tendit l'autre vers le robinet de la bouteille d'oxygène pour en diminuer le débit.

En effet, un apport trop important d'oxygène dans les poumons d'un nouveau-né pouvait causer autant de dégâts qu'une insuffisance respiratoire.

— Rhiannon, voici le Dr Foley, pédiatre, dit-elle à la maman.

Celle-ci tenait la main d'une femme plus âgée, et l'angoisse se lisait sur leurs visages.

L'augmentation du rythme cardiaque était bon signe. Il l'expliquerait à la jeune maman plus tard. Pour l'heure, il fallait agir.

L'oxymètre de pouls que quelqu'un avait enroulé autour du minuscule poignet indiquait un niveau stable du taux d'oxygène dans le sang.

— Fixez un cathéter à l'ombilic, ordonna-t-il. Je vais y insérer une perfusion de saline pour compenser les fluides qu'il a perdus.

— On chauffe la saline ? demanda Catrina.

— Oui.

Elles retirèrent le clamp qu'elles avaient fixé auparavant et mirent le cathéter en place.

Après s'être stérilisé les mains, il enfila des gants en latex, badigeonna la zone du nombril de lotion antiseptique puis s'appliqua à insérer la perf dans la veine visible à l'intérieur du moignon du cordon.

Pas question de confondre la veine avec les deux autres vaisseaux. Plus grosse que les autres, elle était la seule à conduire le sang au cœur.

Le minuscule tube transparent disparut sous la peau de l'abdomen.

— Ça y est, nous y sommes.

S'emparant de la seringue que lui tendait Catrina, il injecta lentement la saline dans le système sanguin du bébé.

— Il faut dix millilitres par kilo. Étant donné que ce petit bonhomme doit faire dans les trois kilos…

— Trois kilos et cent vingt grammes, précisa l'infirmière.

Le regard fixé sur le moniteur, Catrina hocha la tête d'un air soulagé.

Le rythme cardiaque était en train de remonter. La peau livide commença à se colorer, et, enfin, l'enfant se mit à bouger.

— Voilà, dit Finn à la maman. Vous pourrez bientôt le prendre dans vos bras.

Pour plus de précaution, il ordonna à l'autre sage-femme, prénommée Faith d'après son badge, de continuer la ventilation artificielle pendant quelques minutes.

— Tiens-toi prête à clamper le cordon, Catrina.

Une fois la perfusion injectée en totalité, il fallait resserrer le cordon afin que le fluide ne s'échappe pas.

Il retira la seringue vide et la posa sur le chariot.

— Laissons le cathéter en place. Il est possible que nous ayons à lui injecter des médicaments.

10.

Un peu rassurée en voyant le rythme cardiaque du nouveau-né dépasser quatre-vingt-cinq pulsations par minute, Catrina relâcha la poignée du chariot de réa qu'elle avait désespérément agrippée durant toute la procédure.

Le rythme cardiaque atteignit bientôt cent dix ppm, et le bébé se mit à gigoter. Agitant ses petites mains comme pour se débarrasser du masque, il commença à vagir — une douce musique aux oreilles de tous ceux qui assistaient à la scène.

La tension retomba, et Finn retira lentement la perfusion. Aussitôt, Catrina fixa un clamp sur l'extrémité du cordon ombilical déchiré.

Au bout de quelques minutes, Finn donna l'ordre à Faith de cesser la ventilation artificielle, et l'enfant qui battait désormais vigoureusement des pieds fut déposé sur le sein de Rhiannon.

Un instant tentée de retirer l'oxymètre de pouls, Catrina le laissa en place. Il serait plus facile de le monitorer ainsi qu'à l'aide du stéthoscope. Elle posa une couverture en coton sur la mère et le fils puis se tourna vers Finn qui contemplait le tendre duo.

— Félicitations, Rhiannon, dit-il avec un chaleureux sourire. Comme Catrina vous l'a dit, je suis le Dr Foley, pédiatre. La rupture du cordon ombilical lors de la phase d'expulsion est plutôt rare. Cette anomalie se produit quand le cordon est trop court, et cela peut alors entraîner une hémorragie…

Rhiannon et sa mère semblaient boire ses paroles.

— Nous avons stoppé l'hypovolémie — le déficit sanguin — grâce à la perfusion de fluides, ce qui a permis au rythme cardiaque de remonter et de se stabiliser. Comme vous pouvez le constater, l'amélioration est spectaculaire. Nous allons faire passer quelques examens à votre fils, et nous lui ferons une transfusion si nécessaire. Mais vu l'énergie qu'il déploie maintenant, je pense qu'on peut écarter le risque d'anémie.

— Seigneur, comme j'ai eu peur ! dit la jeune maman en serrant son bébé contre elle. Je me serais bien passée de cette complication.

Pareil pour elle, se dit Catrina. Avec le recul, elle devait admettre que la présence de Finn tenait du miracle. Alors qu'on ne l'attendait pas, il avait surgi de nulle part pour prendre en main la situation.

Mais elle s'en féliciterait plus tard. Pour l'heure, elle avait les soins postnataux à prodiguer.

Deux heures et demie plus tard, Catrina sortait de la chambre où elle venait d'installer Rhiannon et le petit Jackson, souriant pour elle-même au souvenir du déroulement des événements.

Tel Zorro, Finn avait surgi au moment critique pour voler à leur secours…

Comme elle se dirigeait vers le poste infirmier pour s'accorder une pause bien méritée, Finn déboucha des portes battantes qui conduisaient au bâtiment principal.

— Justement, je pensais à toi, lui dit-elle.

Le sourire qu'il lui adressa fit s'accélérer son cœur.

Du calme. Cet homme était marié.

— En bien, j'espère ?

Elle fit mine de réfléchir.

— Non. On ne t'avait pas sonné, ce matin, et il a fallu que tu viennes jouer les héros !

Bien entendu, elle le taquinait.

— Je plaisante, s'empressa-t-elle de dire en le voyant se figer. Excuse-moi. Heureusement que tu étais là !

Cette plaisanterie stupide était censée cacher son émoi de le revoir. Cet homme déclenchait en elle de curieuses réactions.

— J'ai cru un instant que tu étais sérieuse.

— Je ne voulais pas avoir l'air de te passer la brosse à reluire, mais sache que je n'ai jamais été aussi contente de voir quelqu'un. Faith et moi, nous étions en mauvaise posture, je sentais la panique monter…

— Tu le cachais bien.

— Pour ne pas effrayer la maman, mais je n'en menais pas large. En théorie, je savais ce qu'il fallait faire, mais entre la théorie et la pratique…

Ils allèrent s'asseoir côte à côte derrière le guichet du poste infirmier.

— Le problème était relativement simple, dit-il. Et nous avons pu le résoudre facilement. C'est un coup de chance, car je t'avoue que j'étais un peu rouillé — je n'avais pas pratiqué d'accouchement depuis mes années d'internat en obstétrique. À ce sujet, j'aimerais bien t'assister de temps en temps en salle d'accouchement afin de me remettre dans le bain. La prochaine urgence ne sera peut-être pas aussi simple.

— Bien sûr, je te préviendrai lorsque l'une de mes patientes entrera en salle de travail. Si tu veux, je peux également te faire un cours en accéléré sur les nouvelles techniques utilisées pour endiguer les hémorragies du post-partum et autres accidents de cordon.

— Ce ne sera pas de refus. Sachant que j'allais devoir faire des vacations en maternité, je me suis plongé dans des revues spécialisées ces jours-ci, mais la lecture et la réalité sur le terrain sont deux choses différentes.

— En principe, nous n'acceptons dans notre centre de naissance que les futures mamans qui ne présentent aucun risque de complications. Les autres sont admises dans le bâtiment principal, et les naissances des prématurés se déroulent en unité spécialisée de néonatalogie. Mais malgré ce tri, on n'a aucune assurance que tout se passe bien. La preuve, ce matin.

— Était-ce la première rupture de cordon à laquelle tu assistais ?

— La première, ici. J'ai déjà vu des cordons se déchirer et saigner, mais rarement se rompre de manière aussi nette.

— Heureusement, tu l'as clampé tout de suite, ce qui a limité l'hémorragie. La maman s'est-elle remise de ses émotions ?

— Rhiannon a tout de même l'impression de revenir de loin. Un ange gardien veillait sur son petit Jackson, m'a-t-elle dit.

Elle s'attendait à ce que Finn rie, mais il hocha la tête, sérieux comme un pape.

— Ah. Les anges gardiens sont des créatures bien utiles, Ma mère avait des dons de médium, j'aurais dû l'écouter.

Était-il en train de plaisanter pour lui rendre la monnaie de sa pièce ?

Il sourit, s'amusant visiblement de sa surprise, et se leva avant qu'elle puisse l'interroger sur le sens de sa remarque.

— Prête à m'accompagner pour la tournée des lits ?

— Allons-y.

Ne sachant plus trop que croire, elle le suivit.

Elle avait hâte d'en savoir plus. La mère de Finn était médium, vraiment ?

Durant les quatre jours suivants, Finn l'assista lors de trois naissances qui se déroulèrent toutes aux aurores. On aurait dit que les mamans s'étaient donné le mot pour coller à leur planning. Tout en aidant ses patientes à accoucher, elle l'avait observé, et elle avait vu la magie de cet instant opérer sur lui…

Mais les journées étaient si chargées qu'elle ne trouva pas le temps de lui demander ce qu'il entendait par sa remarque sibylline au sujet de sa mère.

Cependant, plus que tout, elle aurait voulu en savoir davantage sur l'absence de la femme de Finn. Ils étaient parvenus à un stade de leur amitié où elle pouvait se permettre ces questions… Même si elle-même n'avait encore rien dit à Finn de son propre passé.

Peut-être feraient-ils mieux de ne pas évoquer leurs conjoints disparus et de se contenter de vivre le moment présent ? D'autant que rien n'indiquait que Finn serait intéressé par ses confidences.

Catrina avait averti Finn qu'un accouchement en piscine allait avoir lieu ce jeudi matin-là, jour de sa dernière vacation à l'hôpital.

Soutenue par son mari, la future maman, Sara, venait de descendre dans le bassin — une sorte de grande baignoire —, quand on frappa à la porte.

— Êtes-vous toujours d'accord pour que le pédiatre assiste à la naissance ? demanda Catrina.

Sara fronça les sourcils.

— Du moment qu'il ne descend pas dans la piscine, cela ne me dérange pas.

Catrina fit signe à Finn d'entrer. Elle appréciait qu'il attende la permission.

Après avoir remercié Sara et son mari, Finn s'assit au bord du bassin, aussi discrètement que possible pour un homme d'un mètre quatre-vingt-dix.

Essayant d'oublier sa présence, Catrina se concentra sur sa patiente.

À la manière dont Sara respirait, on sentait qu'elle avait envie de pousser. Il était temps de la monitorer.

Glissant la sonde du Doppler dans l'eau, Catrina la posa sur le ventre de la parturiente. Le bruit d'un solide battement de cœur emplit la pièce.

Les yeux fermés, Sara sourit.

Catrina reposa la sonde sur son socle, et la future maman s'enfonça dans l'eau en causant des vagues qui éclaboussèrent le rebord de la baignoire. Ses gémissements s'intensifièrent à mesure que les contractions se rapprochaient.

Au bout d'un quart d'heure, la tête du bébé émergea du canal de naissance. Catrina la vit sous la surface de l'eau, mais elle ne dit rien. Durant les séances de préparation à l'accouchement, elle avait amplement briefé Sara qui savait ce qu'elle avait à faire.

Les petites épaules ne tardèrent pas à suivre. Au prix d'un ultime effort, Sara poussa, ce qui libéra le reste du corps du bébé. Le saisissant fermement, elle le souleva hors de l'eau et le posa sur sa poitrine.

Le minuscule visage bleu flotta quelques instants sur la surface, immobile, puis les yeux s'ouvrirent, et il commença à respirer.

Tout le monde fit de même. Le père prit quantité de photos, et les regards qu'il échangea avec sa femme entre deux clics firent monter les larmes aux yeux à Catrina.

À midi, assis à côté de Catrina dans le bureau des sages-femmes où ils venaient de déjeuner ensemble, Finn semblait pensif.

— C'était incroyable, dit-il. La mère était parfaitement en contrôle de la situation. Tu ne l'as aidée à aucun moment, même pour soulever le bébé hors de l'eau…

Catrina sourit.

— Si elle avait eu besoin d'aide, je l'aurais fait. Mais Sara savait parfaitement ce qu'elle faisait : c'était son second accouchement en piscine.

— Elle semblait tellement détendue…

— L'eau chaude agit comme un analgésique. Avec ce type d'accouchement, pas besoin d'antidouleur, de péridurale ni d'épisiotomie.

Elle était fière de Sara. Ç'avait été une naissance digne de figurer dans les manuels d'obstétrique.

Elle jeta un coup d'œil à l'horloge.

Finn allait bientôt partir. Ses vacations se termineraient demain matin. Leurs conversations autour d'une tasse de café en salle de repos lui manqueraient. Mais, bien sûr, ils se croiseraient toujours sur la plage, au hasard de leurs promenades.

— J'avoue que j'étais sceptique au départ, mais tu m'as converti à cette méthode. Et je suis d'autant plus content d'avoir assisté à cette séance que je n'en aurai plus l'occasion de sitôt.

Il ramassa l'emballage de son sandwich.

— Je ferais mieux d'y aller. Ma consultation de l'après-midi ne va pas tarder à démarrer. Puis, comme je serai d'astreinte, je passerai ma première nuit chez moi sans Piper depuis un an, ajouta-t-il, un soupir aux lèvres.

Elle réprima un sourire.

Elle connaissait beaucoup de jeunes mères en manque de sommeil qui adoreraient avoir une nuit où leur enfant chéri dormirait ailleurs.

— Ça n'a pas l'air de t'enchanter.

— À ton avis ? demanda-t-il, l'air sombre. Je vais me

sentir bien seul. Je suppose que tu n'aurais pas envie de venir me tenir compagnie ?

— Si le désespoir te gagne, passe-moi un coup de fil, et j'accourrai.

À peine eut-elle dit cela qu'elle le regretta. Qu'est-ce qu'il lui prenait de faire ce genre de promesses ? Il avait dû dire cela en plaisantant, et elle, elle se jetait à son cou !

— Si on t'appelle pour une urgence, dit-elle, essayant de se rattraper aux branches, je pourrai toujours rentrer chez moi.

Aïe ! Elle aggravait son cas.

Les yeux bleus de Finn étincelèrent de malice. On aurait dit un petit garçon à qui on faisait miroiter une friandise.

— Chiche, dit-il. Tu viens au cottage, et on se fera livrer un plat de chez le traiteur.

— J'ai l'impression de m'inviter chez toi, dit-elle, penaude.

— Et tant mieux ! Je risque d'avoir une barbe blanche avant d'avoir le courage de t'inviter sans mon petit chaperon. Et ce n'est pourtant pas l'envie qui m'en manque depuis que Marni a accepté de garder Piper ce soir…

Il lui servit son sourire à cent mille watts.

— Je compte sur toi. Impossible de te défiler, maintenant. On se retrouve chez moi à 18 heures.

Elle hésita.

— Pourquoi ne viens-tu pas plutôt chez moi ? C'est mon tour de te préparer à dîner. Le médecin régulateur de la plate-forme d'urgences peut te joindre où que tu sois sur ton portable.

— Eh bien, d'accord. Je me présenterai à ta porte à 18 heures.

Et il tourna les talons.

Seigneur. Finn avait voulu l'inviter, sans oser le faire ? Pourquoi ? Que risquait-il de se passer entre eux ?

Elle était attirée par lui, mais prudence. C'était une

petite ville où tout se savait. Elle avait besoin de protéger sa réputation ainsi que son cœur encore fragile.

Et puis, elle ne devait pas trop se rapprocher de cet homme qui semblait cultiver le mystère quant à sa situation familiale. Était-il marié ? Sans doute, puisqu'il lui avait dit que sa femme avait disparu. Or, elle avait une règle d'or : elle ne couchait pas avec les hommes mariés.

Donc, dans le doute, elle garderait ses distances avec Finn ce soir. Elle le recevrait avec chaleur et courtoisie, ainsi qu'il sied à une maîtresse de maison, et elle mettrait les petits plats dans les grands pour lui faire honneur, mais il ne franchirait pas le seuil de sa chambre.

11.

Finn frappa à la porte du cottage de Catrina, le cœur battant à tout rompre.

Incroyable ! Il était de retour dans la partie, sur le marché des cœurs à prendre. Prêt à prendre des risques, à suivre de nouveau ses sentiments ! Et tout cela tandis que sa fille d'un an dormait chez la nourrice et que sa femme se trouvait Dieu sait où…

Était-il un monstre pour autant ? Était-ce mal de venir chercher du réconfort chez une personne compatissante et chaleureuse qui lui avait permis de sortir la tête hors de l'eau ? N'avait-il pas droit à un peu de douceur, de compréhension ?

Il était d'astreinte. Ce n'était pas comme s'il avait prévu une soirée de folie ou de débauche. Au lieu d'attendre chez lui que son téléphone sonne, il attendrait chez Catrina. Cela faisait du bien de sortir de ses quatre murs.

La culpabilité qui l'étouffait à son arrivée à Lighthouse Bay s'était peu à peu évaporée, tel un nuage qui se dissout de lui-même au contact du soleil.

Au contact de Catrina.

La porte s'ouvrit, et celle-ci apparut, avec ce sourire radieux qui lui donnait envie de l'embrasser.

À sa grande surprise, il céda à son envie et déposa un baiser sur ses lèvres. Et, à sa plus grande surprise encore, elle le lui rendit.

Il entra, referma la porte pour les soustraire à d'éventuels regards indiscrets, et prit Catrina dans ses bras pour l'embrasser à loisir.

Seigneur, sa bouche était aussi douce et veloutée qu'il l'imaginait !

Loin de le repousser, elle enroula les bras autour de son cou et s'abandonna à lui. Leurs langues s'enroulèrent en une danse voluptueuse, et toutes les fibres de son corps réclamèrent davantage. La manière dont une femme vous embrasse en dit long sur ce qu'elle attend de vous, et Catrina ne montrait aucune réserve, bien au contraire. C'était comme si elle l'encourageait à aller plus loin. Et Dieu sait qu'il était tenté de le faire !

Patience. La soirée ne faisait que commencer, inutile de brûler les étapes. La première avait été franchie : le baiser. Et quel baiser !

Il s'écarta et lui embrassa les mains. Fasciné, il la regarda sortir sur la terrasse de sa démarche fluide et gracieuse, l'étendue saphir de l'océan servant de toile de fond parfaite à sa chevelure sombre.

Il jeta un coup d'œil vers la chambre, et ses sens se déchaînèrent.

— Tu viens ? demanda-t-elle en se retournant pour lui lancer un sourire malicieux.

Elle aussi, elle pensait sans doute à ce qu'ils feraient après dîner. Ils étaient sur la même longueur d'onde…

Tout doux. Il rêvait de coucher avec Catrina, mais il devait d'abord tout lui dire au sujet de son mariage raté et de la disparition de Clancy. Il s'ouvrirait à elle de cette culpabilité qui le rongeait depuis un an et qui risquait de rebuter les plus hardies. Aucune femme n'a envie de vivre dans l'ombre d'une autre — pire, dans l'ombre d'une disparue contre laquelle elle ne peut lutter.

Si Catrina décidait malgré tout de l'emmener dans sa chambre, ce serait en pleine connaissance de cause, et aucun fantôme du passé ne viendrait alors ternir leur première fois.

Elle rayonnait littéralement. Et il devait admettre, stupéfait, qu'il en était la cause. Par la grâce d'un baiser, la belle au bois dormant s'était réveillée…

Sauf qu'il n'était pas le prince charmant. Il était un mari plaqué dont la femme avait disparu en lui laissant leur enfant. Un mari hanté par des questions qui n'avaient pas de réponse. Pourquoi Clancy était-elle partie ? Qu'avait-il fait de mal ? Était-elle encore vivante ? Allait-elle revenir un jour et vouloir reprendre sa place auprès de lui et de leur fille ?

La réalité reprenait ses droits.

Forçant un sourire sur ses lèvres, il rejoignit Catrina sur la terrasse où la table était mise pour deux.

— Dépêchons-nous de manger au cas où on t'appellerait pour une urgence, dit-elle. Nous sommes jeudi, et je sais qu'il y a un enterrement de vie de garçon en ville. Au cas où cela dégénérerait, tu seras certainement appelé pour soigner plaies et bosses.

Elle lui indiqua les bols.

— Salade de pâtes au saumon. Je t'en prie, commence, dit-elle en l'invitant à s'asseoir.

Un brin de nervosité se lisait à présent sur son visage. Et il crut comprendre ce qui se passait : veuve magnifique et courageuse, Catrina avait elle aussi du mal à ouvrir son cœur. Sa situation était bien sûr différente de la sienne, mais ils étaient tous deux des éclopés de la vie qui avaient peur d'aimer de nouveau.

Il devait agir prudemment, pour Catrina et pour lui. Et pour Piper. Il ne fallait pas oublier Piper. Et garder à l'esprit que, tel un diable de sa boîte, Clancy pouvait surgir à tout moment.

« Je ne reviendrai jamais. »

Fallait-il la croire ?

— Ça m'a l'air délicieux, dit-il, se forçant à reporter son attention sur la nourriture.

Catrina s'installa face à lui et fit un geste en direction de la haie qui séparait son jardin de celui de la voisine.

— Myra et moi, nous partageons un carré d'herbes aromatiques. Myra l'entretient, mais c'est Ellie et moi qui en profitons.

Ces banalités au sujet de son jardin s'accompagnaient d'un sourire un peu forcé.

À quoi pensait-elle ? Trouvait-elle qu'il avait brûlé les étapes avec son baiser torride ? Pourtant, elle le lui avait rendu, et avec quelle fougue !

— Il y a de l'aneth et de la coriandre dans la salade. J'espère que tu aimeras.

Il prit une bouchée, et ce fut une explosion de goûts.

— Excellent !

Pourvu que son téléphone ne sonne pas maintenant, qu'il ait au moins le temps de faire honneur au repas ! Et s'il pouvait ne pas sonner du tout, ce serait encore mieux.

Soulevant une carafe de jus d'orange, Catrina remplit leurs verres.

— J'aimerais te poser une question, murmura-t-elle, l'air hésitant.

En alerte, il suspendit sa fourchette. Il croyait savoir ce qu'elle allait demander.

— L'autre jour, tu m'as dit que ta mère avait des dons de médium. Cela me trotte dans la tête, depuis.

Il ne s'attendait pas à cela.

Cela faisait des années qu'il avait accepté cette spécificité de sa mère. Étrange comme cela semblait perturber les femmes. Sa sœur et Clancy avaient toutes deux considéré le sujet comme tabou. Lui, en revanche, il avait estimé que leur mère était libre de ses croyances. Certains trouvent leur équilibre en devenant végétariens, d'autres en faisant du sport à outrance ou de la danse de salon. Sa mère, elle, s'était plongée dans les sciences occultes.

Catrina ferait-elle preuve de la même intolérance à cet égard que Frances et Clancy ?

— Psychologue à la retraite, ma mère s'est intéressée aux arts divinatoires — cartomancie, pendule, lecture dans le marc de café —, puis elle s'est découverte médium. Cela n'a affecté en rien l'amour que je lui portais. Ma sœur, elle, s'est déclarée horrifiée.

— Moi, cela ne m'effraie pas, je trouve ça plutôt fascinant. Ta mère ne ressemble de toute évidence à personne d'autre, même si c'est un peu étrange pour un pédiatre d'avoir un médium dans sa famille.

Il connaissait le refrain.

— C'est ce que disait ma sœur. Selon elle, ma mère jetait le discrédit sur toute la famille. Quel discrédit ? Cela rendait maman heureuse de parler avec les anges et les âmes des défunts, et, au moins, elle est partie en paix. Elle est morte peu de temps après ma rencontre avec Clancy…

À son grand dam, sa voix se brisa. Il s'éclaircit la gorge avant de poursuivre.

— Elle m'avait dit qu'elle sentait des ondes négatives autour de Clancy, de la tristesse, du chagrin en perspective… Malheureusement, je ne l'ai pas écoutée, ajouta-t-il avec un soupir.

Catrina écarquilla les yeux.

La mère de Finn était morte. Elle ne ferait jamais sa connaissance, et cela l'attristait. Encore une mère disparue…

Elle-même n'avait aucun souvenir précis de sa propre mère. Elle se rappelait vaguement une silhouette en train de la border et de lui chanter une berceuse dont les paroles s'étaient envolées depuis longtemps. Elle s'était toujours languie d'une mère. Celle de Finn, dotée de capacités extrasensorielles, lui semblait extraordinaire. Cette femme qui parlait aux anges avait dû être fascinante.

Durant son enfance, elle avait été placée dans une succession de familles d'accueil. La plupart des parents nourriciers s'étaient montrés gentils envers la fillette discrète et sage qu'elle avait été, mais personne n'avait manifesté un réel intérêt à son égard, hormis les tout-petits dont beaucoup connaissaient un sort pire que le sien et qu'elle attirait comme un aimant chaque fois qu'elle revenait au foyer de l'aide à l'enfance.

Elle ne supportait pas l'indifférence qu'elle suscitait de la part des familles d'accueil. Elle avait fini par demander à ne plus être placée. Plutôt que de voir brisés une énième fois ses espoirs de trouver une mère qui l'aimerait, elle avait préféré rester au foyer jusqu'à sa majorité. Puis elle avait enchaîné les petits boulots pour financer ses études d'infirmière. Et un jour, à la faveur d'une visite dans la maternité d'un hôpital, elle avait eu la révélation : elle voulait être sage-femme.

Elle avait trouvé sa vocation : elle qui n'avait pas de famille, elle côtoierait quotidiennement des mères et les accompagnerait jusqu'au miracle de la naissance. Et elle savait au plus profond d'elle-même qu'elle aussi suivrait ce chemin un jour. Elle avait tellement d'amour à donner !

— Je suis désolée que ta mère ne soit plus là. J'aurais aimé la connaître.

— Elle aussi, elle t'aurait aimée.

Cette remarque lui fit chaud au cœur.

— Merci. C'est gentil de me le dire.

Le silence se fit. Finn la regarda d'un air hésitant, comme s'il voulait lui demander quelque chose mais n'osait pas.

— Tu veux bien me parler de ton mari ? dit-il enfin.

Ils en étaient donc arrivés au stade des confidences. C'était elle qui avait commencé.

— Il s'appelait Edward, il était infirmier. Nous nous sommes rencontrés dans un restaurant où nous travaillions tous deux pour payer nos études. Après l'obtention de notre diplôme, nous avons travaillé dans le même hôpital à Sydney, et nous nous sommes mariés juste avant que j'entame ma spécialisation pour devenir sage-femme. C'était mon âme sœur. Orphelin comme moi, il comprenait parfaitement mon besoin d'avoir une famille.

— Il semble avoir été un type formidable, dit Finn d'un air un peu chagrin.

— Il l'était. Nous avions tellement de projets, poursuivit-elle, la gorge nouée. Nous économisions pour pouvoir fonder une famille. Hélas, il a été atteint d'un cancer au cerveau, une tumeur qui s'est développée de manière foudroyante. Cela lui a ôté ses facultés d'élocution, puis la vie. Tout est allé si vite qu'on n'a même pas eu le temps de se dire adieu.

— Tu as dû traverser des moments terribles.

Elle acquiesça.

— J'ai vendu notre appartement et suis venue m'installer ici. Le bruit des vagues m'apaise.

Et les sages-femmes de l'hôpital, Faith et Ellie en tête, l'avaient adoptée et aidée à faire son deuil.

— Je suis plus solide qu'il n'y paraît, sans doute à cause de mon passage dans toutes ces familles d'accueil. Ça m'a endurcie. La preuve, je fais maintenant de la plongée sous-marine, et je reçois même à dîner un homme chez moi. Cela m'a pris deux ans pour remonter la pente. Mais je reste prudente.

— Je comprends, dit Finn avec un sourire un peu amer. Je suis comme toi.

Elle attendit qu'il ait fini son bol de salade avant de lui poser la question qui lui brûlait les lèvres.

— Peux-tu m'en dire un peu plus sur Clancy ? Quel genre de femme était-ce ?

12.

Des souvenirs doux-amers affluèrent à la mémoire de Finn. Il se souvenait comme si c'était hier de leur rencontre. Sous un beau soleil, chevaux et licornes avaient tournoyé tout l'après-midi…

— Clancy et moi, on s'est rencontrés dans une fête foraine. Elle faisait du manège avec une fillette que ma sœur Frances avait emmenée à la kermesse — une petite cousine éloignée que j'étais censé l'aider à garder. C'est cette gamine de cinq ans qui nous a présentés, Clancy et moi. Dès le départ, j'ai été sous le charme, elle avait des cheveux semblables à une couronne de jonquilles, de la même couleur que ceux de Piper…

Il vit les lèvres de Catrina se pincer et se sermonna pour sa maladresse. Chanter la beauté d'une femme auprès d'une autre, cela manquait pour le moins de tact.

— Je n'aurais jamais dû l'épouser, s'empressa-t-il de poursuivre. Malgré ses vingt-cinq ans, c'était une enfant. Immature, capricieuse…

— Crois-tu qu'elle avait prémédité de s'enfuir au lendemain de la naissance de Piper et de disparaître pour de bon comme elle l'a fait ?

— Je n'en sais rien. J'espère en tout cas qu'elle savait ce qu'elle faisait et que sa disparition relève bien de sa propre volonté. Les premiers temps, je me suis torturé l'esprit à m'imaginer qu'elle avait eu un accident ou qu'elle avait fait une mauvaise rencontre. Je me disais que c'était ma faute.

Puis, comme elle m'avait laissé une lettre dans laquelle elle annonçait qu'elle ne reviendrait pas, je me suis fait une raison. Elle avait le droit de s'en aller, personne ne possède personne. Mais de là à disparaître le lendemain de son accouchement… Tu es bien placée pour savoir que les femmes ont besoin de quelques jours pour se remettre mais, elle, elle a préféré se passer du repos du post-partum plutôt que de rester un jour de plus avec moi et le bébé.

— Pourquoi ?

— Le détective privé que j'ai engagé suppose que c'était à cause d'un autre homme.

— Avais-tu des soupçons ?

— Aucun. Sans doute n'ai-je pas su lire les signaux qu'elle m'envoyait. Avec le recul, je me suis rendu compte qu'elle avait pris ses distances avec moi. Quand Piper est née, elle l'a à peine tenue dans ses bras avant de me la donner. Bien sûr, j'étais tellement heureux de la naissance de notre fille que je n'y ai pas pensé sur le moment. Puis elle a refusé de l'allaiter. C'est moi qui lui ai donné son premier biberon et son premier bain. Quand je suis revenu le lendemain pour les ramener à la maison, elle était partie en laissant Piper aux infirmières.

La mine horrifiée, Catrina porta la main à sa bouche.

— Une sage-femme m'a annoncé la nouvelle en me regardant comme si c'était ma faute. Peut-être Clancy m'avait-elle présenté comme un mari violent. Pour quelle autre raison une toute jeune maman s'enfuirait-elle en laissant son bébé ? Beaucoup d'hommes qui battent leurs femmes ont l'air bien sous tous rapports, on leur donnerait le bon Dieu sans confession jusqu'à ce que le masque tombe.

— Je ne comprends pas que cette sage-femme ait pu te soupçonner de maltraitance. Quand une femme veut échapper à un mari violent, elle prend son bébé avec elle afin de ne pas l'exposer aux coups de son bourreau. Ne serait-ce qu'à la manière dont tu t'occupais de Piper, cette sage-femme aurait dû voir qu'elle se trompait.

Chère Catrina ! Solidaire. Sa confiance lui faisait chaud au cœur.

— Pour en revenir à cet amant supposé, je ne suis pas sûr que Clancy en avait un. C'est ce qui rend les choses encore plus compliquées. Si seulement je savais pourquoi elle avait agi ainsi… Mais j'ai cessé d'attendre son retour. Ce qui me tourmente le plus, c'est de penser à ce que je vais dire à Piper quand elle me demandera pourquoi sa mère n'est pas là. Ça me met en colère. Moi, je peux encaisser, mais comment expliquer à une petite fille que sa mère ne prend même pas la peine de s'enquérir de sa santé ?

— Un enfant a besoin d'une mère, c'est sûr. Mais toi, tu remplis tellement bien les deux rôles, père et mère. À mon avis, Clancy est partie sans remords car elle savait que tu t'occuperais de votre fille à merveille.

— Peut-être. Mais pourquoi se volatiliser sans donner signe de vie ?

— Tu n'en as vraiment aucune idée ?

Un soupir lui échappa.

— Je ne sais pas… Comme je te l'ai dit, elle n'était pas très mature. Elle avait voulu que nous emménagions dans une grande demeure dans un quartier huppé, mais finalement, elle s'en est vite lassée. Ça ne l'amusait plus de jouer à la maîtresse de maison. Et ça ne l'amusait pas davantage d'avoir un bébé. Les contraintes lui faisaient horreur. Être femme de médecin ou mère au foyer, très peu pour elle. Tout ce qu'elle aimait, c'était sortir, faire la fête. Et moi, j'étais très pris par mon métier. En un sens, je l'ai laissée tomber bien avant qu'elle ne me laisse tomber.

Catrina écoutait Finn, essayant de ne pas juger la mère de Piper.

Il souffrait de la suspicion qu'il avait lue dans le regard de cette sage-femme. Sans doute d'autres gens avaient-ils fait courir des rumeurs abjectes à son sujet. Il n'y a pas de fumée sans feu, disent les imbéciles… Dans son malheur, Finn avait eu de la chance que Clancy se soit enfuie de l'hôpital et non de chez eux. S'il avait été la dernière personne à l'avoir vue, cela aurait donné lieu à des rumeurs plus effroyables encore.

Pauvre Finn. Seule une femme déséquilibrée ou foncièrement égoïste pouvait abandonner son bébé âgé d'un jour. Peut-être Clancy était-elle les deux.

— Comment quelqu'un peut-il se volatiliser dans la nature ? Même en fuite, une personne a besoin d'argent…

— Aucun mouvement n'a été enregistré depuis un an sur son compte bancaire.

Le mystère s'épaississait.

— Sa famille n'est au courant de rien ?

— Clancy prétendait ne plus avoir de famille. Le détective que j'ai engagé m'a pourtant appris qu'elle avait un oncle à l'étranger.

— Serait-elle allée vivre chez lui ?

— Les recherches n'ont rien donné, mais il est possible qu'il la cache. Je n'ai jamais rencontré cet homme, il n'était pas venu à notre mariage.

Finn avait évoqué avec tendresse et nostalgie les cheveux de sa femme, les comparant à une couronne de jonquilles. Se pourrait-il qu'il l'aime encore ?

— J'ai une dernière question à…

Le portable de Finn sonna à cet instant, la ramenant à la réalité.

Elle avait presque oublié qu'il était d'astreinte !

Il s'éloigna pour prendre la communication et revint quelques minutes plus tard.

— L'un des invités à l'enterrement de la vie de garçon s'est coupé avec un couteau à huîtres, il faut que j'y aille.

Merci pour le dîner, ajouta-t-il en l'embrassant sur la joue. Et pour m'avoir écouté. La prochaine fois, ce sera mon tour.

Et il sortit.

Catrina se laissa retomber sur sa chaise.

« La prochaine fois. » Elle ne l'avait donc pas effrayé avec ses questions et son envie d'en savoir plus à son sujet. Pour preuve, il l'avait embrassée presque tendrement avant de partir…

Se raccrochant à ce souvenir, elle commença à débarrasser la table.

La vie ne leur avait fait de cadeaux ni à l'un ni à l'autre, et ils étaient sur leurs gardes. Quand ils sauteraient enfin le pas, cela signifierait qu'ils se feraient une entière confiance.

Entre-temps, il ne fallait pas précipiter les choses.

Le vendredi matin, Catrina croisa Finn sur la plage et accepta son invitation à dîner ce soir-là chez lui.

Bien qu'elle ait de quoi s'occuper durant sa journée de repos — les courses, le ménage, la lessive —, elle rongea son frein en attendant le soir, et c'est tendue comme un arc qu'elle se présenta à son cottage à l'heure dite.

Il ouvrit la porte, beau comme un dieu, et lui fit signe d'entrer. Puis il l'embrassa légèrement sur la bouche.

Piper arriva en trottinant du bout de la salle de jeux, nue comme un ver, et lui entoura les jambes de ses petits bras potelés.

Attendrie, Catrina la souleva pour lui faire un gros bisou.

— Eh bien, quel accueil ! C'est mille fois mieux que le tapis rouge !

Par-dessus la tête de Piper, elle échangea un regard avec Finn et rougit en voyant le sourire malicieux qu'il lui décochait. Ses joues étaient si chaudes qu'on aurait pu y faire cuire un œuf.

Seigneur, pourvu qu'il ne croie pas qu'elle espérait le voir la prochaine fois lui ouvrir la porte en tenue d'Adam !

— Bienvenue, Catrina, dit doucement Finn.

Et, sentant sans doute le besoin de calmer un peu le jeu, il se mit à parler du menu du dîner.

— À la carte de ce soir, nous avons du poisson fraîchement pêché dit-il en affectant le ton pompeux d'un maître d'hôtel. Madame sera servie dès que j'aurai donné son bain à Piper.

— Je me charge du bain, proposa-t-elle tandis qu'accrochée à son cou, la fillette gigotait gaiement pour échapper aux bras de son papa. Occupe-toi du poisson.

Elle posa Piper à terre, et celle-ci mit le cap vers la salle de bains en se dandinant.

Finn rit.

— La petite futée a parfaitement compris comment garder son équilibre sur ses deux jambes. Elle marche de plus en plus vite.

— Où ranges-tu ses vêtements ?

— J'ai déjà étalé son pyjama sur mon lit, ajouta-t-il, geste à l'appui en direction de la chambre.

Catrina donna donc son bain à Piper.

La baignoire en plastique était posée dans la douche, ce qui lui permit d'admirer les magnifiques carreaux de céramique imprimés d'étoiles de mer, d'animaux et de croissants de lune.

Dès qu'elle mettait le doigt sur une image, Piper l'identifiait en prononçant le mot à sa manière. C'était une leçon de diction sur le mode ludique, et elle admira Finn d'y avoir pensé.

Ces deux-là formaient un adorable duo. Elle aimait tout chez eux, la manière dont Finn jouait avec sa fille, et celle dont celle-ci le regardait parfois d'un air grave, comme si, du haut de ses douze mois, elle comprenait les défis qu'il devait relever en tant que père célibataire…

Sauf qu'il n'était pas célibataire. Elle ferait bien de ne pas l'oublier.

Hélas, malgré ses résolutions de garder ses distances, elle était tombée amoureuse de lui. Et de l'idée de pouvoir servir de mère de substitution à cette adorable enfant.

Or, elle n'avait aucun droit à prétendre à ce rôle. Finn était marié. Piper avait une mère, même si celle-ci n'était pas présente actuellement. Cette mère légitime se cachait quelque part, mais cela n'ôtait rien à ses prérogatives.

Catrina s'occupa de sécher et d'habiller la petite fille, souriante mais le cœur serré.

Jusqu'à ce que la situation se clarifie, elle devrait éviter de passer du temps avec Finn et Piper. Or, elle faisait exactement le contraire : elle profitait de chaque occasion pour se rapprocher d'eux. Comment leur dire non quand ils l'invitaient ? C'était au-dessus de ses forces.

Quant à la question fatidique — Finn aimait-il encore Clancy ? —, elle n'osait pas la poser. La réponse lui faisait trop peur.

Le samedi matin, de retour de sa leçon de plongée sous-marine, Catrina croisa Piper et Finn près des rochers : le père et la fille faisaient de nouveau trempette dans leur trou d'eau préféré.

— Quelle surprise ! dit-elle en les rejoignant dans leur piscine.

Sur le ton de la taquinerie, elle leur reprocha d'être trop prévisibles, et ils se chamaillèrent en s'éclaboussant, pour le plus grand plaisir de Piper. Puis Finn proposa d'aller déjeuner au restaurant.

— Cette fois, c'est moi qui paie, insista Catrina.

Après le repas, Finn ramena sa fille chez lui pour sa

sieste, et Catrina regagna ses pénates, où elle passa l'heure suivante à confectionner un cheesecake.

Elle était invitée le soir à un barbecue chez Myra et Reg qui étaient rentrés de leur croisière. Et, surprise, Finn était invité aussi !

Reg Southwell et Myra furent intarissables sur leurs aventures en Tasmanie. Ellie et Sam assistaient également à la fête, et l'ambiance était on ne peut plus conviviale autour de la table et du barbecue.

Reg se déclara impressionné quand Catrina raconta le sauvetage du bébé de Rhiannon, notamment la manière dont Finn avait volé à leur secours et dénoué la situation. Il s'attribua le mérite de l'exploit en soutenant que c'était grâce à lui, puisqu'il avait embauché Finn, ce qui lui valut de gentilles moqueries de la part de ses invités.

À un moment, Finn vint se placer à côté de Catrina, Piper calée contre sa hanche, et la fillette tendit les bras vers elle.

Machinalement, Catrina la prit dans ses bras.

— J'ai rarement travaillé dans un service où les gens sont aussi soudés, et j'étais heureux de pouvoir les aider, disait Finn. Ce centre de naissance est une belle réussite, et c'est aux sages-femmes qu'on la doit. Ellie, Catrina, je bois à votre santé, dit-il en levant son verre de vin.

— Sans oublier Faith et les autres, ajouta Catrina.

Comme elle portait son verre à ses lèvres, Piper se mit à lui tirer les cheveux pour tester sa capacité de résistance, comme savent si bien le faire les bébés.

— Doucement, ma chérie, murmura Catrina en détachant les petits doigts de ses cheveux, avant d'installer l'enfant plus confortablement contre sa hanche.

— Ma-ma ! gazouilla Piper.

Ellie, la seule à l'avoir entendue, haussa les sourcils.

Catrina se sentit rougir. La petite fille était à l'aise avec elle. Fallait-il qu'elle en ait honte ?

Par défi, elle soutint le regard de son amie.

— Pour en revenir à l'accouchement de Rhiannon, poursuivit Finn qui ne s'était de toute évidence pas rendu compte du dialogue silencieux qui se déroulait entre elles, je suis persuadé que Catrina aurait pu parfaitement s'en sortir sans mon intervention. Elle était d'un calme olympien lorsque je suis arrivé. Tout comme Faith. Vous avez une équipe du tonnerre, Ellie.

Celle-ci détacha enfin son regard de Catrina qui poussa un soupir de soulagement.

— Je sais. J'aurais bien voulu être là pour les assister. Il est rare de pratiquer une perfusion ombilicale sur un nouveau-né. Et encore plus rare d'avoir une rupture du cordon au cours de la phase d'expulsion.

— Cela arrivait une ou deux fois dans l'année dans la clinique où je travaillais autrefois. Et toi, Sam, tu as souvent vu des nouveau-nés avoir besoin de perfusions ?

— Non. Et je ne souhaite pas en voir. C'est l'avantage de travailler en maternité dans le bâtiment central : ce sont les pédiatres qui se chargent des soins postnataux. Mon domaine, ce sont les urgences obstétriques, je laisse les bébés aux pédiatres.

Finn hocha la tête.

— Chacun sa spécialité. Moi, j'aime bien mélanger les disciplines afin d'être prêt à toutes les éventualités. Catrina m'a permis d'assister durant la semaine à plusieurs accouchements afin de m'aider à me remettre à niveau sur la question. Nous avons même eu une naissance en piscine…

Il lui sourit, et elle sentit de nouveau ses joues s'enflammer.

Ellie, à qui décidément rien n'échappait, lui adressa un clin d'œil qui ne fit qu'accentuer son embarras.

Autant prendre part à la conversation puisqu'on parlait d'elle.

— J'ai réussi à convertir Finn à cette méthode. La maman était Sara, elle a été prodigieuse de bout en bout.

Ellie acquiesça.

— C'est moi qui l'ai aidée à mettre au monde son premier enfant. Cela s'est passé comme une lettre à la poste. Moi aussi, je désire accoucher en piscine.

Elle jeta un coup d'œil à Sam, qui poussa un soupir théâtral.

— Je ne suis que le mari, dit-il, je n'ai pas droit au chapitre. J'aimerais qu'elle accouche en maternité, sur mon territoire où je pourrais mettre en place un plan B en cas de complication. Mais ce que femme veut…

Une objection de pur principe, semblait-il. En réalité, il ne paraissait pas trop inquiet.

— Quand aura lieu l'accouchement ? dit Finn, l'expression soudain grave.

Se rappelait-il ce que cela faisait d'assister à la naissance de son enfant ? Hélas, pour lui, ce merveilleux souvenir s'accompagnait d'un autre, autrement plus traumatisant : la disparition de sa femme le lendemain de l'heureux événement.

— Dans trois semaines, répondit Sam en grimaçant. Je suis plus nerveux qu'Ellie.

Cette dernière lui prit la main et y déposa un baiser.

— Tu es excité, pas nerveux. N'oublie pas qu'il se peut que je dépasse le terme d'une semaine, voire de deux.

Le visage de Sam s'adoucit.

— C'est vrai. Je suis très excité.

Et nerveux. Catrina devinait qu'en macho qui se respecte il ne voulait pas insister sur ce point. Mais il avait des raisons d'être nerveux, car sa première femme avait fait plusieurs fausses couches.

Chacun avait sa croix à porter, se dit Catrina in petto. Pour sa part, elle remerciait le ciel d'avoir de bons amis sur qui elle pouvait compter. Qu'il pleuve ou qu'il vente, ils la soutiendraient. Et maintenant elle avait également Finn. Pour une fois, la vie lui faisait un cadeau. Elle n'avait qu'à l'accepter et cesser de s'inquiéter.

La soirée se poursuivit, riche en rires et anecdotes de toutes sortes. Fiers de leurs exploits touristiques, Reg et Catrina montrèrent les photos de leur croisière. Le récit de leur rencontre avec des diables de Tasmanie suscita l'hilarité des invités. Contrairement aux idées reçues, cet animal est un marsupial timide qui ne présente aucun danger pour l'homme. Reg, toujours un peu fanfaron, avait voulu s'en approcher de trop près, et il en conservait un souvenir très odorant qu'il n'était pas près d'oublier.

Tous firent honneur au champagne que leurs hôtes avaient rapporté de leur périple — sauf Ellie, bien sûr, qui s'en tint à l'eau plate à cause de son état.

La nourriture délicieuse, le vin, la joyeuse compagnie, tout cela contribuait à mettre Catrina de bonne humeur. La présence d'un chevalier servant qui la trouvait à son goût et n'avait pas peur de le montrer y était aussi pour beaucoup.

Ignorant les clins d'œil appuyés de leurs amis, elle quitta la soirée en même temps que Finn et Piper.

Quand ils s'arrêtèrent devant son cottage, elle les invita à entrer.

— Ce serait avec plaisir, dit Finn, mais Piper tombe de sommeil.

Excitée par le champagne, elle n'avait pas envie que la soirée se termine déjà. Elle aurait tout le temps de dormir demain.

— J'ai un lit de bébé pliant dans le placard. La fille de Faith y dort parfois quand sa maman doit s'absenter.

— La petite pour qui tu as une tasse spéciale dans ta cuisine ?

— Exactement. Cette gamine est un amour, il faudra que je la présente à Piper. Alors, tu rentres ou pas ?

— Si tu as de quoi la faire dormir, je veux bien.

Elle ouvrit la porte et le devança dans le vestibule.

— Change-la sur mon lit, tu connais le chemin, dit-elle en lui indiquant le couloir. Entre-temps, je déplie le lit.

Riant sans trop savoir pourquoi, elle entreprit d'installer le petit lit dans un coin de la salle de séjour, mais l'armature ne cessait de s'écrouler.

— Je crois que tu es pompette, dit Finn en la rejoignant avec Piper.

Il cala sa fille sur le canapé entre deux coussins puis revint l'aider.

— Et voilà, dit-il en mettant en place le dernier crochet qui permettait à l'édifice de tenir debout.

— Je ne suis pas pompette, ou peut-être juste un petit peu. Mais admets que ce n'était pas facile à monter.

Avec l'impression de flotter un peu, elle sortit d'un sac deux petites couettes et en étala une sur le matelas. Finn y allongea Piper et plaça son lapin en peluche à côté d'elle. Aussitôt, la fillette le prit et ferma les yeux.

— Le marchand de sable est passé, on dirait, murmura Catrina en la recouvrant de la seconde couette.

Émue, elle contempla l'enfant puis se tourna vers la cuisine en poussant un soupir.

— Je vais mettre la bouilloire sur le feu pour nous faire un café.

— Attends, dit Finn d'une voix très douce, en lui posant la main sur le bras. Pourquoi ce soupir ?

— Parce que…

Nouveau soupir de sa part.

— Parce que tu es un papa formidable, et que ta fille est jolie comme un cœur et qu'elle ne te cause visiblement aucun souci. Et que j'aimerais avoir tout cela.

Sans le champagne, elle n'aurait jamais trouvé le courage de le lui avouer.

— Excuse-moi, ne fais pas attention à ce que je dis, dit-elle en se dégageant. Je vais préparer le café.

— Ne t'excuse pas. Piper a besoin d'une maman aimante, et je connais quelqu'un de parfait pour le rôle : toi, ajouta-t-il en la prenant dans les bras. Cette soirée a été très agréable, et je connais une manière encore plus agréable de la terminer.

— Que veux-tu dire ?

Il lui caressa la joue.

— Eh bien, pour commencer, je brûle d'envie de t'embrasser.

Ses dernières défenses cédèrent. Elle se laissa attirer vers le canapé. Quand Finn la prit sur ses genoux, elle ne protesta pas non plus. Elle se blottit contre lui pour lui signifier qu'elle rendait les armes et qu'il pouvait faire d'elle ce qu'il voulait.

Et ce fut exactement ce qu'il fit.

13.

Finn se réveilla au milieu de la nuit.

La lumière argentée de la lune inondait le lit, et il lui fallut quelques secondes pour se rappeler que ce n'était pas son lit.

Catrina dormait à côté de lui, nue.

Le regret l'envahit.

Ils auraient dû attendre. C'était sa faute. Avant de sauter le pas, ils auraient dû étudier tous les scénarios, y compris celui du retour de Clancy. Il aurait dû songer à protéger Catrina. Mais quand il l'avait attirée sur ses genoux et qu'elle s'était offerte à lui, il n'avait pas pu résister davantage.

Les voisins, Myra et Reg, étaient aux premières loges pour savoir ce qui se passait chez elle. Ils les avaient vus partir ensemble, et leurs soupçons se mueraient en certitude quand ils le verraient quitter le cottage au petit matin. Ce ne serait plus qu'une question d'heures avant que la nouvelle de leur liaison ne se répande en ville.

S'il s'en allait en pleine nuit, il pourrait peut-être encore la protéger des commérages…

— Catrina ?

Elle dormait à poings fermés.

Se soulevant sur le coude, il l'observa au clair de lune, incrédule de sa chance d'avoir trouvé une telle femme. Sans s'en rendre compte, il était tombé amoureux de Catrina alors qu'il n'en avait pas le droit.

Les sentiments ne se commandent pas. Toutefois, il n'aurait

jamais dû coucher avec elle en se sachant toujours marié à Clancy. Catrina lui faisait confiance, et elle souffrirait d'autant plus s'il lui faisait mal.

Avant de songer à refaire sa vie avec Catrina, il devait retrouver Clancy pour obtenir le divorce… Et d'abord, il fallait qu'il quitte le cottage avec Piper avant que le jour ne se lève.

Il se rhabilla sans faire de bruit, écrivit un mot pour Catrina au dos d'une de ses cartes de visite professionnelles puis alla chercher Piper.

Toujours endormie, celle-ci posa la tête contre son épaule. En toute confiance. Comme Catrina hier soir.

Réprimant un juron, il balança le sac sur son autre épaule et sortit.

Heureusement, la lune était pleine, et il n'eut aucun mal à descendre jusqu'à la plage pour regagner son propre cottage.

Il borda Piper dans son berceau, puis il alla s'allonger dans son lit.

Sans parvenir à trouver le sommeil.

Quelle erreur d'avoir couché avec Catrina alors que sa femme se trouvait là, quelque part dans la nature !

Aux premiers rayons du soleil, Catrina s'étira avec volupté en repensant à sa nuit avec Finn. Elle avait l'impression de sentir encore cette chaleur et cette force qu'elle croyait ne plus jamais connaître et qu'elle avait retrouvées. Différentes, certes, de ce qu'elle avait connu avec Ed.

On a raison de croire aux miracles. Ils se produisent parfois. La femme au cœur brisé qu'elle avait été pendant deux ans s'était transformée en quelqu'un d'autre. Ed l'avait toujours appelée Trina, mais pour Finn, elle était Catrina.

S'efforçant d'ignorer la pointe de culpabilité qui la transperçait, elle eut une pensée émue pour son mari décédé. Elle lui réserverait toujours une place dans son cœur, ce qui ne l'empêchait pas d'aimer également Finn… Et l'adorable petite Piper. La vie lui souriait désormais. Elle était amoureuse de Finn et prête à prendre un nouveau départ.

Accolée à la lampe de chevet, une carte de visite était posée en évidence sur la table de nuit : Finn lui avait laissé un mot.

« Pour éviter les commérages, je préfère m'en aller avant le lever du jour. Il faut qu'on parle.

Finn. Xx. »

Saisie de l'envie de se précipiter tout de suite chez lui pour reprendre là où ils s'étaient arrêtés, elle se raisonna.

Il n'apprécierait peut-être pas qu'elle débarque chez lui à 6 heures du matin un dimanche. Et puis, le mot indiquait qu'il souhaitait la discrétion. Sans doute songeait-il avant tout à préserver sa réputation à elle, mais peut-être la sienne également. En tant que nouveau médecin de Lighthouse Bay, il n'avait pas intérêt à ce qu'on le prenne pour un coureur de jupons, ce qui risquerait de prévenir la clientèle du cabinet contre lui. Jusqu'à ce qu'ils officialisent leur relation, ils devaient rester prudents, elle le comprenait parfaitement.

Elle se lava les cheveux, se maquilla légèrement — ses lèvres gorgées de baisers n'avaient pas besoin de couleur supplémentaire —, puis se regarda dans le miroir en souriant comme le chat du Cheshire.

Avec Finn, elle s'était montrée totalement désinhibée au lit. Ses étreintes avec Ed l'avaient pleinement satisfaite, mais il y avait quelque chose chez Finn qui lui ôtait toute retenue… Et elle exerçait apparemment le même effet sur lui.

La vie était trop courte pour ne pas en profiter. Elle n'avait pas honte du plaisir qu'elle avait pris et donné, et elle espérait bien qu'ils prendraient l'habitude de ces ébats passionnés. Plus jamais elle ne voulait avoir froid la nuit.

Hum. Ce serait tout de même un peu gênant d'arriver

chez lui ce matin pour lui dire : « Fais-moi une place dans ton lit. » La hardiesse avait tout de même des limites.

Peut-être pourrait-elle leur préparer un pique-nique dominical ? Piper adorerait.

Voilà, c'était décidé.

Elle confectionna des sandwichs au bacon et aux œufs durs dont les odeurs la firent saliver.

Tout lui faisait envie, ce matin. Le café qu'elle versa dans la Thermos sentait divinement bon. Elle ajouta la bouteille de jus d'orange, la couverture à carreaux, passa l'anse du sac à son épaule, et sortit sous le porche.

Soudain, elle s'immobilisa.

Et si elle n'était pas la bienvenue chez Finn ?

Tel un ver dans la pomme, le doute s'insinua dans son esprit.

Peut-être ne voulait-il pas d'une relation sérieuse, ni a fortiori permanente ? Ils continueraient de se voir, elle s'attacherait de plus en plus à lui, et au final ses espoirs s'effondreraient comme un château de cartes…

Ou pire. S'il l'aimait en retour mais qu'il lui arrivait quelque chose. Ed avait emporté dans son cercueil une moitié de son cœur, et elle venait de donner la moitié restante à Finn. Si ce dernier mourait, elle n'y survivrait pas.

Après la mort de son mari, elle s'était juré de ne plus jamais s'exposer à souffrir autant. Ces derniers temps, elle avait allègrement oublié sa promesse. Voulait-elle avoir de nouveau le cœur brisé en mille morceaux et supporter un autre deuil ?

Non, ce n'était pas possible. La foudre ne frappe pas deux fois au même endroit. Sauf si on a la guigne… Mais, depuis sa naissance, le sort ne s'était pas montré particulièrement clément envers elle. Pouvait-elle prendre ce risque ?

S'appuyant contre le battant de la porte, elle prit plusieurs profondes respirations, telle une parturiente en proie à des contractions.

Ça va aller.

Non, ça n'allait pas. Car une autre hypothèse tout aussi effrayante que la précédente venait de surgir dans son esprit :

Si Clancy revenait et que Finn choisisse de reprendre la vie commune avec elle ? En tant que mère de Piper, elle aurait la préséance sur elle.

Elle n'avait pas demandé à Finn s'il aimait encore son épouse. L'autre jour, il avait évoqué sa blondeur avec une mélancolie teintée de tendresse qui lui ne disait rien qui vaille. Même s'il n'aimait plus Clancy, il ferait passer les besoins de Piper avant tout le reste.

Dans tous les cas de figure, elle, Catrina, serait perdante.

Du calme. Tout cela n'était que spéculations de sa part. Il fallait qu'ils en parlent. Peut-être Finn balaierait-il ses craintes d'un rire ou d'un baiser.

Elle repensa aux promesses qu'il lui avait murmurées cette nuit, à la ferveur avec laquelle il lui avait fait l'amour. C'était un homme bien, et elle lui faisait confiance. De toute façon elle était obligée si elle voulait croire en l'avenir.

D'un pas un peu hésitant, elle descendit la colline, reprenant courage à mesure qu'elle sentait les rayons du soleil sur sa peau. Rien de mal ne pouvait arriver au cours de cette magnifique journée. Au-dessus d'elle, les mouettes faisaient des vols planés avant de piquer vers l'océan. La brise lui caressait les joues et dansait dans ses cheveux, et son optimisme revenait.

La crise d'angoisse était terminée.

À partir de maintenant, tout irait pour le mieux. Elle avait un nouveau travail et un nouvel homme dans sa vie.

Elle était presque arrivée en bas de la colline. À travers les arbres, on apercevait le cottage de Finn.

Une voiture inconnue était garée dans l'allée.

Son cœur se mit à battre plus vite, puis elle se souvint que Finn lui avait parlé de sa sœur et de sa nouvelle décapotable. Rouge vif. C'était sûrement elle.

Zut. Elle ferait mieux de ne pas le déranger s'il recevait de la visite.

À cet instant, la porte s'ouvrit, et trois personnes sortirent sous le porche. Finn, avec Piper calée contre sa hanche, était accompagné de deux femmes.

L'un d'elles était celle que Catrina avait vue avec lui au restaurant — sa sœur Frances. La seconde femme avait de vaporeux cheveux blonds qui formaient un halo autour de sa tête. En voyant que seule la sœur montait dans la voiture, et que Finn et l'inconnue agitaient la main pour lui dire au revoir, elle sentit son cœur se glacer.

Puis ils rentrèrent dans la maison, et la porte se referma derrière eux.

Du calme. Surtout ne pas tirer de conclusions hâtives, tenta-t-elle de se raisonner.

Hélas, au fond d'elle-même, elle savait qui était cette femme. Et cette certitude sonnait le glas de ses espoirs.

D'un pas lourd, telle une vieille femme regagnant un logis solitaire, elle remonta la colline. Une fois chez elle, elle verrouilla sa porte puis referma les rideaux.

Tous les rideaux. La parenthèse enchantée était terminée, elle reprenait ses vieilles habitudes.

Elle était sur le point de se recoucher, quand le téléphone sonna.

Prise d'un fol espoir, elle alla répondre.

Ce n'était pas Finn au bout du fil. C'était le chef du service de gynécologie-obstétrique qui l'appelait pour lui dire qu'on avait besoin d'elle à l'hôpital.

14.

Le dimanche matin, Finn fut tiré de son sommeil par des coups frappés à sa porte.

Zut. Déjà qu'il n'avait pas beaucoup dormi…

Il rejeta les couvertures, enfila en hâte un jean et un T-shirt et passa dans la salle de séjour.

Agrippée aux barreaux de son petit lit, Piper sautillait, l'air tout excité.

— Maman, maman, maman…

— J'espère bien que non, ma puce, marmonna-t-il en soulevant sa fille pour la caler contre sa hanche.

Mais peut-être était-ce Catrina ?

Cette pensée lui redonna le sourire.

Tout de même, ce n'était pas prudent de la part de Catrina de venir lui rendre visite à la première heure alors qu'il était parti de chez elle comme un voleur en pleine nuit pour ne pas alimenter les commérages. Sa Catrina n'avait décidément peur de rien.

Pour elle, il voulait absolument recouvrer sa liberté. Il fallait qu'il se renseigne auprès du juge des affaires matrimoniales pour savoir s'il était possible de divorcer d'une femme disparue qui s'était rendue coupable d'abandon de foyer. Puisqu'on jugeait par contumace, on devait bien pouvoir divorcer par contumace…

Quand il ouvrit la porte, quelle ne fut pas sa surprise de découvrir Frances sous le porche.

La mine blême, celle-ci semblait bouleversée.

— Frances ? Que se passe-t-il ?

Il la prit par le bras pour l'inviter à entrer, mais elle se dégagea.

— Elle est là, dit-elle en jetant un coup d'œil vers la voiture.

Il suivit son regard.

— Qui est là ?

En voyant la chevelure blonde de la personne assise sur le siège passager de la décapotable, il eut sa réponse.

Il vacilla et dut se retenir à la porte pour ne pas tomber avec Piper.

— Comment l'as-tu trouvée ? parvint-il à articuler.

— C'est elle qui m'a trouvée. Elle a vu l'annonce de vente de votre maison dans le journal, et elle a contacté l'agent immobilier qui m'a appelée pour me prévenir.

Sous le choc, Finn n'était plus en état de réfléchir correctement. Les deux visiteuses entrèrent dans la maison, et il referma la porte derrière elles.

Le poids de Piper contre sa hanche le stabilisait. À cet instant où le monde semblait s'écrouler autour de lui, il pouvait s'accrocher à sa petite fille. Comme toujours, elle lui servait de bouée de sauvetage.

Incrédule, il fixa la femme qu'il avait renoncé à revoir un jour et qu'il souhaitait ne plus revoir du tout depuis quelque temps.

Clancy était en train de lui parler, les yeux baissés au sol, ce qui rendait sa voix inaudible. Ou peut-être ne l'entendait-il pas à cause du sang qui battait à ses oreilles.

Au moins, elle n'était pas morte. C'était une bonne chose pour Piper. Elles pourraient conserver un lien. Pour lui, c'était une autre affaire. Clancy choisissait de refaire surface dans sa vie aujourd'hui, quelques heures après la nuit qu'il avait passée avec Catrina. Elle ne pouvait pas tomber plus mal.

— Assieds-toi, dit-il en interrompant son long discours qu'il n'écoutait même pas. Je ne comprends pas un mot de ce que tu me racontes.

Elle releva la tête, et ses cheveux ondulèrent telle une algue dorée sous l'océan.

Il prit place en face d'elle. Toujours perchée sur sa hanche, Piper enfouit le visage dans son cou comme pour se cacher. Lui aussi aurait bien voulu se cacher, creuser un trou dans le sol pour y disparaître.

— Pourquoi es-tu ici ?

— Pour te parler, murmura-t-elle d'une voix hésitante. Pour voir Piper.

Peu disposé à la ménager, il la fusilla du regard.

Elle n'était pas une patiente négligente qui ne suit pas le traitement prescrit, elle était sa femme. Sa femme qui les avait abandonnés.

— Tu viens un an trop tard.

— Je suis désolée.

Les excuses ne suffisaient pas. Colère et panique se mêlaient en lui. Comment avait-elle osé venir ?

Sentant qu'il serrait Piper trop fort contre lui et qu'il risquait de lui faire mal, il se leva pour aller la placer dans le parc. Elle s'accrocha à lui.

— Tiens, ma chérie, dit-il en lui donnant son lapin en peluche. Je vais te préparer ton petit déjeuner dans quelques instants.

— Tu t'occupes bien d'elle…

— Il faut bien que quelqu'un le fasse !

Elle rougit.

— J'ai fait une erreur.

Vraiment ? Juste une ? Et il lui avait fallu un an pour le comprendre ?

— Qu'attends-tu au juste de cette visite ? dit-il sèchement.

— Je veux qu'on se parle, pour commencer…

Cela ne lui disait rien qui vaille.

— On pourrait voir ce qu'il se passe, poursuivit Clancy. Et peut-être s'accorder une seconde chance ?

Ces mots lui firent l'effet d'un coup de poing. Elle avait un sacré toupet !

— Je pourrais apprendre à être une mère. Peut-être même une épouse.

Elle releva la tête, et il vit des larmes briller dans ses yeux.

Plutôt que de rester chez elle à se ronger les sangs, Catrina préféra se rendre à l'hôpital. Pas besoin d'être de garde pour la chef de service qu'elle était désormais. Elle pouvait à tout moment venir superviser le travail de ses collègues, personne ne s'en étonnerait.

En empruntant le couloir qui menait au vestiaire, elle passa devant les salles d'accouchement.

Des gémissements s'entendaient derrière les portes. Plusieurs naissances étaient attendues en ce dimanche.

Elle rangea son sac dans son casier et se lava les mains, les doigts tremblants.

Il lui fallait se ressaisir. Elle avait une entière confiance en Finn…

Las. Elle avait beau se le répéter, son désarroi ne faisait que grandir. Jamais elle n'aurait dû tomber amoureuse de lui. Elle avait risqué son cœur de nouveau, alors que ses blessures n'avaient même pas encore cicatrisé…

Plus tard. Elle y penserait plus tard.

L'une des sages-femmes de garde l'appela dès qu'elle sortit dans le couloir.

— Bonnie est en salle un. Elle ne va pas tarder à accoucher, tout se passe bien. Bien que faisant partie de l'équipe de nuit, Jill est encore auprès de Jemma en salle deux. Le travail a commencé hier soir et progresse très lentement. Tu veux bien t'en occuper ?

— Bien sûr.

Elle frappa à la porte et entra.

La mine épuisée, Jill leva la tête d'un air soulagé.

— Ah, voici Catrina qui vient nous donner un coup de main, dit-elle à la parturiente avec un entrain forcé. Tu connais Jemma et Pierce, n'est-ce pas, Catrina ?

— Oui. Bonjour, Jemma.

Elle salua également Pierce.

D'ordinaire jovial, ce dernier affichait ce matin des traits tirés et une mine grave. Il y avait un problème.

D'après la taille du ventre luisant de gel de Jemma, le bébé serait plus gros que la normale.

— Si vous le permettez, Jemma, je vais écouter le cœur de votre bébé, dit-elle en saisissant la sonde du Doppler.

Dès qu'elle eut posé la sonde sur le ventre de la future maman, le bruit du rythme cardiaque fœtal emplit la pièce. L'écran afficha un solide cent quarante ppm qui grimpa même à cent quarante-cinq quand le bébé bougea sous la pression de la sonde, ce qui signifiait qu'il avait de l'énergie en réserve.

— Il se présente tête en bas, dit-elle en poursuivant l'examen échographique. C'est parfait.

Enfin, façon de parler. Les contractions duraient depuis des heures. Sans doute était-ce la taille du bébé qui ralentissait le travail.

— Tout est normal, dit-elle de son ton le plus rassurant. C'est un accouchement très long, voilà tout.

Pierce acquiesça sans conviction.

— La tête du bébé est engagée dans le col, dit Jill, mais elle n'avance pas.

Aux prises avec une nouvelle contraction, Jemma poussa un gémissement déchirant.

Catrina remit la sonde en place pour monitorer le rythme cardiaque fœtal.

— Jill, pourrais-tu appeler le médecin de garde ? Je préfère qu'il soit là pour la phase d'expulsion.

Hochant la tête, Jill sortit de la salle, et elle prit le relais au chevet de Jemma.

Voyant que rien ne bougeait, elle aida la future maman à se coucher sur le côté puis se mit à lui masser le dos tandis que Pierce tendait à sa femme un verre d'eau muni d'une paille.

Le changement de position apporta une légère amélioration. Les cheveux du bébé apparurent à travers le canal de naissance.

Quelqu'un frappa à la porte. En lieu et place de Reg Southwell, ce fut son fils Sam qui entra.

Catrina aurait pu l'embrasser. Reg était un bon médecin, mais rien ne valait la présence d'un obstétricien.

Sam se lava les mains et enfila des gants en latex.

Le déblocage tant espéré ne se produisit malheureusement pas. Le visage du bébé apparaissait, mais le menton ne suivait pas, comme si quelque chose le retenait. Au bout d'un quart d'heure d'efforts et un nouveau changement de position, Sam se tourna vers Jill.

— Appelez le Dr Foley en renfort.

Le cœur lourd, Catrina regarda Jill disparaître dans le couloir.

Il ne lui appartenait pas de discuter les décisions de Sam. Bien que les constantes fœtales soient encore bonnes, elle savait que cela pouvait se dégrader en quelques minutes. Un second médecin ne serait pas de trop en cas de détresse respiratoire.

— L'épaule du bébé est coincée contre votre os pubien, Jemma, ce qui empêche le corps de descendre, expliqua Sam. Je vais devoir déplacer son bras afin de libérer l'épaule.

— Qu'est-ce que vous attendez pour le faire ? lança Jemma, visiblement à bout de forces. Je n'en peux plus !

— Surtout, ne poussez pas, dit Sam en introduisant la main dans le col de l'utérus.

Pierce se renversa en arrière sur sa chaise, et Catrina vit la consternation se peindre sur son visage.

Tel un brave petit soldat, Jemma inspira et expira pour retarder la prochaine contraction. Admirative, Catrina lui serra l'épaule en lui murmurant des encouragements à l'oreille.

Manifestement très concentré, Sam essayait de contourner la tête du bébé pour remonter jusqu'au bras. Quelques minutes plus tard, il sourit en retirant la main ; et Catrina sut que la manœuvre avait réussi. La tête du bébé avait déjà bougé de quelques centimètres.

Quel dommage qu'Ellie n'ait pas été là pour assister à l'exploit de son mari !

— Poussez, Jemma, dit Catrina.

Après avoir résisté pendant si longtemps, le corps inerte du nouveau-né glissa dans les paumes ouvertes de Sam.

Il ne respirait pas.

— Je vais m'occuper de lui, dit alors une voix derrière eux.

Finn !

En le voyant, le soulagement de Catrina fut tel qu'elle en oublia le retour de l'épouse fugueuse et son propre cœur brisé. En cet instant, seule comptait la précieuse petite vie qui venait de faire son entrée en ce monde.

Il était important que le bébé de Jemma reçoive les meilleurs soins pédiatriques. Et qui mieux que Finn pouvait les lui prodiguer ?

Sam coupa rapidement le cordon.

Manifestement au bout du rouleau après sa nuit de garde, Jill n'était pas en état d'assister Finn pour la réanimation.

— On change de place, Jill, proposa Catrina. Tu veux bien assister Sam pour la délivrance du placenta ?

Jill s'empressa d'accepter, et Catrina alla rejoindre Finn au poste de réa situé au fond de la salle.

15.

Après avoir nettoyé les voies aériennes du bébé, Finn se mit à le frictionner vigoureusement pour activer sa circulation.

En transportant le nouveau-né inanimé vers la couveuse, il avait entendu Catrina se proposer pour l'assister.

Celle-ci régla le débit de la bouteille d'oxygène et lui tendit le petit masque pour la ventilation artificielle. Il plaça le masque sur le nez et la bouche du nouveau-né, attendit quelques secondes puis le retira pour voir si le réflexe respiratoire s'était enclenché.

Rien.

Il renouvela l'opération plusieurs fois. Enfin, la petite poitrine se mit à se soulever spontanément.

Le rythme cardiaque était malgré tout encore faible.

— Massage cardiaque, ordonna-t-il.

Catrina commença les compressions thoraciques en appuyant le pouce sur la poitrine. Une, deux, trois, pause. Une, deux, trois, pause.

— Le cœur reste en dessous de 60 ppm, dit-elle d'une voix calme.

Trop calme. Il devinait sa peur.

— Adrénaline, ordonna-t-il en prenant le relais du massage cardiaque.

À gestes rapides et précis, elle posa un cathéter, y inséra une fine canule puis perça la capsule d'adrénaline et emplit la seringue, qu'elle lui tendit.

Il injecta le produit dans la perf fixée au cathéter.

Quelques secondes plus tard, le rythme cardiaque passa à soixante-dix. La peau du bébé se colora insensiblement, le rose prenant le pas sur le bleu, sauf au visage où le sang mettrait plus de temps à affluer. Enfin, le nouveau-né poussa son premier cri.

Finn remisa de côté le masque de ventilation artificielle. Il vit alors que Catrina avait les larmes aux yeux.

Normal. Ce bébé revenait de loin.

— Bon travail, lança Sam.

— Je te retourne le compliment.

Catrina était déjà près de Jemma pour lui annoncer que son bébé allait bien et qu'on allait le lui amener dans quelques minutes.

— On va placer votre bébé en soins intensifs de néonatalogie pour quelques jours afin de le garder en observation, annonça Sam aux parents. N'ayez crainte, ce n'est qu'une formalité.

Il essayait de les rassurer. En réalité, la dystocie des épaules causait des complications postnatales chez 50 % des nouveau-nés qui avaient rencontré cette difficulté à la naissance.

Sam n'avait pas usurpé sa réputation d'excellence, et Catrina et Jill n'avaient rien à lui envier. Cette équipe était formidable. Lui-même se verrait bien en faire partie de manière permanente…

Hélas, tous ses projets étaient suspendus pour le moment à cause de l'arrivée inopinée de Clancy. Celle-ci repartirait-elle en les laissant reprendre le cours de leur vie ? Il l'espérait. De toute façon, il n'avait aucune intention de renouer avec elle. Il espérait simplement qu'elle le comprendrait d'elle-même, sans que cela tourne à la confrontation ouverte.

Ce qui lui rappelait qu'il n'avait toujours pas parlé du retour de Clancy à Catrina.

Cette dernière était en train de placer le nouveau-né

dans les bras de Jemma. Sam avait expliqué la situation aux parents avant de s'en aller.

Finn se dirigea vers la porte pour le suivre, non sans un dernier coup d'œil en direction de Catrina qui était absorbée pleinement par ses tâches de sage-femme.

Sans doute devrait-elle s'occuper d'autres patientes lorsqu'elle en aurait terminé avec Jemma. Il devrait attendre pour lui annoncer sa nouvelle…

En espérant qu'elle ne l'apprenne pas avant.

Catrina vit non sans soulagement Finn quitter la salle d'accouchement.

Tant mieux. Elle n'avait pas la disponibilité mentale pour lui parler de la scène qu'elle avait surprise ce matin devant chez lui.

Malgré le choc que cela lui avait causé, elle refusait de croire Finn capable de dissimulation. Sans doute n'avait-il pas été au courant de l'arrivée de sa sœur avec Clancy. La jalousie rend injuste, elle devait s'efforcer de ne pas céder à ce détestable sentiment. Elle lui faisait confiance pour lui expliquer la situation dans le courant de la journée, et elle lui savait gré de n'avoir pas essayé de le faire ce matin.

D'un autre côté, lui soufflaient ses démons, il ne savait pas qu'elle avait vu sa blonde visiteuse.

Son cœur se serra.

D'ici ce soir, elle serait fixée. Si Finn ne l'appelait pas, elle devrait en tirer les conséquences.

En fin de matinée, Bonnie, la seconde patiente en plein travail, donna le jour à un beau garçon de plus de quatre kilos.

L'équipe de jour étant désormais au grand complet, Catrina ne jugea pas utile de rester.

Il lui fallait rentrer chez elle. Non qu'elle en ait envie, mais, au moins, elle arriverait à réfléchir.

Ce qu'elle fit sur le chemin du retour.

Elle ne regrettait pas d'avoir montré à Finn qu'elle tenait à lui. Et elle mettrait sa main à couper que lui aussi tenait à elle. Leur nuit d'amour avait été magique, même s'ils l'avaient programmée au mauvais moment…

Rectificatif, ils n'avaient rien programmé du tout !

Mais s'ils avaient attendu un peu, la situation n'aurait pas été aussi désespérée, du moins pour elle.

Peut-être ferait-elle mieux de ne plus revoir Finn ?

Sauf que, en remontant son allée, elle le trouva adossé à sa porte.

Son cœur s'accéléra, et elle sentit les larmes lui monter aux yeux.

— Je ne t'attendais pas, dit-elle en s'efforçant de ne pas croiser son regard.

Hypocrite ! se sermonna-t-elle. Bien sûr qu'elle l'attendait.

— J'ai demandé à Jill de m'appeler pour me prévenir de ton départ. Clancy est revenue, ajouta-t-il tout de go.

— Je sais.

Il ouvrit de grands yeux horrifiés, ce qui lui mit un peu de baume au cœur. Il se souciait de ce qu'elle ressentait.

— Comment le sais-tu ?

— Ce matin, j'ai voulu venir te rendre visite. J'apportais un pique-nique. J'étais presque arrivée en bas de la falaise quand j'ai vu ta sœur s'en aller au volant de sa décapotable. Toi et une jeune femme, vous lui avez fait au revoir de la main, puis vous êtes rentrés dans la maison. Elle avait les cheveux du même blond que Piper. J'ai additionné deux et deux…

— Tu venais me voir ? dit-il en faisant un pas vers elle.

Non, elle ne voulait pas qu'il la touche. S'il la prenait dans ses bras, elle ne serait pas de taille à résister. Mais ils devaient crever l'abcès, et pas sur le pas de la porte, au vu et au su des voisins.

Elle le fit entrer dans le vestibule et referma la porte.

Le visage de Finn exprimait une profonde détresse.

— Je suis désolé que tu l'aies découvert par toi-même, Catrina. Je voulais te l'annoncer.

Y avait-il une bonne manière de découvrir que la femme de votre amant avait réemménagé sous son toit ?

Lui aussi souffrait de la situation, son monde avait été bouleversé par le retour de son épouse, mais elle ne parvenait pas à éprouver de la peine pour lui — son altruisme n'allait pas jusque-là.

— Où est Piper ?

— Avec sa mère qui n'a aucune idée de comment s'y prendre avec une fillette d'un an. Elle croit qu'il s'agit d'une poupée à qui on peut faire guili-guili pendant quelques minutes avant de s'occuper d'autre chose.

Ça aussi, ça faisait mal. C'était pourtant le nœud du problème. Elle qui avait grandi sans mère, elle savait le manque, le vide béant que cela laissait en vous. Même si Clancy était une écervelée et une irresponsable d'après la description que Finn en avait faite, elle n'en restait pas moins la mère de Piper. Naguère, Catrina aurait tout donné pour avoir une mère, même imparfaite, même immature et irresponsable. Une mère qu'elle aurait eue rien que pour elle.

Il n'était pas question de faire quoi que ce soit qui éloigne Clancy de sa fille ou l'inverse.

— Tout de même, je suis contente pour Piper, se força-t-elle à dire. Toutes les petites filles ont besoin d'une mère.

Un soupir échappa à Finn. Il fourragea dans ses cheveux comme s'il voulait en arracher une poignée.

— Je suis d'accord. Mais la mère en question ne semble pas partager cet avis. C'est pour cela que je suis ici, pour t'en parler. Après seulement quelques heures passées en compagnie de sa fille, Clancy a cet air de biche aux abois qui me fait craindre le pire. Le contact avec Piper la panique, et je sens qu'elle va s'en aller de nouveau. Je ne peux pas rester trop longtemps avec toi, car elle risque d'en profiter pour s'enfuir.

— Dans ce cas, vas-y. Tu n'aurais même pas dû venir.

— Quand l'hôpital m'a appelé pour le bébé de Jemma, j'ai téléphoné à ma sœur qui a accepté de revenir sur-le-champ. Elle est auprès de Clancy et de Piper en ce moment, ce qui m'a permis de m'échapper. Je suis venu te dire trois choses, Catrina.

— Seulement trois ? ironisa-t-elle, tâchant de cacher son amertume.

Pour le bien de sa fille, Finn ferait certainement tout pour retenir Clancy. Et elle-même pourrait dire adieu à l'idée d'un avenir avec lui.

— Je comprends que ce soit difficile pour toi, dit-il comme s'il lisait dans ses pensées. Tout ce que je te demande, c'est de m'écouter.

Elle hocha la tête.

Écouter, c'était dans ses cordes. Qu'il ne lui demande pas de parler, c'est tout. Elle avait la gorge tellement nouée qu'aucun mot ne passerait.

— D'abord, commença-t-il d'une voix ferme, je suis désolé de te faire souffrir.

Elle haussa les épaules.

C'était sa propre faute si elle souffrait. Jamais elle n'aurait dû tomber amoureuse d'un homme qui n'était pas libre. Dès le départ, elle avait su qu'il était marié, ce qui ne l'avait pas empêchée de rechercher sa compagnie et de s'attacher à lui chaque jour un peu plus, jusqu'à ce que la catastrophe prévisible se produise. Au fond, elle l'avait bien cherché.

— Secundo, poursuivit Finn, il faut voir le bon côté des choses : Clancy est désormais là, ce qui signifie que je vais pouvoir demander le divorce, accomplir les formalités qui étaient impossibles en son absence. C'est une grande avancée pour toi et moi. Je lui accorderai un droit de visite dont les modalités seront à négocier afin que Piper et elle puissent apprendre à se connaître. Ma fille aura deux mères.

Loin de renouer avec Clancy, il voulait divorcer ? Et il la considérait comme la future seconde mère de Piper ?

Le sourire qui accompagnait ces derniers mots acheva de lui rendre confiance.

Contrairement à ce qu'elle croyait, la situation n'était pas désespérée ! Comme toujours, elle s'était préparée au pire, mais cette fois, elle avait eu tort.

— Dès que le divorce sera prononcé, poursuivit Finn en lui caressant la joue, je te demanderai officiellement en mariage. Il faudra que tu patientes un peu.

Le mariage. Il voulait l'épouser…

Son soulagement était tel qu'elle sentit sa tête tourner.

Elle avait tant rêvé d'entendre ces mots un jour qu'ils lui semblaient irréels, comme s'ils étaient le fruit de sa propre imagination. Finn voulait refaire sa vie avec elle. Elle serait son épouse. Et la mère de Piper.

N'était-ce pas trop beau pour être vrai ?

— Tertio, dit-il en se rapprochant encore pour essuyer les larmes qui coulaient sur ses joues, je suis venu te dire que je t'aime, Catrina Thomas. Je t'ai aimée dès la première fois où nous nous sommes parlé. Et il s'agit bien d'amour avec un grand A, pas d'un engouement passager comme avec Clancy. Je veux tout partager avec toi et vieillir à ton côté. À deux, nous déplacerons des montagnes, ma chérie…

Il recula pour l'observer.

— Acceptes-tu d'attendre, ma belle Catrina, pendant que je réparerai mes fautes ?

Elle sentit des sanglots monter dans sa gorge.

Alors qu'elle avait cru que tout était perdu, Finn venait de lui déclarer son amour. Finalement, son cœur ne serait pas brisé une seconde fois.

— Oui, Finn, hoqueta-t-elle avant de se jeter dans ses bras. Je t'attendrai.

Épilogue

Un an plus tard

Dans le petit cottage rose face à la plage, Finlay Foley se réveilla, impatient et heureux.

Piper, sa fille de deux ans, trépignait dans son lit en donnant de la voix. Elle avait jeté tous ses jouets hors du lit et réclamait qu'on la sorte de là afin de pouvoir démarrer la journée. Une journée très spéciale.

— Cat. Ze veux Cat. Où est Cat ? dit-elle en sautillant tel un diablotin.

En riant, il la souleva dans ses bras et la fit tourbillonner en l'air.

— Si tu essayais plutôt de dire maman, ma chérie ? Maman, maman, maman, ce n'est pas difficile. Tu ne peux pas continuer à appeler ta maman par son prénom.

Sa maman biologique préférait, elle, que Piper l'appelle Clancy.

— Maman, maman, maman, Cat, chantonna Piper tout en tournant la tête en tous sens, visiblement à la recherche de Catrina.

Maman Cat allait-elle surgir d'un placard ? De derrière une chaise ?

— Elle n'est pas là, tu le sais bien. Cela porterait malchance à papa de voir sa fiancée le jour du mariage.

La frimousse de Piper se chiffonna.

— Ze veux Cat ! Tout de suite !

— Moi aussi, ma puce. Papa a hâte de la retrouver. Patience. Ses amies vont bientôt arriver pour t'emmener auprès d'elle. Là-bas, elles t'aideront à enfiler ta jolie robe, et tu pourras regarder ton papa devenir l'homme le plus heureux du monde.

Il serra sa fille dans ses bras en se disant qu'il avait une chance phénoménale d'avoir dans sa vie deux femmes aussi formidables que Piper et Catrina.

Flanquée de ses deux terrasses à colonnades blanches surplombant la mer, l'église de Lighthouse Bay tendait les bras aux invités qui se regroupaient sur la pelouse.

Une averse matinale avait chassé les nuages, et le soleil brillait dans un ciel dont la limpidité offrait un gage de bonheur aux futurs mariés.

Finn savoura la sérénité des lieux ainsi que la chaleur des sourires qui l'accueillaient tandis que, vêtu d'un costume queue-de-pie, il traversait la pelouse en compagnie de Sam, son garçon d'honneur.

Catrina avait bien fait de choisir cette petite église naguère fréquentée par les familles des marins pour sanctifier les unions devant tous les villageois réunis. Il n'aurait pu rêver meilleur endroit pour s'unir à la femme qu'il aimait.

Comme un marin dans la tempête, il avait effectué un voyage houleux à l'issue duquel il avait accosté sur une rive tranquille, où il avait réappris à vivre, à sourire, et à croire en l'avenir. Après les épreuves, le sort lui souriait. Il voguait désormais sur un océan de promesses avec sa femme et sa fille.

Le prêtre sortit sous le porche pour l'accueillir. Le regard bienveillant, il lui serra la main et lui adressa des paroles d'encouragement.

Si cet honorable officiant pensait qu'il était nerveux et intimidé comme tout jeune marié en devenir, il se trompait !

La nervosité de Finn s'était envolée le jour où Catrina avait accepté de l'épouser. Le sentiment qui l'habitait était désormais l'impatience. L'impatience de lui passer la bague au doigt.

Il se posta devant l'autel, entouré des villageois souriants qui avaient tous hâte que la cérémonie commence.

À son côté, Sam semblait chercher quelqu'un du regard. Sans doute son Ellie. C'était Myra, très élégante dans sa robe en dentelle ancienne, qui tenait dans ses bras Emily, la fille de Sam et d'Ellie.

Finn avait été présent lors de la naissance d'Emily. Afin de rassurer Sam, il avait attendu en dehors de la salle d'accouchement, prêt à assister la sage-femme en cas de problème. Dieu merci, tout s'était bien passé, et il avait participé à la joie des parents. Il voulait vivre la même magie avec Catrina quand viendrait leur tour, et nul doute que Sam lui retournerait la pareille en prenant son poste devant leur salle d'accouchement.

Jamais il n'avait vécu dans un endroit où régnait une telle solidarité entre les habitants. Tout avait commencé par cette jeune femme qu'il avait croisée au gré de ses promenades sur la plage…

Cette jeune femme qui allait se présenter à tout instant à la porte de l'église, maintenant.

La musique monta en puissance.

Il se retourna vers le porche où il y avait du mouvement.

Où était Catrina ?

Faith, l'une des sages-femmes fondatrices du centre de naissance, était la demoiselle d'honneur de Catrina. Vêtue d'une robe rose fuchsia, elle portait dans ses bras Piper, toute mignonne dans sa robe assortie. Une Piper qui n'avait manifestement pas retenu la leçon des répétitions et qui gigotait ferme pour se dégager des bras de Faith.

S'avouant vaincue, cette dernière la posa à terre.

Aussitôt, tandis que Faith et les autres demoiselles

avançaient lentement au rythme de la musique, Piper fonça vers lui sur ses petites jambes, pour le plus grand plaisir de la foule qui poussa des murmures attendris.

— Papa ! cria-t-elle en se précipitant dans ses jambes.

La gorge serrée, il la souleva dans ses bras.

Ellie apparut, marchant au côté de Faith, et il entendit Sam pousser un soupir admiratif.

Mais où était celle qu'il attendait, lui ?

Au bout d'une minute qui lui parut interminable, enfin, il la vit.

Catrina. Sa Catrina, éblouissante dans une robe de couleur ivoire. La main posée sur le bras de Reg Southwell, elle avait le regard fixé sur lui, Finn, et il vit dans ses yeux bruns un océan d'amour et de promesses.

Il avait hâte qu'elle le rejoigne, mais il voulait aussi que tous la voient et l'admirent.

Faith reprit Piper qui se laissa faire sans protester, et tous tournèrent leur attention vers l'héroïne de la journée qui marchait dans sa direction, si digne et si belle, un sourire radieux aux lèvres.

L'émotion le submergea, et il sentit ses yeux se voiler.

Lui, si imparfait, comment était-il parvenu à gagner l'amour de cette femme ?

Il ne savait pas s'il la méritait, mais il ferait son possible pour la protéger et la chérir pour le restant de ses jours.

Avec la sensation d'évoluer sur un nuage, Catrina se dirigeait vers Finn.

Cet homme grand et élégant, si beau dans son costume queue-de-pie et sa chemise blanche ornée d'un nœud papillon de couleur ivoire, serait son mari dans quelques minutes !

Son cœur se gonfla, et elle se sentit à deux doigts de succomber à l'émotion.

Mais ce n'était pas le moment de pleurer.

Relevant le menton, elle s'efforça de lui transmettre un tendre message par le biais du regard : béni soit le jour où elle avait croisé sa route, alors qu'elle croyait sa vie de femme terminée. Jamais elle n'aurait cru pouvoir aimer de nouveau, et avec cette intensité.

La musique lui donnait des ailes. Elle avait l'impression que son cœur allait éclater d'allégresse et de reconnaissance tandis qu'elle se dirigeait vers cet homme dont le regard brûlant d'amour l'attirait comme un aimant.

— Cat, Cat, papa ! lança alors Piper depuis les bras de Faith.

Elle tendit son bras potelé en direction de son papa.

— Maman, maman, mamancat ! poursuivit-elle d'une voix victorieuse, comme si elle avait enfin trouvé la bonne appellation.

L'assemblée rit tandis que Catrina et Finn se prenaient la main.

Deux heures plus tard, dans la salle principale du club de surf, l'une des fêtes les plus mémorables de Lighthouse Bay était sur le point de commencer. Exit les planches de surf et le sable qui recouvraient le plancher d'ordinaire. Les lieux avaient été transformés pour l'occasion en une oasis de verdure rehaussée de fleurs d'hibiscus et de frangipanier. Autour du dais réservé aux mariés avaient été disposées des tables et des chaises, et des lanternes et des guirlandes lumineuses pendaient en profusion du plafond. Il y avait foule. Les invités riaient, tapaient dans le dos de Finn et lui présentaient leurs félicitations tandis qu'il attendait sa femme.

Derrière un paravent dressé au fond de la salle, les sages-femmes de Lighthouse Bay s'affairaient pour aider

Catrina à troquer sa belle robe de satin ivoire contre des vêtements de voyage. Par terre, une valise ouverte contenait le trousseau offert par ses amies — certains vêtements avaient même été cousus par leurs blanches mains.

La session d'habillage s'accompagnait de rires qui faisaient chaud au cœur de Catrina.

Ses amies et collègues formaient sa première famille, celle qui l'avait aidée à se relever alors qu'elle était plus bas que terre, celle qui lui avait redonné l'envie de vivre.

Il y avait sa fidèle Ellie, sa petite Emily calée sur la hanche. Celle-ci avait accepté de reprendre les rênes du service à temps plein durant leur voyage de noces. Après leur retour, il était convenu qu'elles se partageraient la tâche. Ainsi, toutes deux continueraient de pratiquer le métier qu'elles adoraient tout en ayant du temps pour leur famille.

Ellie lui tendit la somptueuse jupe à imprimé floral que Myra avait trouvée dans une friperie de luxe ; le vêtement avait, paraît-il, appartenu à une princesse russe.

Catrina l'enfila, savourant la caresse de la soie contre sa peau.

Le chemisier crème brodé par la tante de Faith était parfaitement assorti à la jupe. Sous l'œil expert de Myra qui supervisait la session, Catrina en arrangea légèrement le décolleté.

— Il te va encore mieux que je ne le pensais ! s'exclama Faith.

La seconde famille de Catrina l'attendait dans la salle.

Son magnifique mari, sa fille adoptive Piper — son bout de chou adoré —, Frances, la sœur de Finn, et même Clancy qui avait assisté à la cérémonie et qu'elle considérait désormais presque comme une sœur.

Oui, elle avait appris au fil des mois à aimer Clancy. Ce n'était pas une mauvaise personne, juste une éternelle adolescente qui ne supportait pas les obligations. Pas du genre à rester en place bien longtemps au même endroit,

Clancy ne résistait pas à l'appel du large, mais elle tentait tout de même de s'assagir un peu pour Piper. Sans qu'on l'y force, elle venait de temps en temps passer quelques jours à Lighthouse Bay, d'autant plus volontiers qu'aucune responsabilité ne pesait plus sur ses épaules. C'était la situation idéale pour elle : elle venait quand elle en avait envie et repartait sans que personne ne tente de la retenir.

Un peu à l'écart du groupe, la gentille et discrète Faith regardait sa fille et Piper jouer à cache-cache.

Levant la tête vers le ciel, Catrina adressa une prière aux anges avec lesquels la mère de Finn avait été si intime afin qu'ils aident Faith à trouver elle aussi sa seconde famille.

— Tourne lentement sur toi-même.

La voix de Myra la ramena au présent. Tel un mannequin un peu maladroit, elle obéit.

— Parfait, dit Myra. Cela dépasse toutes mes espérances.

De ses doigts de fée, la femme de Reg avait reprisé la jupe et lui avait rendu sa beauté d'origine.

Entourée de sa garde rapprochée, Catrina sortit de derrière le paravent.

La première chose qu'elle vit fut le regard de Finn, et le désir qu'elle y lut la fit délicieusement frissonner.

Ils firent un pas l'un vers l'autre. Souriant, il lui prit doucement la main et imprima un baiser au creux de sa paume.

— Je n'en pouvais plus de t'attendre, ma chérie.

Une onde d'excitation parcourut l'assistance. Les mariés allaient bientôt partir.

— Bientôt, je serai toute à toi, lui murmura-t-elle à l'oreille.

Elle l'embrassa en respirant son parfum viril. Elle l'aimait et avait hâte de se retrouver seule avec lui.

— Je me demande comment Frances et Clancy vont s'en sortir avec Piper ce soir.

— Pour une nuit, l'épreuve ne devrait pas être insurmontable.

Marni a promis de les dépanner au téléphone et de passer à la première heure demain, juste au cas où. Puis nous reviendrons récupérer Piper et partirons tous les trois ensemble en voyage de noces.

— Tout de même, nous aurions pu l'emmener ce soir…

— Marni me l'a déconseillé. Elle est même d'avis que, toi et moi, nous devrions faire une escapade en amoureux un jour par mois. Une seconde lune de miel par petits morceaux en somme, ajouta-t-il en ondulant des sourcils d'un air suggestif. L'idée ne me déplaît pas.

— Tu sais quoi ? Moi non plus.

Glissant la main sous le bras de son mari, elle lui sourit avec ferveur.

— Allons-y.

Ils sortirent sous une pluie de riz, confiants en l'avenir car leurs deux cœurs ne faisaient qu'un.

ROBIN GIANNA

Sous les ordres du chirurgien

Traduction française de
MARCELLE COOPER

BLANCHE

HARLEQUIN

Titre original :
TEMPTED BY THE BROODING SURGEON

Ce roman a déjà été publié en 2018.

1.

La galère… Tout, absolument tout, était allé de travers. Ce qui aurait dû être un voyage de dix heures de Chicago à Lima s'était transformé en un périple éprouvant de quarante-huit heures à cause d'une incroyable série de coups du sort. Épuisée, en mal de sommeil, Annabelle Richards était à présent assise à l'arrière d'un taxi, en route pour l'hôpital d'Ayllu où elle aurait dû arriver la veille.

Elle se pencha vers le chauffeur pour lui reposer une énième fois la question.

— Sommes-nous encore loin ?

— *No, señorita.* On y sera dans quelques minutes.

Se radossant à la banquette défoncée, elle essaya de se détendre. En vain. Elle avait le ventre noué. À cause de son retard, l'équipe chirurgicale avait probablement réorganisé le planning et reporté certaines opérations. Celle prévue ce matin était censée démarrer à 8 heures. Or, sa montre indiquait 7 h 53 ; jamais elle ne serait à l'heure. Restait à espérer qu'il ne s'agisse pas d'une urgence vitale.

Depuis hier, l'état d'un petit patient en attente d'opération s'était peut-être aggravé. Pire, l'un d'eux était peut-être mort parce qu'elle n'avait pas été là à temps pour l'anesthésier et l'intuber.

Les astres semblaient s'être ligués contre elle. Tout d'abord, le moniteur cardiaque portable destiné à l'hôpital péruvien s'était retrouvé bloqué dans un hangar du CHU de Chicago, dont personne ne semblait avoir la clé. Pendant une heure, elle avait remué ciel et terre jusqu'à ce que l'un des gardiens retrouve enfin le sésame. Puis elle avait foncé vers l'aéroport. Trop tard. L'avion était parti. Le suivant avait été annulé à cause des conditions climatiques — une tempête au sol — et des correspondances ratées avaient achevé de creuser le retard.

En un sens, c'était sa faute. Si elle avait expédié le moniteur par fret au lieu d'insister pour l'apporter elle-même, rien de tout cela ne serait arrivé. Elle avait tenu à s'en charger car, lors de son dernier séjour au Pérou, un nouveau-né prématuré avait failli mourir en cours d'opération à cause du manque de matériel capable de mesurer son rythme cardiaque et ses constantes.

Pourvu que ce contretemps n'ait pas eu des conséquences tragiques.

Et ce taxi qui n'avançait pas ! Elle se retenait de hurler tant ses nerfs étaient à vif. Être là, en personne, dans le bloc opératoire, pour assister le chirurgien était bien plus important que d'apporter dans ses bagages du matériel dernier cri.

Une fois de plus, son entêtement était la source de tous ses ennuis. Ces retards à répétition l'avaient empêchée d'assister à la réunion à l'hôpital de Lima alors que celle-ci aurait pu être décisive pour l'avenir de son ancienne école menacée de démolition. Son rêve de la transformer en une maison de formation médicale pour jeunes des quartiers défavorisés ne verrait peut-être jamais le jour.

Afin de conjurer sa panique, elle s'efforça de se concentrer sur le paysage. Le bleu de l'océan et les plages de sable blanc formaient un contraste saisissant avec les verts et bruns de la chaîne montagneuse qui se dressait aux confins de la plaine. Quelques luxueuses villas perchées sur la falaise côtoyaient les maisonnettes en pisé.

Beaucoup de minorités vivaient en dessous du seuil de pauvreté à Chicago, mais ce n'était rien comparé à la misère qui sévissait dans certaines zones rurales du Pérou où les gens logeaient dans des abris insalubres sans eau potable ni électricité. Quand ces familles apprenaient qu'une mission médicale passait dans le coin, elles faisaient des dizaines de kilomètres à pied dans l'espoir que leurs enfants seraient choisis pour recevoir des soins ou bénéficier d'une opération. Elles dormaient par terre et attendaient des heures devant le dispensaire de fortune. Puis, quand on leur disait qu'on ne pouvait soigner leurs petits malades parce qu'il n'y avait plus de place pour eux dans le programme, les parents remerciaient le médecin en souriant et disaient qu'ils réessayeraient la prochaine fois.

Aider ces enfants revêtait aux yeux d'Annabelle une importance capitale. Il fallait à tout prix qu'elle parvienne à organiser une nouvelle réunion à Lima afin de trouver les partenaires et les fonds qui l'aideraient à donner un avenir aux déshérités, sans négliger pour autant l'objectif premier de sa mission qui consistait à opérer autant de patients que possible.

Le chauffeur de taxi quitta la route principale pour attaquer poussivement la montée de la colline, et Annabelle se pencha de nouveau pour observer le paysage qui devenait familier.

— On arrive, n'est-ce pas ?

— *Sí.* Dans trois kilomètres.

Enfin !

Le véhicule s'arrêta là où l'asphalte cédait la place à une piste en terre, à environ cent cinquante mètres du petit hôpital. Sans doute le chauffeur préférait-il ménager ses amortisseurs déjà bien fatigués.

— Pourriez-vous poser ma valise et le reste de mes affaires là ? dit-elle en lui désignant une grosse pierre plate. Je reviendrai les chercher plus tard.

Après qu'il eut sorti les bagages, elle lui glissa dans la main plusieurs billets de cent sols. Maintenant qu'elle était en mesure de donner de généreux pourboires à des gens dans le besoin, elle ne s'en privait pas. Les années de vaches maigres, elle connaissait.

Dans un espagnol laborieux, assorti de gestes explicites, elle demanda au chauffeur de lui passer le moniteur et tendit les bras pour recevoir l'appareil.

— *Adios, señorita.*

— *Adios.* Et merci.

Chargée de son précieux fardeau, elle entama la montée de la côte. Les cailloux qui roulaient sous ses semelles rendaient la tâche difficile et elle faillit glisser plus d'une fois.

La route paraissait interminable. À la moitié du chemin, elle était déjà hors d'haleine et les muscles de ses bras criaient grâce. Si elle avait eu deux sous de jugeote, elle aurait donné quelques billets supplémentaires au chauffeur pour qu'il porte l'appareil jusqu'au bloc opératoire.

Sans doute le personnel l'attendait-il impatiemment et il n'était donc pas question de poser son fardeau pour reprendre son souffle.

Son problème, c'était qu'elle ne réfléchissait pas avant d'agir. Se sermonnant en son for intérieur pour son inconséquence, elle remonta l'appareil, qu'elle cala au niveau de sa poitrine en priant le ciel que ses bras ne lâchent pas avant d'arriver à destination. Il ne manquerait plus que le moniteur flambant neuf se brise en mille morceaux avant d'avoir servi. La malédiction qui la frappait depuis quarante-huit heures serait ainsi consommée.

Des gouttes de transpiration coulaient dans son dos et elle fut bientôt en nage bien qu'il ne fasse que 20° en ce matin de mars — la température avait été annoncée à l'atterrissage. À chaque pas, sa charge semblait peser plus lourd.

Courage… Elle y était presque.

Enfin, au sommet de la colline, elle fut en vue du bloc de béton qui abritait l'unique salle d'opération. Si elle n'avait été à bout de souffle, elle aurait poussé un cri de victoire.

Le plus dur était fait.

S'efforçant d'ignorer la douleur qui lui vrillait les bras, elle parvint jusqu'au bâtiment, abaissa la poignée et, d'un coup d'épaule, poussa la porte.

— Désolée pour le retard..., lança-t-elle en entrant dans la salle chichement équipée. J'ai raté l'avion. J'espère que vous avez pu vous en sortir sans moi hier...

Parmi les personnes autour de la table d'opération se trouvaient son amie Jen qui travaillait dans un autre hôpital de Chicago ainsi qu'une infirmière péruvienne du nom de Karina avec laquelle Annabelle avait déjà collaboré.

— Bonjour, tout le monde, poursuivit-elle en posant son fardeau sur un chariot métallique. Ouf, ce truc pèse une tonne !

Elle remua ses doigts gourds en adressant un sourire à la ronde, mais personne ne le lui rendit. Les mines étaient graves.

Un petit garçon d'environ cinq ans était allongé sur la table. Elle s'approcha de lui.

— Bonjour, mon grand.

Il leva vers elle des yeux sombres où se lisait toute la détresse du monde.

— Je ne vous raconte pas le voyage..., dit-elle d'un ton un peu trop enjoué en se tournant vers ses collègues. J'ai enchaîné galère sur galère. D'abord, impossible de récupérer le moniteur. La clé du hangar où il était remisé avait disparu. Quand j'ai fini par le récupérer et foncé à l'aéroport, l'embarquement était terminé. On m'a inscrite sur le vol suivant qui a été annulé pour cause de blizzard. Douze heures plus tard, j'ai enfin pu décoller, mais je n'avais plus de correspondance à l'arrivée, et, pour couronner le tout, j'ai eu droit à une fouille en règle des douaniers ce matin. Ils ont passé mes bagages au peigne fin et examiné le moniteur sous toutes les coutures comme si j'avais caché de la drogue à l'intérieur...

— La plupart de nos opérations se pratiquent sans moniteur, dit quelqu'un derrière elle. Les douaniers ne faisaient que leur travail. Voyant que cela prenait trop de temps, vous auriez dû leur laisser l'appareil. De toute façon, vous auriez dû l'expédier par fret, ce qui vous aurait évité tous ces désagréments *et* ce retard.

Au son de la voix, Annabelle s'était figée. Ce ton glacial, inflexible, était identifiable entre mille. Rassemblant son courage, elle se tourna vers l'homme en blouse de chirurgien qui venait de s'exprimer. Et ses pires craintes se confirmèrent.

Elle ne l'avait pas vu depuis cinq ans. Mais elle aurait reconnu n'importe où ces pommettes sculptées, ces lèvres au pli sensuel même quand elles se crispaient sous l'effet de la colère, et ces yeux bruns où se lisait un souverain mépris à son encontre.

Le Dr Daniel Ferrera.

L'homme qui avait autrefois tout fait pour tuer sa carrière dans l'œuf.

L'air avait du mal à passer dans ses poumons. Comment était-ce possible ? Pourquoi fallait-il qu'entre tous les cardiologues du monde entier ce soit cet homme qui ait été désigné pour faire équipe avec elle au Pérou ?

— Hier, docteur Richards, vous nous avez fait rater une journée entière de travail, ce qui est préjudiciable autant pour les patients que pour l'équipe d'humanitaires qui ont sacrifié leurs vacances pour participer à cette mission. Et ce matin vous nous faites prendre encore du retard, ce qui réduira le nombre de patients que nous pourrons opérer aujourd'hui, autrement dit un crève-cœur pour les parents à qui je vais devoir annoncer que l'opération de leur enfant est reportée à cause de vous.

Ses yeux flamboyaient, mais il ne haussait pas la voix, ce qui ne le rendait que plus effrayant.

— J'aurais pu envoyer quelqu'un chercher le moniteur

plus tard à l'aéroport pendant que vous vous acquittiez de votre tâche ici. Mais non…, ajouta-t-il, plus réprobateur que jamais. Il a fallu encore une fois que vous n'en fassiez qu'à votre tête.

— Je… Euh… Ce moniteur est le don d'un mécène.

— Et ce mécène est plus important que nos patients ?

— Non. Bien sûr que non. Mais je voulais m'assurer que le matériel arrive à bon port. Lors de ma dernière mission ici, l'un de nos malades — un nouveau-né prématuré — avait failli mourir parce que nous n'avions pas de moniteur pour mesurer son rythme cardiaque. Perdre un patient dans ces conditions est inacceptable. Alors, j'ai décidé d'apporter un moniteur dans mes bagages cette année.

Sous le choc, elle essayait de délivrer un discours cohérent, mais elle avait conscience de la faiblesse de ses arguments. Il avait raison sur toute la ligne. Voyant que l'examen des douaniers s'éternisait, elle aurait dû leur laisser l'appareil.

— Si vous l'aviez expédié par fret, dit-il, visiblement désireux d'enfoncer le clou, vous auriez attrapé votre avion à temps, vous n'auriez pas eu tous ces problèmes de correspondance, les douaniers ne vous auraient pas retenue durant des heures, et vous n'auriez pas raté votre première journée de travail à Ayllu. Et nous, nous n'aurions pas eu à recomposer le planning de la semaine parce que vous vouliez *absolument* vous assurer que le cadeau d'un mécène arrive à bon port. Vos priorités ne sont pas les bonnes, et vous n'êtes de toute évidence pas taillée pour ce genre de missions.

Le mépris le disputait au sarcasme dans son regard. Selon lui, elle n'avait pas l'étoffe d'un médecin humanitaire, et il avait raison dans le sens où elle n'était pas issue des mêmes milieux privilégiés que les gens présents dans cette salle. Elle n'était pas née avec une cuillère d'argent dans la bouche, elle, et elle ne devait sa réussite qu'à elle-même.

Sans doute n'arrivait-elle pas à la cheville du Dr Ferrera,

mais les efforts qu'elle avait dû faire pour se hisser au-dessus de sa condition avaient affermi sa détermination. Pour le courage et la motivation, elle le battait à plates coutures. Quand on grandissait dans un quartier difficile, entourée de gens sans scrupule et sans grande moralité, on apprenait à rendre les coups pour survivre. Elle n'avait que faire de la condescendance et du mépris de Daniel Ferrera. Même si elle avait pris de mauvaises décisions au cours de ce voyage, il n'avait pas le droit de lui parler ainsi, de surcroît devant le patient et l'équipe, et elle n'allait pas se gêner pour le lui signifier.

— Pour votre gouverne, docteur Ferrera, sachez que j'en suis à ma neuvième mission humanitaire, et que je n'ai pas besoin qu'on me rappelle mes priorités. Mon but, en apportant ce matériel, était de sauver des vies, et je suggère que nous nous y attelions au lieu de perdre notre temps à discuter, dit-elle en tendant la main vers la boîte de masques en cellulose.

Les yeux bruns la foudroyèrent avant de se tourner vers leurs collègues.

— Puisque le Dr Richards a raté le briefing préopératoire, je vais devoir rappeler ce que nous nous apprêtons à faire sur cet enfant. Jorge souffre d'une malformation cardiaque congénitale, une communication interauriculaire que nous allons rectifier. Heureusement, le trou dans le septum est petit et nous n'aurons aucun mal à le refermer. Pendant que le Dr Richards prépare les gaz pour l'anesthésie, branchez le patient à ce moniteur qu'elle juge indispensable, ajouta-t-il à l'adresse de Karina. Autant l'utiliser puisqu'il est là. Dès que Jorge sera endormi, nous pourrons commencer.

Tout le monde s'activa autour de la table. Le visage radouci, Daniel se pencha sur le petit garçon et commença à lui parler dans un espagnol mélodieux. Les paroles qu'il prononça firent sourire l'enfant, et Annabelle ne put s'empêcher d'admirer la manière dont Daniel savait le rassurer. Malgré elle, elle s'en sentit tout émue.

Cet homme était pétri de contradictions — tyran autoritaire sans aucune indulgence envers son personnel et, l'instant d'après, médecin attentif et bienveillant.

Une chose était sûre, elle ne trouverait jamais grâce à ses yeux. Cinq ans auparavant, à Philadelphie, il n'avait pas caché la piètre opinion qu'il avait d'elle, et elle n'était pas près de l'oublier. L'idée de devoir travailler avec lui au cours de cette mission lui déplaisait au plus haut point. Pourvu que ces deux semaines passent vite…

Hélas, elle n'avait pas le pouvoir d'accélérer le temps, et elle s'efforcerait de se concentrer sur ses patients pour ignorer les piques que Daniel ne manquerait pas de lui lancer. Cet homme avait la rancune tenace, pour preuve l'accueil qu'il venait de lui réserver.

Elle fixa l'embout aux bouteilles de gaz anesthésiques, y brancha le masque, puis s'approcha pour le montrer à Jorge et lui expliquer ce qui allait se passer. Hélas, le stress d'avoir croisé le fer avec Daniel Ferrera lui avait fait oublier les quelques mots d'espagnol qu'elle connaissait.

Ravalant sa fierté, elle se tourna vers Karina.

— Pouvez-vous lui dire que je vais le poser sur son nez et qu'il fera un gros dodo dans moins d'une minute ?

Avant que Karina puisse traduire, Daniel s'en chargea. L'enfant ne broncha pas en recevant le masque, et ses yeux se refermèrent presque aussitôt.

Puis Annabelle posa un cathéter pour l'intraveineuse qui ralentirait puis gèlerait les fonctions cardiaques et neuromusculaires — une étape indispensable avant de commencer l'opération.

Forte de sa longue expérience, elle réussit ensuite du premier coup l'intubation trachéale. En cas d'accident, on pourrait ainsi déclencher sans attendre la ventilation artificielle.

— Les constantes ?

— Stables, répondit Jen.

Annabelle jeta un coup d'œil au moniteur tant décrié. N'en déplaise à Daniel, elle comptait s'appuyer sur cet outil tout au long de l'opération.

— Tout est prêt, annonça-t-elle.

Daniel se borna à lui répondre d'un hochement de tête avant de se mettre au travail. Comme la dernière fois qu'elle l'avait assisté, il se montra précis et fiable. Sans la moindre pause, il enchaîna les différentes étapes de l'intervention en posant de temps en temps les questions pertinentes aux personnes concernées. Quand il l'interrogeait, elle, son ton était plus sec, plus cassant, comme s'il voulait lui montrer qu'il était toujours contrarié.

Tout cardiologue d'exception qu'il était, cet homme ne savait pas pardonner et passer à autre chose. Rien n'avait changé en cinq ans. Pourtant, tout le monde avait droit à une seconde chance, même après avoir commis une grave erreur, mais il n'était manifestement pas de cet avis.

L'opération dura trois heures. Tous travaillèrent en parfaite intelligence comme s'ils avaient collaboré toute leur vie.

— Et voilà…, dit Daniel en se redressant après avoir posé le dernier point de suture. Il est temps d'injecter l'adrénaline pour redémarrer le cœur. Puis à vous de prendre le relais pour réveiller le patient, docteur Richards.

Daniel croisa le regard bleu glacial d'Annabelle. De toute évidence, elle n'appréciait guère la manière cavalière dont il lui parlait. Tant pis. Elle n'avait à s'en prendre qu'à elle-même.

S'il y avait une chose qui exaspérait Daniel, c'étaient les médecins qui essayaient de rejeter la responsabilité sur les autres en cas de problème. À entendre Annabelle, c'était la faute de tout le monde — les gardiens qui avaient égaré la clé, la tempête qui avait retardé le décollage de l'avion, les douaniers qui l'avaient retenue des heures —, tout le monde sauf elle.

Quand Daniel faisait une erreur — ou quand un employé qui était sous ses ordres en commettait une —, il assumait ses responsabilités.

Le retard d'Annabelle ce matin n'avait, certes, pas eu des conséquences catastrophiques, mais il obligerait l'équipe à travailler tard dans la soirée pour pouvoir opérer tous les patients inscrits sur la liste du jour plus une partie de ceux qui n'avaient pu être opérés la veille pour cause d'absence du médecin anesthésiste.

— J'espère que vous êtes prête à faire des heures supplémentaires ce soir, docteur Richards. Votre interminable voyage semble vous avoir quelque peu éprouvée...

— Merci de vous inquiéter pour ma santé, rétorqua-t-elle d'un ton sarcastique. J'ai peut-être l'air d'une loque, mais je ne me sens pas du tout fatiguée et je travaillerai aussi tard que nécessaire.

— Parfait. On a un jour de travail à rattraper.

— Je sais.

Elle accompagna ces mots d'un regard assassin puis elle lui tourna le dos pour s'installer au chevet de Jorge, qu'elle veillerait jusqu'à dissipation de l'effet des produits anesthésiants.

Même épuisée et sous le coup du décalage horaire, Annabelle Richards n'avait rien d'une loque. Elle lui avait tenu tête, ce que Daniel ne pouvait s'empêcher d'admirer. Tout comme il admirait le tendre sourire qui adoucissait le ravissant visage tandis qu'elle bordait le petit Jorge. Dès la première fois où il l'avait vue, cinq ans auparavant, il avait été frappé par la beauté de son regard azur, par ses lèvres pleines qui semblaient appeler les baisers et qui l'avaient fait fantasmer plus d'une fois. Eh oui, bien que cela lui coûtât de l'admettre, il avait fait quelques rêves torrides où elle tenait le premier rôle.

Blonde, attirante, sexy, Annabelle avait tout pour plaire. Par contre, ses compétences médicales avaient laissé à désirer lors de leur collaboration autrefois, et il avait supposé qu'elle s'était servie de son physique pour gravir les échelons. Quand il avait mis son veto à ce qu'on lui accorde un poste permanent à l'hôpital de Philadelphie — où il travaillait encore aujourd'hui —, deux des administrateurs, sans doute aveuglés par les charmes d'Annabelle, avaient chaudement plaidé la cause de la jeune femme. En vain.

Daniel était conscient d'être le meilleur cardiologue de l'établissement et, quand il avait déclaré haut et fort qu'il refuserait de faire de nouveau équipe avec elle, la direction avait cédé. Annabelle était donc allée tenter sa chance ailleurs.

Le plus rageant, c'était qu'il avait continué à penser à elle. Pendant plusieurs mois, dès qu'il fermait les yeux, la nuit, il revoyait son visage, ses divines lèvres, ses soyeux cheveux blonds qui tombaient en vagues souples sur ses épaules, sa silhouette de sirène qui faisait tourner la tête aux hommes…

Lui, l'artisan de l'éviction d'Annabelle, il avait rêvé d'elle la nuit, mais il s'était persuadé que ce comportement étrange était un symptôme de surmenage, et qu'il lui suffirait de sortir avec une autre pendant quelques semaines pour se guérir de son obsession. Ce qu'il avait fait brièvement avec une collègue — le long terme, ce n'était pas pour lui.

Avait-il oublié Annabelle pour autant ? Non. La belle avait continué pendant longtemps de hanter ses nuits.

Malgré cette attirance qu'il refusait d'admettre, il n'avait pas regretté un seul instant de l'avoir empêchée d'obtenir un CDI dans son hôpital. Il n'y avait pas de place pour l'approximation ni le dilettantisme en chirurgie. Il était bien placé pour le savoir. Lorsqu'un membre de son équipe osait lui reprocher son perfectionnisme — ce qui n'arrivait pas souvent —, Daniel le remettait vertement à sa place.

Un chirurgien digne de ce nom se devait d'être minutieux et de veiller aux moindres détails. Si le cardiologue qui avait opéré son frère l'avait été, perfectionniste, Gabriel serait encore de ce monde, à croquer la vie à pleines dents et à vivre à cent à l'heure comme il l'avait toujours fait.

Cette perte avait laissé un vide béant au sein de sa famille. Penser à Gabriel poussait Daniel à être irréprochable dans l'exercice de son métier, et à exiger des membres de son équipe qu'ils le soient aussi. Tous, de l'instrumentiste au chirurgien, en passant par le médecin anesthésiste, se devaient d'accorder les meilleurs soins aux patients, et Daniel avait coutume de ne retenir que les meilleurs éléments pour l'assister.

Le patient qu'Annabelle Richards avait failli tuer en cours d'opération, cinq ans auparavant, avait souffert de la même pathologie cardiaque que Gabriel. Après cet incident, Daniel l'avait définitivement exclue de son équipe.

Et pourtant elle était là. L'association pour laquelle ils faisaient du bénévolat en avait décidé ainsi.

Qu'allait-il faire ? Il aspirait toujours à la même perfection, que ce soit dans son hôpital ou en mission humanitaire à l'étranger, et il n'était pas question qu'Annabelle les tire vers le bas.

À lui de faire le nécessaire pour l'en empêcher.

Après avoir arraché son masque et ses gants, Daniel s'assura que Jorge commençait à émerger de l'anesthésie puis il sortit de la salle pour se rendre auprès du patient suivant, dont il étudia une dernière fois le dossier. Ensuite, il passa la tête dans la minuscule salle d'attente où s'entassaient les familles, et il salua tout le monde. Enfin, il s'entretint avec la coordinatrice qui avait la lourde tâche d'établir le planning afin de lui demander combien d'enfants ils pourraient opérer aujourd'hui.

D'habitude, le médecin anesthésiste l'accompagnait sur ce parcours. Le Dr Richards avait visiblement estimé qu'elle avait mieux à faire. Sans doute était-elle restée en salle d'opération pour monter la garde auprès de son précieux moniteur.

Hélas, s'il voulait opérer les enfants prévus sur le planning, il n'avait d'autre choix que d'accepter le concours d'Annabelle Richards durant les jours à venir.

Mais, dès qu'il aurait un moment de libre, il lui chercherait un remplaçant. Il ne voulait pas de maillon faible dans son équipe.

2.

La lumière de l'aube commençait à percer le brouillard au-dessus des montagnes quand Daniel, tasse de café à la main, sortit sur la terrasse de l'hôtel où logeait l'équipe médicale. Il avala une gorgée en savourant le goût puissant de l'arabica local, et les souvenirs affluèrent à sa mémoire. Tout gamins, son frère et lui adoraient cette boisson qui leur était interdite en raison de leur jeune âge et Daniel envoyait Gabriel dans la cuisine leur préparer en douce deux tasses généreusement additionnées de lait et de sucre.

Daniel avait été plus respectueux des règles que son jumeau, mais, à l'occasion, cela ne lui avait pas déplu d'encourager ce dernier à désobéir, surtout quand cela se révélait à son avantage. Plus audacieux que lui, Gabriel avait allègrement chapardé desserts et boissons corsées, parfois sous le nez de leur nourrice ou de leurs parents. Plus tard, ils s'étaient lancé des défis au sport, non pour le plaisir de battre l'autre, mais pour l'émulation, toujours par solidarité gémellaire.

Aujourd'hui, Daniel aimait son café noir, la boisson l'aidant à se réveiller après une nuit passée au bloc, et il avait particulièrement besoin d'avoir les idées claires ce matin. En effet, il s'apprêtait à passer des coups de fil à des collègues de différents hôpitaux afin de leur demander s'ils connaissaient un médecin anesthésiste qui accepterait de venir exercer deux semaines au Pérou.

Avec un peu de chance, l'un d'eux lui indiquerait quelqu'un

susceptible de se glisser dans les souliers d'Annabelle Richards. Elle allait être furieuse…

À sa grande surprise, il éprouva une pointe de culpabilité à l'idée de la remplacer par un autre praticien. Après tout, elle avait sacrifié ses congés pour cette mission et elle s'était donné un mal de chien pour parvenir jusqu'ici — avec son satané moniteur. Force était de constater qu'elle s'était montrée irréprochable hier durant toutes les opérations qu'ils avaient enchaînées jusque tard dans la soirée.

Ce qui ne garantissait pas qu'elle le serait toujours. Peut-être était-elle devenue un meilleur médecin, mais il ne pouvait prendre le risque de lui accorder le bénéfice du doute. Ici, il n'était pas question de faire ses preuves ; il fallait être opérationnel tout de suite et avoir l'expérience et le savoir-faire requis pour mener à bien les longues opérations du cœur ô combien complexes qui constitueraient leur quotidien pendant quinze jours.

Peut-être parviendraient-ils à un compromis. Une fois le remplaçant trouvé, il pourrait aiguiller Annabelle sur une autre association humanitaire œuvrant au Pérou qui serait très contente de recevoir son aide. Il la savait capable d'assister sans problème un chirurgien sur de petites interventions non vitales.

Voilà la solution. Restait à l'annoncer à Annabelle, ce qu'il appréhendait un peu. Mais qui sait ? Peut-être seraitelle soulagée de quitter Ayllu pour travailler sous les ordres de quelqu'un d'autre que lui…

Le regard perdu vers la crête des montagnes, il était en train de dresser mentalement une liste des personnes à appeler quand il entendit la porte de l'hôtel s'ouvrir derrière lui. Se retournant, il vit Annabelle. Ses cheveux blonds brillaient dans la brume, à l'instar de la lune suspendue bas dans le ciel sombre.

Étonné qu'elle se lève aux aurores après son éprouvant voyage et sa longue journée de travail, il l'examina à loisir depuis le bout de la terrasse plongée dans l'obscurité. Le peignoir rose serré à la taille soulignait le galbe de ses seins et de ses hanches. Nues et fuselées, ses jambes paraissaient plus longues que lorsqu'elle portait la tenue de bloc. Elle avait les mains serrées autour d'une tasse fumante, et la manière dont elle humait le parfum du café, yeux fermés, provoqua en lui un émoi qui n'avait rien de platonique.

Elle but une gorgée de café qu'elle savoura, la tête penchée en arrière. À la vue des lèvres pulpeuses qui esquissaient un petit sourire satisfait, Daniel sentit son sang s'embraser dans ses veines et son imagination s'en donna à cœur joie.

Sans doute serait-ce cette expression qu'elle aurait en faisant l'amour. Voluptueuse, satisfaite, et voulant pourtant davantage. Ce qu'il était prêt à lui donner. Il brûlait d'envie de sortir de sa cachette pour aller vers elle, l'embrasser, défaire la ceinture du peignoir pour glisser les mains dessous et toucher sa peau, caresser ses courbes de sirène.

Ressaisis-toi.

Se forçant à détourner le regard, il avala une gorgée de café brûlant. Nourrir des pensées de ce genre au sujet d'une collègue était hautement condamnable, même s'ils n'allaient pas le rester longtemps, collègues.

Que devait-il faire ? S'enfoncer davantage dans l'ombre ou faire un bruit pour signaler sa présence ? La première solution serait un signe de lâcheté et de faiblesse, et il décida donc de s'avancer vers Annabelle.

— Je vois que vous avez besoin de votre shoot de caféine le matin, tout comme moi.

Elle sembla sursauter et l'expression de plaisir disparut de son visage.

— J'aime le café, mais je ne le considère pas comme une drogue. Je peux parfaitement m'en passer.

— Et déborder d'énergie au saut du lit ? Je vous envie.

— Il y a d'autres manières de se réveiller…

À ces mots, l'imagination de Daniel se mit de nouveau à battre la campagne.

— Vous m'intriguez, dit-il en s'efforçant de prendre un ton désinvolte. Lesquelles ?

— Ce pays est d'une incroyable beauté, répliqua-t-elle, ignorant sa question. Vous êtes originaire du Pérou, n'est-ce pas ? Comment vous êtes-vous retrouvé à Philadelphie ?

Il suivit son regard en direction du lever de soleil qui commençait à dorer les cimes.

— J'ai vécu ici jusqu'à l'âge de dix ans. Puis mes parents ont décidé d'émigrer aux États-Unis pour échapper à la crise économique *et* au climat de terreur qui régnait dans le pays — des factions armées menaient une guérilla sanglante, et les gens au pouvoir, corrompus jusqu'à la moelle, étaient bien incapables de redresser la barre. Mes parents ont redémarré à zéro à Philadelphie et ils ont réussi à remonter leur entreprise là-bas.

— La situation est redevenue stable au Pérou, n'est-ce pas ?

— Dieu merci, oui. Mes grands-parents n'avaient pas voulu déménager, et nous nous sommes inquiétés pendant des années pour eux. L'économie est désormais repartie et les entreprises prospèrent. Pour la classe moyenne urbaine, tout va bien. On ne peut en dire autant des populations rurales qui sont les grandes oubliées du boom économique.

— Il y aura, hélas, toujours des laissés-pour-compte. Et pas seulement dans les pays en voie de développement… Aux États-Unis, lors de la dernière crise, beaucoup de gens ont perdu leurs maisons et sont désormais obligés de dormir dans leurs voitures ; ils n'ont pas d'assurance maladie et dépendent de la soupe populaire pour se nourrir. Le krach boursier a profité aux plus riches, qui ont su comment en tirer parti, alors que les franges les plus fragiles de la population ont perdu leurs emplois et leurs logements et se sont retrouvées à la rue.

Les yeux bleus d'Annabelle s'étaient assombris. Elle semblait vraiment compatir au sort des plus faibles.

— Quand l'économie plonge, le fossé se creuse entre les pauvres et les riches, dit-il. Au départ, il n'y avait pas beaucoup de riches au Pérou, à part la classe dirigeante, mais les gens sont désormais de plus en plus avides de confort et de biens de consommation.

— En somme, le Pérou a une réputation de pays arriéré qui ne correspond pas à la réalité.

— Très juste. Le *contraste*, c'est le mot qui le définit le mieux, sur tous les plans… Géographique, par exemple — la côte aride, les forêts tropicales humides, les monts enneigés, les vallées fertiles où poussent fruits, légumes, caféiers et canne à sucre. Les mines d'or et d'argent constituent le fer de lance de l'économie, mais les industries textiles artisanales ont connu un gros essor ces dernières années. Ce n'est pas un hasard si de plus en plus de touristes choisissent le Pérou comme destination de vacances.

— Les autochtones apprécient-ils cet afflux massif de vacanciers dans des lieux sacrés comme le Machu Picchu ? Que pensent-ils en voyant les touristes défiler, caméra au poing, dans leurs villages ?

— Les Américains et les Européens raffolent des couvertures tissées et des pulls en laine d'alpaga. Grâce à ce commerce, les villageois peuvent nourrir leurs familles, mais je ne saurais vous dire s'ils *aiment* les touristes. Il faudrait poser la question aux parents de nos patients. Les nantis, l'élite, font tout pour attirer les investisseurs étrangers au Pérou, mais les petits paysans qui ont du mal à vivre de leurs cultures sont sans doute plus circonspects à leur sujet.

— Je suppose que votre famille fait partie de l'élite, des nantis ?

La note de mépris n'échappa pas à Daniel. Annabelle avait quelque chose contre les gens qui avaient réussi. Ou peut-être tout simplement contre *lui*.

— Oui, j'ai cette chance. Pourtant, le fait d'être issu d'un milieu privilégié ne me rend pas aveugle aux problèmes qui existent dans ce pays, à ce mur à Lima qui sépare les bidonvilles des quartiers résidentiels.

— Le mur de la honte…

Elle esquissa une grimace qu'il aurait trouvée adorable si le sujet n'avait été aussi grave.

— La ségrégation entre riches et pauvres existe partout. Ici, par exemple. Regardez-moi cet endroit, ajouta-t-elle, geste à la ronde à l'appui.

Il comprenait ce qu'elle voulait dire.

— C'est vrai. Je me sens parfois coupable de descendre dans un hôtel moderne avec tout le confort alors qu'à deux pas il y a des familles qui vivent sans eau courante ni électricité.

— Moi aussi. Pour être franche, toutefois, je dois avouer que je suis contente de pouvoir prendre une douche à la fin de la journée.

— Que nous le voulions ou non, nous appartenons au monde occidental. Pour avoir de la lumière, il nous suffit d'actionner un interrupteur.

— À condition que la facture ait été payée, murmura-t-elle avec un sourire un peu crispé. Bon, je crois que je vais vous laisser pour justement profiter des avantages de ma salle de bains.

— Notre première opération n'est prévue que dans deux heures. Pourquoi vous êtes-vous levée aussi tôt, surtout après votre voyage harassant d'hier ?

Les cernes autour des jolis yeux bleus d'Annabelle témoignaient de sa fatigue. Elle ferait mieux d'aller se rendormir pour être en forme.

— Je me lève toujours à l'aube. Il est important de se préparer mentalement pour commencer sa journée du bon pied.

— Comment vous préparez-vous *mentalement* ?

— Je pratique le yoga. La méditation. Quelqu'un comme vous pense sans doute que je n'ai pas un corps adapté aux exercices de yoga, mais il n'est pas nécessaire d'être mince pour faire des exercices d'étirement et d'assouplissement.

Se croyait-elle grosse ? Elle avait un corps magnifique, avec ce qu'il fallait aux bons endroits, et il aurait donné cher pour admirer les voluptueuses rondeurs qui se cachaient sous le peignoir.

Se rendant compte qu'il la dévorait du regard, il détourna les yeux.

— *Quelqu'un comme moi ?* Que voulez-vous dire ?

— Que vous êtes de ceux qui s'arrogent le droit de juger les autres. Vous critiquez leur travail, leur manière de s'habiller, de s'exprimer, leur milieu social. Il est évident que personne dans votre équipe ne trouve grâce à vos yeux, et vous nous estimez sans doute indignes de respirer le même air que vous.

L'attaque frontale le prit au dépourvu.

— Vous vous trompez sur mon compte...

Les mots d'Annabelle lui faisaient mal. Pourquoi s'en prenait-elle à lui ?

— Je ne juge pas les gens, poursuivit-il Après la conversation que nous venons d'avoir sur les exclus du système social, je croyais que vous l'aviez compris. Par contre, il est vrai que j'exige l'excellence des membres de mon équipe. Mes patients méritent le meilleur, qu'ils habitent les quartiers riches de Philadelphie, une masure dans les Andes ou les bidonvilles de Lima. Il y a cinq ans, c'est l'unique raison qui a guidé mon choix, car c'est bien de ça que nous parlons, n'est-ce pas ?

— Moi aussi, je veux ce qu'il y a de mieux pour mes patients. Sauf que je ne condamne pas les gens sans leur laisser une chance de se défendre, ou de faire mieux la prochaine fois. Nul n'est infaillible. Quand l'un de mes internes de Chicago commet une erreur, je lui laisse une seconde chance et je lui donne des conseils pour l'aider à s'améliorer.

— Mais certains patients, eux, n'ont pas de seconde chance !

Il l'avait dit avec plus de véhémence qu'il ne l'aurait voulu car il pensait à Gabriel.

— Ici, les membres de mon équipe n'ont pas droit à l'erreur. Il n'y a pas de place pour l'indulgence, et je n'ai que faire de ménager l'ego de tel ou tel. Si un médecin ou une infirmière ne fait pas l'affaire, il part !

— J'envie ceux qui parviennent à conserver leur ego intact en travaillant à votre côté. À mon avis, c'est *vous* qui avez un problème d'ego. Le cardiologue star de Philadelphie, adulé de tous, issu d'une famille riche… Il est évident que vous vous croyez supérieur à tout le monde.

— Dans mon domaine, je le suis. On fait appel à moi car je suis le meilleur. Ce n'est pas de la prétention que de l'admettre. Si vous appelez ça de l'ego, libre à vous.

Elle but une gorgée de café puis haussa les épaules.

— Je juge d'après ce que je vois.

— Je croyais que vous ne jugiez pas ?

Blessé par son attaque en règle, il avait haussé le ton. Pourquoi Annabelle devenait-elle agressive, surtout après la conversation plutôt amicale qu'ils venaient d'avoir ?

— Au fond, c'est peut-être vous qui avez un ego monstrueux, poursuivit-il. Votre physique vous a permis de décrocher un poste prestigieux dans un grand hôpital, et vous savez sans doute y faire pour embobiner les grands pontes qui sont prêts à monter au créneau pour vous, même quand vous commettez des erreurs.

Un cri indigné échappa à Annabelle. Elle fit deux pas vers lui pour planter un index rageur dans son torse.

— Ce que vous venez de dire est profondément insultant ! lança-t-elle, les yeux étincelants de colère. Jamais vous n'oseriez dire de telles horreurs à un homme. Je ne vais pas perdre mon temps à me défendre car je n'ai que faire de votre opinion de moi en tant que personne. Par contre, le jugement que vous portez sur l'anesthésiste m'importe. Sachez que je suis arrivée là où je suis uniquement à force de détermination et de travail, et de rien d'autre. Comme nous allons être obligés de nous supporter mutuellement pendant deux semaines, j'espère que vous saurez faire abstraction de vos griefs à mon égard et travailler en bonne intelligence avec moi pour le bien de nos patients.

Lui tournant le dos, elle se dirigea à grands pas vers la porte. Le café déborda de la tasse pour éclabousser la manche du peignoir et couler sur le sol, mais elle continua à marcher sans s'en soucier.

Les yeux fixés sur le balancement de ses hanches, Daniel la regarda disparaître dans l'hôtel. Le regret le disputait en lui à la consternation. Comment avait-il pu céder aux provocations d'Annabelle et exprimer tout haut ses soupçons sur la manière dont elle avait obtenu son poste et amené les directeurs de l'hôpital à la soutenir ?

Cela ne lui ressemblait pas de s'emporter ainsi et de lancer des accusations gratuites — car il n'avait aucune preuve qu'elle ait bénéficié d'une promotion canapé —, mais l'attaque d'Annabelle l'avait piqué au vif, aussi avait-il voulu lui faire mal à son tour. Le pire, c'était que tout en l'accusant d'être une séductrice utilisant ses charmes pour gravir les échelons il avait été hypnotisé par ses lèvres, ses yeux azur, cette beauté qu'il lui reprochait justement. Une partie de lui-même aurait voulu l'attirer dans ses bras et s'emparer de ces lèvres si féroces envers lui pour connaître enfin leur goût.

Heureusement, il avait résisté à son envie car l'embrasser aurait été une erreur encore plus grave que de lui dire ce qu'il pensait de sa personne. Mais qu'est-ce qui n'allait pas chez lui ? Sa seule excuse était qu'en présence de cette femme il perdait la tête.

Une extrême prudence s'imposait désormais. Il veillerait à ne plus sortir de sa réserve professionnelle et à observer envers Annabelle un comportement parfaitement neutre à défaut d'être aimable. Il ne manquerait plus qu'elle porte plainte contre lui pour injures sexistes !

Un jogging au pas de course l'aiderait à recouvrer son calme. Et peut-être ne serait-ce pas une mauvaise idée de se mettre à la méditation pour se débarrasser de tous ces fantasmes qui lui polluaient l'esprit au sujet d'Annabelle Richards…

Au terme d'une longue journée, Daniel avait le dos courbaturé et la satisfaction du devoir accompli. Le mal de dos était un faible prix à payer pour réparer des malformations cardiaques ou un syndrome d'hypoplasie du ventricule gauche.

L'équipe avait travaillé sans relâche à son côté, y compris Annabelle. Force était de constater qu'elle avait été parfaite. Elle communiquait à merveille avec les infirmières et, de par son charme particulier, savait établir un lien privilégié avec les jeunes patients. Dans son espagnol approximatif, elle parvenait à les apaiser en s'aidant de poupées ou de figurines de super-héros qu'elle faisait doucement évoluer sur les petits bras et les petites jambes. Même les plus nerveux se laissaient prendre au jeu et au sourire d'Annabelle pendant que l'équipe vaquait aux derniers préparatifs avant l'opération.

Peut-être avait-elle fait des progrès au cours de ces cinq ans, après cette erreur catastrophique de son interne qu'elle n'avait pas surveillé suffisamment. Une erreur qui avait failli coûter la vie à leur patient. Peut-être Daniel aurait-il pu lui pardonner si l'adolescent n'avait pas souffert de la même cardiopathie que Gabriel. Il avait été furieux, avec des raisons de l'être puisqu'un malade avait failli mourir à cause de la négligence d'un membre de son équipe.

À chaque fois qu'il voyait Annabelle, il repensait à ce jour et il lui était difficile de lui accorder le bénéfice du doute. Après avoir alterné chocs électriques et piqûres d'adrénaline, ils étaient parvenus in extremis à ranimer le patient.

Un adolescent avait failli mourir à cause de l'incompétence d'un interne qui n'avait pas été supervisé comme il aurait dû l'être par le médecin anesthésiste. Comment passer l'éponge ? La famille de l'opéré n'avait jamais su à quel point leur enfant était passé près de la mort.

D'aucuns lui diraient d'accorder une seconde chance à Annabelle, qui était désormais plus expérimentée. Sans doute auraient-ils raison. Mais il avait déjà pris ses dispositions pour faire venir un autre médecin, et pour envoyer Annabelle dans un dispensaire au pied de la cordillère. Après son départ, il pourrait travailler de manière plus sereine, et Annabelle serait sûrement très utile à ses nouveaux patients. Tout le monde y gagnerait.

— Prête à prendre le relais ? demanda-t-il après avoir posé les points de suture sur la poitrine du dernier patient de la journée.

— Oui, docteur Ferrera, répondit Annabelle. Je vais procéder au retrait du tube endotrachéal et de la perf.

— Bien. Si vous avez besoin de moi, vous me trouverez au bureau, annonça-t-il à la ronde. Je vais recevoir les futurs patients et établir le programme des jours à venir.

Les infirmières et Annabelle hochèrent la tête tout en gardant leur attention dûment fixée sur le patient.

Daniel ôta ses gants et son masque puis se rendit dans le bâtiment voisin, qui servait de secrétariat à l'unique employée administrative ainsi que de salle d'attente-dortoir aux enfants et aux parents. Ils venaient de loin et ceux qui n'avaient pas trouvé place sur les chaises pliantes étaient allongés sur le sol. En prévision de la longue attente, certains avaient apporté des couvertures et de la nourriture étant donné que l'hôpital ne fournissait que l'eau potable. Chacun attendait de voir si son enfant ferait partie des heureux élus qui cette fois seraient opérés ou s'il devrait attendre un prochain passage des médecins humanitaires. Certains enfants semblaient en bonne santé — une apparence trompeuse — alors que d'autres, maigres, pâles, amorphes, affichaient les signes de la maladie.

Naguère, Daniel avait appartenu à la première catégorie. Son jumeau et lui avaient souffert d'une malformation cardiaque congénitale qui ne les avait pas empêchés de faire du sport, de skier et de vivre normalement. Les médecins n'avaient pas voulu prendre le risque de les opérer puisque tout allait bien. L'état de Gabriel s'était malheureusement dégradé au cours de l'adolescence et on avait décidé d'avoir recours à l'opération. Hélas, au lieu de le sauver, celle-ci lui avait été fatale.

Daniel, lui, n'avait jamais été opéré. Bien sûr, il pourrait un jour en avoir besoin si le trou qu'il avait dans le cœur s'agrandissait. Il bénéficiait d'un suivi régulier et le seul problème dont il souffrait de temps en temps était une légère arythmie.

Cette cardiopathie congénitale était toutefois une bombe à retardement. Elle pouvait ne jamais exploser, certes, mais elle pouvait aussi causer une endocardite infectieuse avec perforation valvulaire, abcès, et, à terme, la septicémie et la mort. Ou tout simplement provoquer un arrêt cardiaque foudroyant.

Voilà pourquoi il vivait chaque jour comme si c'était le dernier et s'interdisait tout projet, toute relation à long terme, et a fortiori de vouloir fonder une famille avec femme et enfants. Il ne pouvait promettre d'avenir à personne, et savait qu'il ne serait pas juste de soumettre une femme à une telle incertitude.

Vingt ans s'étaient écoulés depuis la mort de son frère et, bien que le temps eût émoussé le chagrin, ses parents et grands-parents vivaient toujours avec la douleur de cette mort soudaine. Quant à lui, il restait inconsolable de la perte de son jumeau. Son double, son alter ego, une partie de lui-même, tué à cause d'un interne irresponsable chapeauté par un médecin qui l'était tout autant.

Refoulant ses tristes souvenirs, il s'efforça de revenir à ce qui l'occupait. La liste des enfants en attente d'opération.

Il ne pourrait pas opérer tout le monde et serait obligé de décevoir les parents d'enfants qui étaient incapables de jouer comme tout le monde, de courir, de s'amuser. Des enfants qui risquaient de mourir si, s'appuyant sur des tests aléatoires qui ne montraient pas toujours la gravité du problème, Daniel faisait le mauvais choix.

— Puis-je avoir les dossiers ? demanda-t-il à Carla, la coordinatrice qui remplissait également les fonctions de secrétaire et de réceptionniste.

Les dossiers en main, il passa d'une famille à l'autre pour poser des questions sur les symptômes, tout en étudiant les renseignements recueillis par Carla. À l'aide de son stéthoscope, il ausculta les petites poitrines, mesura les rythmes cardiaques afin de parvenir à choisir ceux qui nécessitaient une opération en priorité.

En espérant ne pas se tromper.

Certains enfants semblaient moins en danger immédiat que d'autres. Comme toujours, le plus dur était d'annoncer à leurs parents que l'opération ne serait pas pour cette fois. Daniel essayait alors de trouver les mots pour leur expliquer sa décision, les encourageant à garder espoir, et les humbles sourires qui lui répondaient ne faisaient qu'accentuer sa culpabilité.

— Voilà… Je vous ai établi la liste des patients pour

demain, dit-il en espagnol à Carla, qui semblait aussi épuisée que lui. Je vais maintenant dire à l'équipe qu'on a terminé pour aujourd'hui.

— *Sí*, docteur Ferrera. D'autres familles vont arriver d'ici demain matin. Je ferai le triage.

— Prévenez-moi si l'état d'un enfant présentait un caractère d'urgence et j'essayerai alors de l'inclure dans la liste.

Elle acquiesça, et Daniel réprima un soupir à la pensée qu'il allait lui falloir examiner d'autres patients avant même de commencer ses opérations de la journée. Mais c'était la raison de sa présence au Pérou. Son travail consistait à soigner et à guérir le maximum d'enfants. S'il n'était pas prêt à l'accepter, il n'avait rien à faire ici.

Quand il entra dans le bâtiment du bloc pour annoncer à Jennifer et à Karina qu'elles pouvaient disposer, il fut surpris de voir Annabelle en train de leur prêter main-forte. Après avoir lavé et stérilisé les masques et tubes trachéaux, elles étaient occupées à les suspendre pour les sécher, la plupart des médecins laissant ce travail aux infirmières instrumentistes.

Une boîte, qui ne faisait pas partie de leur matériel habituel et contenant des éponges et des seringues, était posée sur un chariot.

— D'où sort cette boîte ? demanda-t-il.

— C'est moi qui l'ai apportée, dit Annabelle sans le regarder.

— S'agit-il d'un don de votre hôpital ?

— Le Dr Richards a lancé une…

Tout en secouant insensiblement la tête, Annabelle lança un regard d'avertissement à Jennifer, qui laissa la phrase en suspens.

Que manigançaient-elles ?

Annabelle commença à préparer le chariot pour le

lendemain, évitant soigneusement de croiser son regard. Que cherchait-elle à lui cacher ? Dès qu'elle ne serait plus dans les parages, il soumettrait Jennifer, à la question.

— Ce ne sont que quelques articles qui pourront être utiles en cours d'opération, reprit Annabelle d'un ton désinvolte. J'aurais voulu apporter plus, mais je n'avais pas beaucoup de place dans ma valise. Ma priorité, c'était ce moniteur *qui ne sert à rien.*

Elle lui en voulait toujours. Ce qui n'avait rien d'étonnant.

— Je n'ai jamais dit qu'il ne servait à rien. J'ai dit que nous avions l'habitude de fonctionner sans, et qu'il aurait mieux valu que vous l'envoyiez par fret au lieu de nous faire perdre une journée entière d'opérations et de nous mettre en retard pour la suivante. Le moniteur n'en valait pas la peine.

À son grand dam, sa voix avait une note vindicative un peu ridicule. Il avait conscience de ressasser toujours la même chose alors que cette jeune femme venait de travailler dur au côté de toute l'équipe pour un résultat des plus satisfaisants — toutes les opérations de la journée avaient été réussies.

Il ouvrit la bouche dans l'intention de remercier et de féliciter tout le monde, Annabelle y compris, mais il se tut en lisant un ressentiment glacial dans le regard de cette dernière. Et encore, elle ne savait pas ce qu'il lui réservait…

— Vous feriez mieux de vous dépêcher, le dîner doit être déjà servi à l'hôtel, ajouta-t-il. Je pourrais peut-être vous aider… À quatre, nous irons plus vite qu'à trois.

— Nous avons presque fini, docteur Ferrera, répondit-elle en s'affairant inutilement autour du chariot qui contenait déjà tous les instruments nécessaires pour le lendemain. Allez-y. Nous vous rejoindrons.

— Je ne vais pas commencer à manger alors que vous êtes toutes encore là.

— Voilà, on a terminé, annonça Jennifer, en suspendant le dernier masque.

Avec un sourire à l'intention de Daniel, elle se sécha les mains.

— Je ne sais pas pour toi, mais moi je meurs de faim.

Jennifer et lui se tutoyaient car ils avaient travaillé sur plusieurs missions ensemble.

— Moi aussi, dit Daniel, content que quelqu'un au moins ne lui fasse pas la grimace. Allons-y.

Au cours de ce genre de missions, Daniel prenait d'habitude le repas du soir avec l'équipe avant de se retirer dans sa chambre ou d'aller se promener pour décompresser. Malgré toutes ses années d'expérience, le stress de savoir que la vie de ces enfants reposait entre ses mains lui pesait toujours autant.

Ce soir, toutefois, l'atmosphère joviale qui régnait autour de la table l'incita à rester assis. Au cours du dîner, Jennifer et Karina avaient raconté des anecdotes qui avaient fait se tordre de rire tous les convives, y compris Annabelle. Pour une raison qu'il préférait ne pas approfondir, il avait accordé davantage d'attention à cette dernière qu'aux deux boute-en-train…

Comme s'il ne savait pas pourquoi ! La voir sourire l'enchantait, et ne faisait que renforcer l'attirance qu'il éprouvait à son égard.

Au cours des repas qu'ils prenaient en commun à l'hôtel, il avait remarqué qu'Annabelle semblait particulièrement apprécier la nourriture qu'on leur servait bien que celle-ci n'eût rien d'extraordinaire. Les mets étaient chauds et mangeables, sans plus. Or, Annabelle semblait s'en délecter comme si c'était un menu de roi.

Encouragé par l'atmosphère conviviale, il faillit en faire la remarque, mais s'abstint au risque de déclencher de nouveau les foudres d'Annabelle. Il avait beau n'entretenir que des relations courtes et épisodiques avec les femmes, il savait qu'avec elles il valait mieux éviter les remarques concernant la quantité de nourriture qu'elles consommaient. Dire à une femme qu'elle avait un sacré coup de fourchette était la meilleure manière de s'en faire une ennemie pour la vie.

Sans rien dire, il regarda donc ses jolies lèvres mâcher avec enthousiasme la nourriture sans imagination du cuistot. Autant se l'avouer, c'était pour le plaisir de la regarder qu'il ne s'était pas retiré dans ses quartiers. Malgré les différends qui les opposaient, il aimait la voir détendue, et son rire cristallin était une douce musique à ses oreilles. Cela le changeait des regards noirs et du ton lapidaire qu'elle lui réservait depuis hier.

— Et vous, Annabelle ? demanda-t-il. Quel est le souvenir le plus mémorable que vous gardez de vos missions ?

Elle sembla surprise qu'il daigne s'adresser directement à elle.

— Hum… Je crois que c'était lors d'un de mes voyages humanitaires au Guatemala, dit-elle, la mine songeuse, en tapotant de l'index ses lèvres pulpeuses. L'escorte militaire qui nous ouvrait la route a été arrêtée par des individus armés de fusils et de machettes, qui avaient tout l'air de bandits de grands chemins…

Incroyable. Elle souriait en se remémorant cette scène effrayante. Lui-même s'était trouvé dans quelques situations de ce genre, et il n'aurait certainement pas souri en les racontant, même avec le recul.

— Oh ! Mon Dieu ! s'écria Jennifer en plaquant ses mains sur ses joues. Qu'est-il arrivé ?

— Moi et l'infirmière qui m'accompagnait, nous nous trouvions dans la voiture derrière celle des gardes. Fusils au poing, ces hommes qui étaient peut-être des guérilleros se sont approchés de nous et nous ont fait signe de sortir. Nous avons obéi. Je n'en menais pas large, et mes genoux jouaient des castagnettes ! Quand ils nous ont emmenées de force vers une maison, je me suis dit qu'ils allaient nous tuer, ou nous faire subir Dieu sait quoi…

Daniel se rendit compte qu'il retenait son souffle même s'il se doutait, au sourire d'Annabelle, que l'histoire se terminait bien.

— Et… ? demanda Karina, visiblement aussi impatiente que lui de connaître la suite.

— Ils ont ouvert la porte de la maison et, avant même d'entrer, j'ai entendu une femme gémir. Dès que nous l'avons vue, nous avons compris. Elle était en train d'accoucher et ça ne se passait pas bien. La pauvre souffrait le martyre et on a fini par lui faire une césarienne pour mettre au monde deux magnifiques jumeaux en parfaite santé. C'était moins une… Je ne vous dis pas le soulagement, pour la maman et les bébés, et aussi pour nous étant donné que nous craignions pour nos vies.

— Tu m'étonnes ! dit Jennifer.

— Après m'être assurée que la petite famille allait bien, je suis retournée à l'extérieur annoncer la nouvelle aux hommes. Ils ont poussé des cris de joie puis l'un d'eux, sans doute le papa, m'a serrée si fort dans ses bras que je pouvais à peine respirer. Des larmes coulaient sur les joues de ce grand costaud qui avait des estafilades partout. Ce jour-là, je me suis sentie vraiment utile. Cette femme et ses bébés seraient morts si la providence ne nous avait pas mises sur leur chemin.

— Dire que tu ne m'en avais jamais parlé, à moi, ton amie ! s'exclama Jennifer. Et, ensuite, ils se sont montrés gentils envers vous ?

— Presque trop gentils. Ils nous ont offert du rhum, de la bière, toutes sortes de nourritures, et pas question de refuser sous peine de les offenser. On a fini par passer la nuit sur place, en partie parce que cela nous permettait de garder un œil sur la maman, mais aussi et surtout parce que nos gardes et notre chauffeur qui avaient abusé du Zacapa Centenario n'étaient pas en état de reprendre le volant.

— Voilà une histoire digne d'un roman ! lança Karina en riant.

— C'est vrai qu'elle en a tous les ingrédients, la peur, le rire, l'émotion. Je n'ose penser à ce qu'il serait advenu de cette femme et de ses bébés si nous n'étions pas passées par là. La nouvelle a dû se répandre dans la région car, les jours suivants, nous avons été accueillies en héroïnes partout où nous allions. Les villageois nous servaient d'escorte, nous aidaient comme ils le pouvaient. C'est resté le meilleur souvenir de ma vie.

— Ça remonte à quand ?

— C'était lors de ma première mission humanitaire, il y a quatre ans.

— Ta première mission ? répéta Jennifer. Moi, si j'avais eu une première expérience aussi effrayante, j'y aurais réfléchi à deux fois avant de rempiler.

— Il y a des dangers partout, y compris aux États-Unis, répliqua Annabelle. On ne va pas s'arrêter de vivre pour autant.

La mine soudain grave, son amie acquiesça. Sans doute pensait-elle aux fusillades et aux attentats qui décimaient des innocents.

— Contrairement à l'idée reçue, Chicago est désormais une ville assez sûre. Le taux de criminalité a beaucoup baissé…

Puis Annabelle enchaîna avec des anecdotes plus légères, des histoires d'hôpital, que Daniel n'écouta que d'une oreille. Elle en était à sa neuvième mission humanitaire alors que la première avait eu lieu il y a quatre ans, ce qui signifiait qu'elle avait dû en faire au moins deux par an, au moment de ses congés. La plupart des femmes qu'il connaissait préféraient employer leurs vacances à bronzer sur une plage ou à visiter des endroits intéressants plutôt qu'à se dévouer pour les pauvres.

Il était sur le point de lui demander dans quels autres pays elle avait exercé son sacerdoce quand son portable se mit à sonner.

En voyant le numéro d'appel, il faillit laisser échapper un juron. C'était le directeur du service de chirurgie générale d'un hôpital de Lima à qui Daniel avait demandé de rouvrir provisoirement le dispensaire situé près de Huancayo. Voilà des jours qu'il attendait l'appel, mais pas question de le prendre devant une tablée qui n'en raterait pas une miette.

— Veuillez m'excuser…

Puis il s'éloigna vers le hall de l'hôtel en sentant les yeux d'Annabelle plantés dans son dos. Son intuition féminine l'avertissait-elle que cet appel la concernait ? Mais non, c'était impossible.

Il sortit à l'extérieur pour prendre la communication.

— Merci de m'avoir rappelé, Eduardo. Alors, allez-vous pouvoir prendre une semaine pour travailler à Huancayo ?

— Vous avez de la chance, mes dates de congé coïncident avec celles de votre mission. Je pourrai être là-bas après-demain, et Alan Velasco fera le voyage avec moi pour remplacer comme convenu votre médecin anesthésiste.

— À la bonne heure. Merci d'avoir rendu l'opération possible. Quand j'ai appris que le dispensaire de Huancayo était fermé depuis plus d'un an, je me suis dit qu'il fallait absolument y envoyer un médecin. Merci d'accepter le défi. La région est un désert médical, et les besoins sont énormes.

Ce n'était pas la seule raison qui le poussait à vouloir rouvrir le dispensaire, mais Eduardo n'avait pas besoin de le savoir.

— Si nous, les Péruviens, nous ne nous occupons pas des nôtres, qui le fera ? Il faut nous serrer les coudes. Alan et moi, on sera à votre hôpital mardi avec l'infirmière qui va m'assister. Je vous laisserai Alan et je partirai avec l'anesthésiste que vous me cédez pour Huancayo.

— C'est parfait. Je vais pouvoir annoncer au Dr Richards qu'elle va bientôt collaborer avec vous. À mardi, donc.

Il aurait dû être content que son projet prenne forme, mais il ne pouvait s'empêcher d'avoir la gorge serrée à la pensée de la réaction d'Annabelle. À lui de trouver les mots pour lui présenter la chose de manière positive, lui dire qu'elle allait participer à un projet de salubrité publique dans une région isolée dont les habitants avaient été privés de tout pendant des années.

Quelque chose lui disait qu'elle ne serait pas dupe.

S'efforçant de chasser son appréhension, il rebroussa chemin vers l'entrée de l'hôtel. Il était ridicule. Au lieu de s'inquiéter d'Annabelle, il aurait dû se réjouir d'avoir bientôt à son service l'un des meilleurs anesthésistes du pays, et les petits malades abandonnés de Huancayo seraient également pris en charge et soignés. Tout le monde serait gagnant.

Il était en train de remonter l'allée quand Annabelle sortit sous le porche. Tombant en vagues souples sur ses épaules, ses cheveux blonds brillaient dans la pénombre. Le moment qu'il redoutait tant semblait arrivé. Il ralentit le pas, cherchant désespérément une entrée en matière.

Elle s'accroupit pour caresser un chat errant et lui offrir un morceau de nourriture — peut-être du poulet qu'on leur avait servi ce soir — et l'animal se mit à ronronner et à se frotter contre ses chevilles.

— Quel amour tu es ! murmura-t-elle d'une voix attendrie. Le directeur de l'hôtel m'a dit de ne pas te nourrir, alors, ça restera entre nous, d'accord ? Et, si tu tiens à ta vie, ne reste pas à miauler sous les fenêtres en pleine nuit, compris ?

En réponse, le chat roula sur le dos en ronronnant de plus belle. Annabelle eut un petit rire et se mit à lui gratouiller le ventre.

— Toi, tu vas me causer des ennuis, je le sens. Pour le cas où on m'accuserait de te nourrir, je soutiendrai que je n'y suis pour rien, que c'est Daniel Ferrera le coupable. Il faudra que tu dises comme moi.

— Ça ne marchera pas…

Daniel ne pouvait s'empêcher de sourire, même s'il aurait bien voulu savoir pourquoi il était le coupable tout désigné alors qu'il y avait une vingtaine d'autres clients dans cet hôtel.

— Je suis témoin de vos activités illicites.

Annabelle se redressa vivement et se retourna pour le fixer, la consternation peinte sur son visage.

— Oh ! docteur Ferrera ! Pourquoi rôdez-vous dans le noir, à espionner les gens ? Vous m'avez fait peur.

— Je ne vous espionnais pas. Je marchais au beau milieu de l'allée sans me cacher.

— Il fait presque nuit, je ne vous ai pas vu. Vous auriez dû signaler votre présence.

— Et manquer de vous entendre comploter contre moi ? Cela aurait été dommage.

— Si je voulais comploter contre vous, ce serait pour vous faire accuser de choses autrement plus graves que de nourrir ce pauvre matou. Heureusement pour vous, je ne suis pas du genre œil pour œil, dent pour dent.

L'envie de sourire était passée à Daniel. Cela lui allait bien de parler de complot, lui qui était en train d'en ourdir un de taille contre Annabelle.

— Trêve de plaisanteries, poursuivit-elle d'une voix guindée. Quel est le programme pour demain ?

— La journée sera chargée. On commencera à 7 heures pour pouvoir opérer tout le monde, d'autant que quelques diagnostics restent à confirmer et que l'on risque d'avoir des surprises. Bref, certaines opérations risquent de durer plus longtemps que prévu.

— Ce qui ne changera pas de l'ordinaire, dit-elle en

remontant sur l'épaule l'anse du petit sac à dos vert qui ne la quittait jamais.

— C'est vrai…

Le moment était venu de lui annoncer son départ prochain pour Huancayo car il fallait lui laisser le temps de préparer sa valise. Pourvu qu'elle le prenne bien.

Un gémissement de douleur s'échappa soudain des lèvres d'Annabelle, laquelle laissa retomber l'anse du sac au creux de son coude.

— Vous avez mal au bras ?

— Je ne vous le dirai pas, répondit-elle, une expression butée sur le visage. Surtout pas à vous.

— Pourquoi ?

— En quoi consistera la première opération de la journée ? dit-elle sans répondre à sa question. Je veux le savoir pour préparer mon matériel à l'avance, ce qui nous permettra de respecter le planning, voire de prendre un peu d'avance.

— Il s'agit de rectifier une coarctation de l'aorte sur un enfant de quatre ans. La radio est toutefois de mauvaise qualité, et il se peut que la malformation soit plus complexe. Maintenant, dites-moi où vous avez mal et pourquoi.

— J'ai voulu boxer un médecin arrogant qui se prenait pour Dieu le Père juste avant mon départ de Chicago. Malheureusement, emportée par mon élan, je me suis froissé un muscle.

Il n'en croyait pas un mot.

— À d'autres. La violence, ce n'est pas votre genre. Sinon, il y a cinq ans, vous m'auriez planté un couteau dans le cœur. Mais, si vous avez envie de me coller un direct du droit maintenant, ne vous gênez pas, poursuivit-il en lui offrant son menton. Cela vous soulagera, et je n'en mourrai pas.

— Non, merci, dit-elle avec un rire amer. Cela risquerait de vous faire plaisir, ou de vous fournir une raison de me renvoyer de nouveau.

— Alors, dites-moi comment vous vous êtes froissé ce bras ou cette épaule. Ou laissez-moi deviner. Ce ne serait pas en portant ce satané moniteur ?

Les yeux bleus s'écarquillèrent. Il avait vu juste.

— C'est vrai, j'ai présumé de mes forces, répondit-elle d'une voix chagrine. Je n'aurais pas dû apporter cet appareil — une erreur qui m'a coûté cher car, en plus du retard qu'elle a occasionné, elle m'a empêchée d'assister à une réunion importante à Lima. À présent, je ne sais si je pourrai la reprogrammer. Et vous savez ce qui est le pire dans tout ça ?

Il secoua la tête.

— C'est de vous voir jubiler maintenant que j'ai admis mon erreur !

— Je ne jubile pas de vous voir souffrir, dit-il, sincère. Je vous rappelle que je suis médecin avant tout.

Bon sang… Le prenait-elle vraiment pour un pervers que la souffrance de son prochain réjouissait ?

— Laissez-moi vous examiner.

— Pas question ! dit-elle en reculant d'un pas.

— Si votre épaule vous fait mal, vos performances au bloc risquent de s'en ressentir. Comme j'ai intérêt à ce que tous mes assistants soient pleinement opérationnels, je vais vous faire un massage.

— Je n'ai pas besoin d'un massage !

La panique qui se lisait dans ses yeux trahissait sa vulnérabilité, et battait en brèche son discours offensif.

— De toute façon, ça ne me paraît pas une bonne idée, ajouta-t-elle. Imaginez que quelqu'un vous voie en train de me toucher et qu'il en tire les mauvaises conclusions…

— Quiconque nous verra comprendra que je suis en train de vous prodiguer des soins dans un endroit public, juste devant l'entrée de l'hôtel. Êtes-vous toujours aussi entêtée ? Ou avez-vous peur que je profite de la situation ? Je me doute que vous ne manquez pas d'admirateurs mais, croyez-moi, je n'en fais pas partie. Vous ne m'intéressez absolument pas. Mon seul but est de m'assurer que vous donnerez le maximum demain durant nos douze heures au bloc.

— Je ne vous intéresse pas… Parfait… Sachez que c'est réciproque, docteur Ferrera.

— Alors, cessez de discuter et tournez-vous.

3.

Pourquoi permettait-elle à Daniel Ferrera de lui masser le cou et les épaules ? Annabelle n'en avait aucune idée. Mais, Seigneur, qu'est-ce que cela faisait du bien !

Les mains expertes de Daniel dénouaient et lissaient les muscles endoloris, son souffle chaud lui effleurait la nuque et lui procurait de délicieuses sensations. Elle ne pouvait penser à rien d'autre. Ses soucis avaient disparu, seuls comptaient les doigts de Daniel et leur divin va-et-vient le long de sa colonne vertébrale.

— Ça va ? murmura-t-il tout près de son oreille.

— Hmm… Oui, ça va.

Un euphémisme. Le bien-être était tel que son cerveau avait abdiqué, et qu'elle se bornait à répéter les mots qu'il lui disait. Elle était en train de s'enfoncer dans un plaisir de plus en plus sensuel quand il ôta soudain les mains de sa peau et recula.

Une sensation de froid l'envahit. Elle se tourna lentement vers lui et vit qu'il arborait une expression grave au lieu de paraître satisfait des bienfaits de son massage.

— Merci. Je dois admettre que ça m'a fait beaucoup de bien.

— Tant mieux…

L'air mal à l'aise, il se passa une main dans les cheveux.

— Écoutez, euh… J'aimerais vous parler de quelque chose, marmonna-t-il. Ça a un rapport avec le coup de fil que j'ai reçu tout à l'heure.

Un signal d'alarme résonna dans la tête d'Annabelle.

— Je vous écoute.

— Voilà. L'un de mes collègues de Lima, le Dr Diaz, va rouvrir le dispensaire de Huancayo, qui est resté fermé durant un an. Il a besoin de personnel pour pratiquer des actes chirurgicaux courants tels que des appendicites, des opérations de la hernie, de la vésicule biliaire, des réductions de fractures. J'ai pensé à vous pour l'assister.

— Je ne comprends pas. Vous avez besoin de moi pour opérer ici…

— Alan Velasco, un anesthésiste de Lima avec qui j'ai déjà souvent travaillé par le passé, va venir prendre votre place. Avec l'hôpital *et* le dispensaire, nous allons pouvoir soigner le double de patients, ce qui, vous en conviendrez, est une excellente nouvelle.

On ne l'aurait pas dit à en juger par l'expression fermée de son visage, songea Annabelle. Quelque chose ne collait pas…

— Quand le dispensaire ouvrira-t-il ?

— Après-demain. Eduardo Diaz viendra vous chercher pour vous conduire là-bas.

Annabelle sentit son cœur se serrer. Avant son départ pour Chicago, il fallait absolument parvenir à reprogrammer le rendez-vous avec les directeurs de l'hôpital de Lima avant que son ancienne école ne soit démolie par les marteaux-piqueurs. Si l'administrateur en chef, qui semblait intéressé par son projet, voulait la voir, il fallait qu'elle puisse répondre présent dans les meilleurs délais. Or, cette mission à Huancayo l'éloignerait de Lima.

Ce changement de programme ne l'arrangeait guère, et Daniel s'était bien gardé de lui en parler jusque-là. Depuis combien de temps était-il au courant de la réouverture prochaine de Huancayo ?

Elle observa son beau visage qui ne laissait rien paraître de ses émotions, son menton volontaire, ses yeux bruns qui l'avaient autrefois fascinée lors de leur rencontre à Philadelphie. Toutes les infirmières et doctoresses de l'hôpital étaient folles de lui, et force était d'avouer qu'elle avait fait partie du fan-club jusqu'à ce qu'elle découvre que la personnalité de Daniel était nettement moins séduisante que son physique.

Décrypter les expressions du visage et le langage corporel avait représenté naguère un outil de survie indispensable pour Annabelle, et il lui permettait désormais de savoir reconnaître les menteurs, les gens qui disaient une chose et pensaient le contraire.

Daniel ne mentait pas, mais il lui cachait quelque chose…

Soudain, l'évidence se fit jour en elle, et elle sentit la bile monter dans sa gorge. Le salaud…

— C'est vous qui avez orchestré tout ça, n'est-ce pas ? Vous me détestez tellement que vous avez arrangé mon transfert dans le dispensaire afin de ne plus avoir à travailler avec moi !

— Ce n'est pas une question de personnes. Nous pourrons soigner deux fois plus de patients avec la réouverture de ce dispensaire et c'est la seule chose qui m'importe. Nos petites querelles n'entrent absolument pas en ligne de compte. L'intérêt des patients prime sur nos convenances personnelles.

— Dans ce cas, pourquoi ne me gardez-vous pas ici et ne laissez-vous pas cet Alan suivre le Dr Diaz ?

— Parce que Alan Velasco a une grande expérience des opérations cardiaques et que lui et moi avons souvent collaboré. Mais je suis sûr que vous vous montrerez tout aussi utile à Huancayo. De toute façon, j'en ai décidé ainsi.

— Ah ! Vous l'admettez… Afin de ne pas avoir à travailler avec moi, vous me déplacez, comme un pion sur un échiquier. Est-ce que vous passez votre vie à manipuler les gens ainsi et à vous convaincre de surcroît que vous le faites pour le bien de vos patients, alors que vous êtes en réalité un malade du contrôle ? Si quelqu'un ne vous obéit pas au doigt et à l'œil, vous le jetez dehors !

Tremblante de colère, Annabelle le fusilla du regard.

— Vous êtes un être humain abject ! Je vais avertir le directeur de l'association de ce petit jeu de chaises musicales. Il m'a affectée ici et il ne verra sans doute pas d'un bon œil que vous m'envoyiez ailleurs pour me remplacer par un autre. S'il soutient malgré tout votre décision, j'irai là-bas. Mais je serai peut-être obligée de quitter le dispensaire pour assister à une réunion extrêmement importante à Lima. D'ici, j'aurais pu faire l'aller-retour en deux heures, mais Huancayo est beaucoup plus loin de la capitale. Si je dois aller à cette réunion, le Dr Diaz se retrouvera sans médecin anesthésiste, et ce sera à cause de vous puisque c'est *vous* qui m'aurez mise dans cette situation.

— Quel besoin avez-vous de dramatiser ainsi, docteur Richards ? J'aurais cru que vous seriez contente de ne pas travailler avec moi. Vous serez moins stressée. Encore une fois, je vous répète que je n'ai rien contre vous, j'ouvre un nouveau dispensaire pour soigner davantage de patients. Vous devriez vous en réjouir au lieu de vous croire persécutée.

— Je me réjouis de voir que la population d'une région isolée bénéficiera enfin de soins. Mais vous ne m'empêcherez pas de penser que vous avez orchestré mon éviction, ajouta-t-elle, les dents serrées. Vous vous prenez pour Dieu tout-puissant, mais vous savez quoi ?

À son grand dam, elle entendit sa voix trembler.

— Vous n'êtes pas Dieu ! Vous n'êtes qu'un despote qui n'a aucun respect pour son équipe. Je ne vais pas me gêner pour le dire au directeur de l'association afin qu'il sache de quelle manière vous traitez votre personnel !

Il la fixa d'un air glacial.

— Je vois que je ne parviendrai pas à vous convaincre de mes bonnes intentions. Cessez de croire que tout tourne autour de vous et que je vous en veux personnellement. Bon, on a une journée chargée demain, alors, je vais vous laisser. Peut-être pourrez-vous fixer ce rendez-vous *si important* de Lima pour demain soir afin de ne pas bouleverser le planning du Dr Diaz. Et préparez votre valise afin d'être prête à le suivre lorsqu'il arrivera mardi…

Puis il tourna les talons et Annabelle le regarda disparaître dans le hall de l'hôtel.

Le monstre… Non content de la congédier de son équipe, il essayait de la convaincre qu'elle ne devait pas en prendre ombrage, que c'était presque une preuve de confiance qu'il lui faisait de l'envoyer au pied de la cordillère. Si elle ne pouvait accepter la nouvelle donne, c'était selon lui parce qu'elle souffrait d'un complexe de la persécution.

Le désespoir se mêlait en elle à la colère. Encore une fois, on ne voulait pas d'elle. Elle n'entrait pas dans le moule, n'était pas assez bien pour rester à Ayllu. Jamais elle ne parviendrait à être comme Daniel et ses pairs.

La mort dans l'âme, elle s'enfonça dans les bois pour tenter de se calmer.

« Nous avons appris que tu avais de nouveau été jetée à la rue, Annabelle. Peux-tu nous dire combien d'écoles différentes tu as fréquentées cette année ? »

« Voyons quels vêtements on va pouvoir te trouver dans la réserve. Il vaut mieux jeter ceux que tu as sur le dos. »

« Aller à l'université ? Allons, sois réaliste, Annabelle. »

Posant les mains sur le tronc d'un arbre, elle appuya fort le front contre l'écorce, quitte à s'égratigner la peau. La douleur physique la changerait de l'autre, cette douleur innommable qu'elle portait en elle depuis l'enfance.

Autrefois, une seule personne avait cru en elle. Une conseillère d'orientation qui avait su voir au-delà des vêtements et du visage sales et qui avait décelé le potentiel, remarqué qu'elle avait de bonnes notes tout en étant ballottée d'une école à l'autre.

En quête de substances illicites, sa mère droguée et alcoolique partait pour des virées durant des semaines entières en la laissant seule, et Annabelle avait appris depuis toute petite que la seule manière pour elle de s'en sortir serait de travailler plus et mieux que tout le monde. L'école et les livres lui avaient permis de rêver et d'échapper à son sordide quotidien.

Cette conseillère l'avait emmenée à des réunions promouvant les carrières médicales. Puis il y avait eu la visite qui avait changé sa vie. Le jour où Annabelle avait mis les pieds dans un hôpital et vu les médecins sauver des vies, elle avait su que c'était ce qu'elle voulait faire.

On avait essayé de la décourager, de lui dire que ce ne serait pas facile. Et cela ne l'avait pas été. À l'image de sa vie. Ses années d'université, où elle avait dû cumuler deux emplois, restaient ses meilleurs souvenirs ; pour la première fois, elle avait compris que les rêves qui l'avaient aidée à s'évader d'une enfance désespérante pourraient devenir réalité à force de volonté et de travail, et à partir de là rien n'avait pu l'arrêter. Au vu de ses résultats, on lui avait accordé des bourses qui l'avaient aidée à mener à terme ses études de médecine.

À Philadelphie, où elle avait fait son internat, elle avait bénéficié du soutien du directeur de l'hôpital et de quelques médecins — des gens merveilleux qui s'étaient arrangés pour lui obtenir une rallonge sur son maigre traitement afin qu'elle puisse se loger et se nourrir.

Les temps difficiles étaient désormais révolus.

Sauf que ce n'était pas tout à fait vrai. Quelque part, elle serait toujours la petite fille aux vêtements et au visage sales, méprisée et rejetée de tous, celle que les adultes avaient longtemps considérée comme une incapable malgré les efforts qu'elle avait déployés pour leur montrer qu'ils se trompaient.

Pendant quelques instants, elle se laissa happer par ces souvenirs qui ne demandaient qu'à resurgir. Elle avait beau se croire libérée de son passé de misère et d'exclusion, il collait à ses semelles.

Pourvu que Daniel Ferrera ne sache jamais d'où elle venait ni qui elle était vraiment.

Elle s'obligea à respirer lentement, un peu comme lorsqu'elle entrait en phase de méditation — une technique qui l'avait naguère aidée à s'échapper vers un monde aux antipodes de celui où elle avait grandi, et à trouver la détermination qui l'avait guidée depuis lors pour sortir des bas-fonds puis aider ceux qui s'y trouvaient encore.

Au bout de quelques minutes, elle se redressa.

Surgi du passé, le Dr Daniel Ferrera essayait de nouveau de lui mettre des bâtons dans les roues, mais elle ne le laisserait pas la blesser de nouveau, ni la faire douter d'elle-même. Elle savait pourquoi elle était là, et tous les Daniel du monde ne parviendraient pas à ébranler sa résolution. Un homme qui traitait ses collaborateurs comme des pions interchangeables ne méritait pas qu'elle pense à lui une seconde de plus.

L'heure n'était pas non plus à se morfondre sur son passé. Il fallait de toute urgence reprogrammer la réunion sur le projet de l'école et qu'elle explique aux directeurs de l'hôpital de Lima les avantages d'un partenariat avec l'hôpital du comté de Cook.

Une école médicale qui recruterait ses élèves parmi les couches les plus déshéritées de la population était un formidable gage d'avenir pour un pays, quel qu'il soit. Un jour, quelqu'un lui avait tendu la main pour l'aider à se sortir de sa condition, et elle voulait rendre la pareille.

Une fois le projet approuvé, elle irait à Huancayo pour faire son maximum afin d'aider la population là-bas.

Pas besoin d'être un cardiologue de renom pour faire une différence dans la vie des gens. Il fallait juste avoir du cœur et la volonté de bousculer les choses. Deux qualités dont elle ne manquait pas.

Le lendemain en salle d'opération, bien que Daniel s'efforçât d'afficher un comportement parfaitement professionnel à l'égard d'Annabelle, la tension entre eux était palpable. Jennifer et Karina en étaient conscientes à en juger par les regards embarrassés qu'elles leur jetaient.

Lui qui se targuait d'être toujours juste envers son personnel — dur mais juste —, il savait qu'il n'avait pas agi de manière impartiale avec Annabelle, et il ne supportait pas de se sentir coupable.

La veille, elle l'avait démasqué en devinant qu'il cherchait à se débarrasser d'elle, et cela le chagrinait. Il aurait voulu qu'elle se plie à sa décision sans protester, et cela aurait été encore mieux qu'elle croie à ses explications — « C'est pour le seul bien des patients que j'agis », lui avait-il dit.

Il n'avait pas menti. Cinq ans auparavant, il avait estimé qu'elle n'était pas de taille à l'assister pour de longues opérations compliquées, et il n'avait pas changé d'avis sur le fond malgré les progrès qu'elle avait accomplis. Jusqu'à présent, il n'y avait eu aucun accroc dans les anesthésies, mais il ne pouvait courir le risque qu'il y en ait un. La confiance entre médecins était un élément crucial dans un bloc opératoire. Avec Alan Velasco, Daniel savait qu'il n'y aurait aucun problème ; avec Annabelle, il en était moins sûr.

Avant son départ, il pourrait au moins la remercier pour son travail, ce qui apaiserait peut-être un peu la tension entre eux. Ce n'était pas gagné, songea-t-il en voyant le pli amer de ses belles lèvres tandis qu'elle ôtait la perfusion du bras de leur petit patient.

À quoi bon tenter une réconciliation puisqu'elle serait

partie demain ? Pourtant, cela le contrariait de la voir malheureuse.

Le visage d'Annabelle s'adoucit lorsqu'elle se pencha au-dessus du garçonnet qui venait d'être opéré pour lui parler très doucement en lui caressant la joue. Force était d'admettre qu'elle possédait des trésors d'empathie envers les malades, ce qui n'était pas le cas de tous les médecins anesthésistes.

— Après son transfert en salle de réveil, je suggère que nous fassions une pause pour aller dîner, dit Daniel. Puis nous attaquerons la dernière opération.

— Proposition adoptée, dit Jennifer en nettoyant les instruments. J'ai l'estomac dans les talons. De quoi souffre le dernier patient ?

— C'est une petite fille qui présente une persistance du canal artériel. J'avais envisagé de la placer en bas de liste étant donné qu'elle va bien — le shunt artérioveineux ne produit pas d'insuffisance cardiaque pour le moment. Mais, puisqu'il s'agit d'une intervention de routine qui ne durera pas longtemps, autant la faire ce soir. On reprend dans une heure, d'accord ?

— Ça me va, dit Karina.

Elle et Jennifer jetèrent un coup d'œil inquiet vers Annabelle. Sans doute se demandaient-elles si celle-ci dînerait en leur compagnie étant donné qu'elle avait brillé par son absence dans la salle à manger à l'heure du déjeuner. Point besoin d'être grand clerc pour en deviner la raison : Annabelle ne voulait pas le côtoyer ni avoir à lui parler en dehors du bloc opératoire.

Pourvu qu'elle ait déjeuné ailleurs. Tenir sans manger durant une journée de douze heures serait de l'inconscience pour un médecin anesthésiste qui avait entre les mains des dizaines de vies.

Ils reprirent à pied la piste rocailleuse qui menait à l'hôtel. Contrairement aux infirmières qui bavardaient gaiement,

Annabelle ne disait pas un mot. L'entrain de Jennifer et de Karina semblait toutefois un peu forcé comme si elles sentaient qu'il y avait un malaise.

Daniel ne parvenait pas à arracher son regard d'Annabelle. Demain, elle serait loin, il ne verrait plus son ravissant visage… C'était lui qui l'avait voulu, alors, à quoi rimait ce stupide accès de sentimentalisme ?

Brillant tel de l'or en fusion, ses cheveux blonds conservaient le pli de la charlotte de cellulose. Elle avançait, murée dans le silence, les yeux fixés sur la route. Ce qui ne l'empêcha pas de trébucher.

Il la vit perdre l'équilibre et, ni une ni deux, il bondit pour la rattraper juste avant qu'elle ne s'étale sur les pierres. Il l'aida à se relever et, d'instinct, la serra dans ses bras. En sentant les seins doux et voluptueux se presser contre son torse, il eut envie de la serrer encore plus fort.

Sans tenter de se dégager, elle leva des yeux étonnés vers lui. Et le temps sembla suspendre son vol.

Enfin, elle s'écarta, et l'étonnement céda la place à l'hostilité dans son regard. Si elle avait eu des poignards à la place des yeux, il aurait été un homme mort.

— Ça va ?

— Très bien, merci. Écoutez, les filles, je vais manger de mon côté si ça ne vous dérange pas — j'ai envie d'être un peu seule, poursuivit-elle comme s'il n'existait pas. On se retrouve tout à l'heure en salle d'op.

Il observa le balancement de ses hanches tandis qu'elle s'éloignait — c'était sa démarche naturelle, il ne fallait y voir aucune intention de séduire. Pourtant, il l'était, séduit, et pas qu'un peu.

C'était absurde de désirer Annabelle alors qu'il avait tout fait pour qu'elle s'en aille, mais il n'était pas à une contradiction près. La déception de ne pas dîner en sa compagnie le disputait en lui au soulagement de ne pas avoir à affronter son regard réprobateur.

Bref, c'était du grand n'importe quoi. Plus tard, ce soir, il faudrait qu'il trouve un moment pour crever l'abcès avec elle afin qu'ils se quittent en bons termes.

— On dirait que quelque chose tracasse Annabelle, murmura Karina.

— Peut-être, répondit Jennifer en tournant le regard vers lui comme si elle devinait qu'il était la cause des tourments de son amie. Sans doute est-elle contrariée que le matériel n'ait pas encore été livré.

— Quel matériel ? demanda Daniel.

— Il y a quelques années, Annabelle a monté une association à but non lucratif pour aider les structures humanitaires à s'équiper. Tu n'étais pas au courant ? À son départ de Chicago, le chargement qu'elle destinait au Pérou était prêt à partir, mais on l'attend toujours.

— Cette association a un nom ? dit-il, stupéfait de ce que venait de lui apprendre Jennifer.

— Med Mission Wishes. Grâce aux efforts d'Annabelle, l'association a dépassé les frontières de l'Illinois et s'est étendue à d'autres États. Peut-être y a-t-il des bacs de MMW dans ton hôpital à Philadelphie. En général, ils servent à récolter du matériel neuf qui a atteint sa date de péremption, mais est encore utilisable — tubes de ventilation, masques, seringues, instruments chirurgicaux…, la liste est longue. Il y a tellement de gâchis dans les hôpitaux, autant que ces objets qui auraient été jetés servent aux organisations humanitaires…

Annabelle avait monté une opération de cette ampleur ? Il n'en revenait pas.

— L'association s'est tellement développée qu'Annabelle emploie désormais un salarié à temps plein pour la diriger. Cette personne est chargée de collecter les dons, d'en dresser l'inventaire et de les entreposer dans un hangar de Chicago. Ces objets sont ensuite revendus à des ONG médicales pour des tarifs dérisoires, l'argent de la vente permettant à MMW de s'autofinancer.

— Je n'étais pas au courant…

— D'habitude, Annabelle n'hésite pas à en parler aux gens avec qui elle travaille afin d'obtenir leur participation, mais pour une raison qui lui appartient elle a préféré ne rien te dire…

Le regard accusateur de Jennifer confirma ses soupçons. Elle était au courant du conflit qui l'opposait à Annabelle.

— C'est elle qui est à l'origine du projet ?

À présent, il voulait tout savoir sur le sujet. Au cas où l'association ne serait pas présente à Philadelphie, il fallait absolument l'y implanter.

— Oui. Elle était atterrée par le gâchis qui existe dans les hôpitaux américains alors que nous avons à peine de quoi fonctionner sur les missions humanitaires en Amérique du Sud, en Asie et en Afrique. Le site web de MMW montre tous les endroits du monde où le matériel récolté par ses soins est utilisé. J'ai une profonde admiration pour Annabelle ; elle a fait des miracles, surtout quand on sait d'où elle vient…

— Que veux-tu dire ? Elle vient de Chicago, non ?

— Euh… oui. Ce que je voulais dire, c'est… Enfin, peu importe, ajouta Jennifer, semblant se raviser. Avec un peu de chance, le colis va arriver bientôt. Sinon, nous devrons nous débrouiller avec ce qu'Annabelle a déjà apporté. Alors, on va dîner ? J'ai une faim de loup.

Le soudain changement de sujet éveilla de nouveau ses soupçons. Il y avait des choses que Jennifer ne lui disait pas, sans doute selon les instructions d'Annabelle. Celle-ci avait des secrets qu'elle ne voulait vraisemblablement pas partager avec lui, l'homme qui l'avait renvoyée une première fois et qui s'apprêtait à récidiver.

— Moi aussi, j'ai faim, dit Karina. Allons-y.

Soudain, Daniel n'eut plus envie de dîner avec Jennifer

et Karina et de leur faire la conversation. Il ferait mieux d'employer cette heure libre à aller voir Annabelle pour lui dire qu'il avait peut-être été trop dur à son égard.

Attention, il n'irait pas jusqu'à s'excuser de l'envoyer à Huancayo car il restait persuadé que c'était une bonne décision. Il pourrait toutefois lui dire qu'elle avait fait du bon travail ici au cours de ces quelques jours et qu'il était impressionné par son initiative d'aider les médecins humanitaires au travers de cette association qu'elle avait créée. Il ajouterait qu'il était prêt à la soutenir et à encourager son propre hôpital à participer à la collecte de matériel.

— Ce sera sans moi, mesdames, dit-il. Je vais aller m'assurer que le Dr Richards va bien.

Elles acquiescèrent, la mine un peu perplexe, et entrèrent dans l'hôtel. Sans doute passeraient-elles le repas à cancaner et à se demander si Annabelle et lui s'étaient réconciliés.

Où pouvait-elle être ? Il avança vers les bois en empruntant le seul sentier praticable, celui des chèvres, et… bingo ! Il vit la tête blonde d'Annabelle. Assise contre un arbre, elle était en train de manger. Elle avala le dernier morceau puis frotta sa blouse chirurgicale ainsi que ses genoux pour chasser les miettes. En voyant ses paumes mouler le renflement de ses seins, il sentit sa libido s'embraser. Que ne donnerait-il pour que ce soient *ses* propres mains à la place…

Malgré tous les griefs qu'il nourrissait contre elle, il devait admettre qu'elle était une femme magnifique, et lui un homme de chair et de sang. Il se souvenait de ce qu'il avait ressenti en la rattrapant lorsqu'elle avait failli tomber, de ses courbes de sirène qui s'étaient logées si voluptueusement contre son propre corps, et il s'imaginait ce que cela ferait d'embrasser ses lèvres pleines qui semblaient si douces en ce moment, délivrées du pli désapprobateur qu'elles avaient lorsqu'elles s'adressaient à lui.

Il resta quelques instants à l'observer sans rien dire car

il savait que, dès qu'il signalerait sa présence, toute cette douceur disparaîtrait.

Hélas, il ne disposait que de peu de temps pour lui parler et essayer d'aplanir leurs différends.

Il s'avança et sentit l'instant précis où elle l'aperçut à la manière dont ses lèvres se pincèrent tandis que son visage se fermait. Elle le considérait de toute évidence comme un ennemi, et il ne savait s'il pourrait la faire changer d'opinion. Il essayerait, ne serait-ce que pour détendre l'atmosphère au bloc pour la dernière opération qu'il leur restait à pratiquer ensemble.

— Avant que vous vous emportiez contre moi, j'aimerais vous expliquer pourquoi je suis ici, dit-il en levant une main pour prévenir la remarque vengeresse qu'elle était manifestement sur le point de lui adresser.

— Quel mauvais coup me réservez-vous encore ? Avez-vous convaincu le directeur de l'association que je suis trop incompétente, même pour Huancayo, fait marcher vos relations comme à Philadelphie, réservé un billet d'avion pour que je rentre illico aux États-Unis avec une réputation encore plus écornée qu'à l'aller ?

— Non. Au contraire. Je veux vous dire toute l'admiration que j'ai pour vous.

Elle croisa les bras, le regard furieux.

— C'est une plaisanterie ou quoi ?

— Pas du tout.

Malgré lui, il avait envie de sourire. Cette fille sortait toujours les griffes, prête à se battre. Quel caractère ! C'était une guerrière.

— Vous avez accompli un excellent travail ici et je sais que vous ferez de même au dispensaire de Huancayo…

Elle plissa les paupières d'un air soupçonneux, attendant visiblement la suite.

— Jennifer vient de me parler de Med Mission Wishes, l'association que vous avez créée. C'est une action d'utilité publique que vous avez entreprise là et, à défaut d'y avoir pensé moi-même, j'aimerais savoir comment l'implanter dans mon hôpital.

— Vous ne trouvez pas une raison pour me critiquer ? dit-elle en haussant les sourcils d'un air dubitatif.

— Pourquoi vous critiquerais-je ? C'est une idée formidable à la base, et vous avez trouvé les moyens de la mettre en œuvre. Étant donné que l'hôpital de Philadelphie est l'un des plus importants de la côte Est, nous aurons beaucoup de matériel à vous donner.

Il s'assit par terre, à côté d'elle, et, fatigué de la journée au bloc, s'adossa au tronc d'arbre, de sorte qu'ils étaient presque épaule contre épaule. À son grand soulagement, il constata qu'elle ne s'écartait pas.

— Je veux installer vos bacs de récupération à Philadelphie, m'investir dans le programme de MMW, savoir où va le matériel récolté et, si possible, m'assurer qu'une partie sera acheminée ici, au Pérou.

Les dispensaires des zones rurales manquaient cruellement de tout. Quand un médecin humanitaire y était affecté pour une mission, il devait pratiquement venir avec le matériel médical dans ses bagages. Les colis de Med Mission Wishes changeraient radicalement la donne.

— Avoir votre hôpital comme partenaire serait une bonne chose, dit-elle d'un ton froid. Je sais, pour en avoir fait l'expérience à mes dépens, que vous avez le bras long là-bas et l'oreille des administrateurs. Dans ce cas, cela servirait les intérêts de MMW.

La tête penchée de côté, elle l'observa comme pour jauger sa sincérité et sa détermination, et il fut fasciné par les paillettes vertes et or qui dansaient au fond de ses yeux bleus.

Au bout d'une minute, le visage d'Annabelle se détendit. Sans doute le jugeait-elle sincère.

— D'accord. Dès mon retour à Chicago, je vous enverrai

la documentation pour faire partie du programme ainsi que tout ce que vous aurez besoin de savoir sur ses objectifs et son fonctionnement. Avec un peu de chance, les administrateurs de Philadelphie seront d'accord pour inscrire l'établissement à MMW.

— Je ferai en sorte qu'ils le soient.

— Je n'en doute pas, dit-elle, levant les yeux au ciel. Vous avez beau être un despote, vous êtes leur meilleur cardiologue, et ils auraient trop peur de vous perdre. Cette fois, vous ferez au moins pression sur eux pour la bonne cause. Alors, c'est d'accord. Dites à la personne qui emballera les colis à Philadelphie d'indiquer ce que vous destinerez aux hôpitaux péruviens.

— Entendu. Je vous remercie.

— Incroyable…, dit-elle en secouant la tête. Je n'aurais jamais cru que le jour viendrait où vous me remercieriez pour quelque chose.

Ces mots le piquèrent au vif.

— Je vous ai remerciée au bloc, l'avez-vous oublié ? Vous êtes tellement remontée contre moi que vous ne retenez que le négatif de mes propos.

— C'est que j'ai des raisons de me méfier de vous.

— Annabelle…

Sans réfléchir, il lui prit la main.

— J'aimerais que nous ayons une bonne relation de travail pour le peu de temps qu'il nous reste à opérer ensemble. Le respect mutuel est important pour la bonne cohésion de l'équipe.

— Le problème, c'est que *vous* ne me respectez pas !

En plus de l'indignation, il percevait dans ses yeux quelque chose qui ressemblait à de la tristesse et de la vulnérabilité.

Cachait-elle quelque faille sous son côté bravache ? Se pourrait-il qu'elle doute d'elle-même ?

— C'est faux, je vous respecte, dit-il en se penchant vers elle. Aujourd'hui, je me suis rendu compte que j'étais injuste à votre égard. Votre travail de ces deux dernières journées a été irréprochable et vous savez nouer un excellent contact avec nos petits patients. Cela dit, il est de mon devoir de m'entourer des meilleurs collaborateurs pour les opérations longues et compliquées que nous pratiquons, et après ce qui s'est passé autrefois je…

Son portable sonna à cet instant. Un soupir exaspéré aux lèvres, il le sortit de sa poche et vit un numéro d'appel inconnu.

— Daniel Ferrera, j'écoute.

— Docteur Ferrera, c'est Luciana, l'infirmière du dispensaire de Huancayo. Je suis en train de nettoyer et de préparer les locaux en prévision de l'ouverture. Il y a quelques minutes, une famille s'est présentée avec un bébé de huit mois. Il a des difficultés respiratoires et refuse toute nourriture depuis quelques jours. Ils pensaient qu'il avait un rhume ou une bronchite, et qu'il suffirait de médicaments, mais je l'ai ausculté, et je suis à peu près sûre qu'il souffre d'une grave insuffisance cardiaque. Nous avons la chance d'avoir encore un vieil électrocardiographe, et le tracé que j'ai effectué montre des dérivations irrégulières avec des systoles trop longues. Je crois qu'il s'agit d'un cas d'ALPACA.

Une malformation de la coronaire gauche qui naissait sur l'artère pulmonaire au lieu de naître de l'aorte.

Si Luciana avait raison, le bébé risquait de mourir à tout moment d'un arrêt cardiaque.

— C'est une urgence vitale, Luciana. Nous allons nous mettre en route tout de suite, mais le trajet prendra au moins trois heures. Je vais amener avec moi le médecin anesthésiste qui m'assiste actuellement. Avez-vous le matériel nécessaire pour opérer ?

— Non. À part l'électrocardiographe, nous n'avons rien pour le moment.

— Je vais voir ce que nous pouvons apporter. Nous arriverons vers 23 heures. Tenez-vous prête à m'assister.

Puis il mit fin à la communication.

— Il faut que nous allions à Huancayo ce soir ? demanda Annabelle.

Plus de trace de colère dans sa voix. La professionnelle avait repris le dessus.

— Oui.

Marchant côte à côte, ils remontèrent le sentier.

— Il va falloir emporter du matériel avec nous. Je vais dresser un inventaire de ce que nous avons pour voir s'il y a des appareils en double.

— Inutile. J'ai déjà fait l'inventaire le jour de mon arrivée.

— Parfait…

Cette femme allait au-delà de ses attributions et il se sentait de plus en plus ridicule de ne pas lui faire confiance. D'habitude, la corvée de l'inventaire était dévolue aux infirmières, pas au médecin anesthésiste. Sans compter qu'elle avait apporté dans ses bagages du matériel supplémentaire qui, force était de l'admettre, leur avait été bien utile. En plus de ses compétences proprement médicales, Annabelle était organisée, prévoyante, et incroyablement généreuse.

— … Cela va nous faire gagner du temps. Je suppose que nous ne disposons pas de suffisamment de matériel pour en laisser ici ?

— Hélas, non, dit-elle. Si seulement le colis que j'avais expédié était arrivé…

— D'après ce que vous m'avez dit, il ne devrait plus tarder, et on le trouvera à notre retour. Qui sait, on pourra même laisser certaines choses à Huancayo, et puis cela m'étonnerait qu'Eduardo vienne les mains vides. Allons à l'hôpital récupérer le matériel puis nous irons chercher quelques affaires à l'hôtel avant de nous mettre en route.

Cinq minutes plus tard, Daniel ouvrait la porte du bloc

opératoire et allumait. Tous deux se mirent à rassembler les articles qui leur seraient nécessaires.

— Oserais-je vous suggérer de prendre le moniteur ? dit Annabelle. Je n'aimerais pas que vous me fassiez une autre crise à ce sujet…

— Je ne fais pas de crises. Vous me traitez comme un gamin capricieux…

— Il ne fallait pas vous comporter comme tel…

Le sourire qui accompagnait ces mots leur ôtait leur mordant et il ne put s'empêcher de sourire en retour.

— Le côté *gamin* en moi n'apprécie guère vos reproches. Mais mon côté adulte reconnaît le bien-fondé de votre suggestion. Nous allons prendre le moniteur. S'il s'agit effectivement d'un cas d'ALPACA, l'opération risque d'être longue et compliquée.

— Ah ! Enfin, vous reconnaissez l'utilité de cet appareil. C'est tout ce que j'avais besoin d'entendre, docteur Ferrera.

Elle se moquait de lui, mais il récoltait ce qu'il avait semé. Sa faute.

Ils venaient de finir d'emballer le nécessaire quand la porte s'ouvrit. Jennifer entra, chargée d'un grand carton qui semblait peser son poids.

— Alléluia, ton colis est arrivé, Annabelle… Je l'ouvrirai demain pour en répertorier le contenu.

— Peux-tu le faire maintenant ? On est appelés à Huancayo pour une urgence et on va avoir besoin de matériel.

— Aucun problème. Mais que vais-je dire à la famille de la fillette qui espérait être opérée ce soir ?

À la grande surprise de Daniel, Annabelle se mit à énumérer les opérations prévues pour le lendemain — elle connaissait par cœur le planning ! — et elle trouva un créneau pour y inclure l'intervention reportée du soir.

— Alors, docteur Ferrera ? dit-elle, un sourire triomphal aux lèvres. On me trouve toujours incompétente ? Vous allez voir que vous allez finir par m'apprécier !

Elle jubilait, et il ne pouvait lui en vouloir.

— Je n'ai jamais dit que vous étiez incompétente. Et, quitte à vous surprendre, je vous annonce que je vous apprécie. Beaucoup…

4.

— Le dispensaire sera en vue à la sortie du prochain virage, annonça Daniel en se tournant vers Annabelle. On a fait le trajet en moins de trois heures.

— Parce que vous avez roulé comme un fou ! J'aurais pu faire une crise cardiaque, et vous auriez été obligé de m'opérer sur place !

Il se mit à rire, ses yeux sombres luisant dans la pénombre de l'habitacle, et Annabelle remarqua que son visage semblait encore plus beau, lorsqu'il était détendu. Pourvu que cela dure.

— Je vous aurais volontiers laissé le volant si je n'étais *un despote qui aime tout contrôler.*

— De toute façon, j'aurais refusé car vous auriez passé votre temps à critiquer ma façon de conduire.

Il rit de nouveau et elle se força à détourner le regard pour ne pas se soumettre davantage à son charme. Après trois heures ou presque à être assise auprès de cet homme qui soufflait le chaud et le froid, elle ne savait plus du tout que penser de lui. Après s'être montré odieux envers elle la veille, il lui avait tenu la main près de l'arbre en lui déclarant son admiration, et maintenant il venait de lui adresser un sourire à faire fondre la banquise.

Pour un peu, elle en oublierait tout ce qu'il lui avait fait.

Ne te laisse pas étourdir par son sex-appeal.

Même s'il lui avait fait des compliments, Daniel ne

la jugeait pas suffisamment compétente pour la garder à l'hôpital. Avoir des sentiments pour lui serait du suicide.

La voiture s'arrêta dans un grincement de freins. À la lumière des phares, Annabelle observa les lieux. Le bâtiment qui se dressait devant eux était délabré — encore plus que celui d'Ayllu —, entouré de broussailles, éclairé par une seule ampoule qui se balançait au-dessus de la porte. Laquelle semblait de guingois comme si elle ne tenait plus sur ses gonds.

— On dirait que la porte ne ferme pas. Ça va être un problème pour l'asepsie.

— Et pour empêcher les serpents et autres bestioles de venir nous rendre visite en salle d'opération.

Cela le faisait sourire !

— Il va falloir trouver un moyen de la réparer, dit-elle en détachant sa ceinture. Ouf, ça fait du bien d'arriver ! Moi qui m'extasiais devant l'état des routes péruviennes, j'ai déchanté sur les derniers kilomètres. Les cahots sur cette piste de terre m'ont peut-être bien déchaussé une dent !

— Pour vous, je m'improviserai chirurgien maxillo-facial. Ce serait dommage de perdre l'une de ces jolies quenottes.

Gagnée par son humeur badine, elle se mit à rire à son tour.

— Ah non ! Je préfère encore boire avec une paille pendant le restant de mes jours plutôt que de me faire opérer par vous.

— Et vous n'auriez pas tort. Les dents, ce n'est pas mon rayon.

Ils mirent pied à terre et sortirent le moniteur et la bouteille d'oxygène du coffre.

— Luciana a dit que l'enfant attendait à l'intérieur. Il a déjà reçu la prémédication. Allons-y, dit-il en soulevant moniteur et bouteille.

S'emparant de la boîte isotherme contenant les poches de

solution saline et de sang ainsi que du sac des instruments, Annabelle le suivit.

À l'intérieur, ils se retrouvèrent dans une première pièce qui devait servir d'antichambre à la salle d'op. Une forte odeur d'antiseptique y flottait.

— Luciana a fait le ménage, dit Daniel. La dernière fois que je suis venu ici, j'ai dû me retrousser les manches pour balayer la poussière et les toiles d'araignée, puis chasser une maman opossum et ses petits qui avaient fait leur nid sous le bureau. Ça n'a pas été sans mal, ils n'étaient pas contents d'être délogés…

Étonnant… Cet homme qui se croyait supérieur au commun des mortels avait daigné se salir les mains. L'aurait-elle mal jugé ?

— Je n'ai jamais vu d'opossum. À quoi cela ressemble-t-il ?

— Eh bien, les petits étaient mignons, mais la maman ressemblait à un gros rat qui aurait en prime des dents acérées.

Annabelle ne put s'empêcher de frissonner. Les rats, elle en avait côtoyé dans les taudis où elle avait vécu avec sa mère, et elle ne se souvenait que trop des nuits passées à trembler dans le noir parce qu'un rongeur allait peut-être sauter sur le lit pour marcher sur elle.

— Hum… La chasse aux bestioles à sang chaud ou froid, très peu pour moi, dit-elle en s'efforçant de prendre un ton désinvolte. Je préfère encore briquer le sol à genoux.

— Aucun de nous n'aura à le briquer, cette fois. De toute façon, nous avons plus urgent à faire.

En synchronie parfaite, une petite femme brune apparut sur le seuil de la porte du fond.

— Docteur Ferrera ?

— Luciana, ça fait plaisir de vous revoir. L'enfant est là ?

— Oui. Avec ses parents. Ils attendent de vous parler. Ensuite, je leur dirai de rentrer chez eux.

— Habitent-ils loin ?

— Dans une petite ville située à quelques kilomètres d'ici. Étant donné que l'opération de Miguel va durer plusieurs heures, il vaut mieux qu'ils attendent à la maison. Pour l'heure, ils insistent pour rester ici, mais j'espère que vous parviendrez à les en dissuader.

Daniel se tourna vers Annabelle pour faire les présentations. Puis ils passèrent tous en salle d'op.

La mine inquiète et intimidée, les parents qui semblaient à peine sortis de l'adolescence se levèrent à l'approche de Daniel.

Annabelle ne comprit pas ce qu'ils se dirent mais, à en juger par le soulagement qui se peignit sur les visages des jeunes gens, Daniel avait su trouver les mots pour les rassurer. Ils lui serrèrent la main en se confondant en remerciements.

Puis, tandis qu'elle installait le matériel, Daniel jeta un coup d'œil à l'électrocardiogramme fait par Luciana avant d'examiner le bébé. À l'aide du stéthoscope, il écouta longuement le rythme cardiaque.

— Je confirme l'insuffisance cardiaque, dit-il. Nous avons bien fait de venir. Merci d'avoir répondu présent, Annabelle.

— Inutile de me remercier. Je ne fais que mon travail.

Cela lui faisait toutefois plaisir, ce qui était stupide. Et pathétique. Était-elle à ce point avide d'obtenir son approbation ?

Daniel ausculta de nouveau la petite poitrine. De là où elle était, Annabelle pouvait entendre la respiration sifflante du nourrisson. Peut-être aurait-il vécu quelque temps avec sa maladie, mais sa qualité de vie se serait inexorablement détériorée jusqu'à l'issue fatale.

Voilà pourquoi ils entreprenaient ces missions. Pour sauver des vies comme celle de Miguel.

Au bout de longues minutes, Daniel retira les branches du stéthoscope de ses oreilles.

— Il n’y a aucun doute. Il s’agit bien d’une malformation de la coronaire gauche. Bravo, Luciana, vous avez posé le bon diagnostic. Il faudrait en principe un scanner pour confirmer, mais nous allons faire avec les moyens du bord. On va ouvrir, voir ce que nous trouvons et réparer le problème.

De nouveau, il lui adressa un sourire éblouissant qui lui coupa le souffle. Jamais il n’avait souri à personne de la sorte à Ayllu car elle s’en souviendrait. Et jamais il n’avait produit un tel effet sur ses sens…

Attention, le charme de cet homme commençait à agir sur elle. Heureusement, leur collaboration arriverait bientôt à son terme.

Après moult remerciements, les parents de Miguel prirent congé. Assistés de Luciana, Daniel et Annabelle se mirent au travail.

— Vous les connaissez, Luciana ?

— Je connais la grand-mère du bébé car nous fréquentons la même église. C’est elle qui a vu l’annonce que j’avais mise pour signaler l’ouverture du dispensaire et elle a transmis la nouvelle aux parents qui sont aussitôt venus avec Miguel.

— Alors, on va en quelque sorte collaborer avec le Tout-Puissant. Prêtes ? leur demanda-t-il.

Luciana hocha la tête et Annabelle installa le masque sur le nez et la bouche de Miguel avant de régler le débit de la bouteille de gaz. Dès qu’il fut endormi, elle posa une intraveineuse sur la carotide, et quatre autres sur les bras et les jambes.

Elle surveilla le ralentissement cardiaque sur le moniteur puis elle fit signe à Daniel que l’opération pouvait commencer.

Avec son scalpel, il ouvrit la petite poitrine et commença la longue opération de réparation de la coronaire.

— Son état est pire que ne l’indiquait l’examen clinique. Certains tissus sont déjà nécrosés à cause du manque d’oxygène. Pauvre petit, il n’aurait pas vécu longtemps…

Mais nous allons y remédier et tout faire pour qu'il ait un cœur tout neuf.

Quand l'opération se termina peu avant 3 heures, Annabelle se sentait épuisée, avec toutefois la satisfaction du devoir accompli. Tout s'était déroulé sans accroc, mais il faudrait attendre un peu pour savoir si Miguel était tiré d'affaire.

— Il va falloir le garder sous surveillance durant plusieurs jours, dit Luciana à Annabelle.

Elles veillaient au chevet de l'enfant, qui était en train de se réveiller doucement, pendant que Daniel appelait les parents depuis la pièce voisine.

— Nous allons rester pour vous aider.

— Oh ! merci, docteur Richards ! dit l'infirmière. Je sais qu'il y a des opérations prévues à Ayllu, mais j'apprécierais que vous restiez, au moins un peu. De toute façon, j'ai cru comprendre que vous alliez désormais assister le Dr Diaz ici, n'est-ce pas ?

— En effet…

À moins qu'un certain cardiologue arrogant et opiniâtre n'ait changé d'avis à son sujet. D'un autre côté, cette mutation qu'il lui imposait était peut-être une bonne chose. Si elle restait à Huancayo, l'attirance grandissante qu'elle éprouvait pour Daniel s'étiolerait et finirait par mourir. Loin des yeux, loin du cœur… Du moins l'espérait-elle.

— J'ai dit aux parents qu'il était inutile de revenir tout de suite étant donné que Miguel n'a pas encore émergé de l'anesthésie, dit Daniel en les rejoignant. S'ils viennent en milieu de matinée, ce sera très bien.

Bien qu'il s'adressât à toutes les deux, son regard était fixé sur Annabelle.

— Ça va bientôt être l'heure de commencer vos exercices de méditation, docteur Richards.

Ma parole, il la taquinait !

— À condition que vous y participiez aussi, répondit-elle sur le même ton badin. Je vais vous apprendre quelques mouvements qui devraient vous aider à vous détendre et à réprimer vos tendances tyranniques.

La mine perplexe, Luciana les observait à tour de rôle.

— Vous voulez faire du yoga ? Il y a des couvertures qui pourraient vous servir de tapis.

— Non, non, Luciana. Le Dr Ferrera et moi plaisantons. C'est le manque de sommeil qui nous fait délirer.

— C'est vrai, nous avons tous besoin de sommeil. Il n'y a qu'un seul lit dans la pièce du fond et j'ai mis des draps propres hier. Le Dr Ferrera pourrait le prendre et vous, docteur Richards, vous êtes la bienvenue pour venir dormir chez moi. J'habite chez ma mère, la maison est petite, mais ce sera un honneur de vous recevoir. Nous vous laisserons la chambre.

Annabelle était si fatiguée qu'elle n'avait écouté Luciana que d'une oreille. Elle avait retenu qu'il y avait un lit ici. Pour Daniel. Et que Luciana lui offrait le sien.

Pas question de priver l'infirmière de son lit. Mais quelle autre solution y avait-il ? Existait-il seulement un hôtel à Huancayo ? Si oui, elle ne se voyait guère traverser en pleine nuit cette petite ville qu'elle ne connaissait pas.

— C'est très gentil à vous, Luciana, mais je crois que je vais rester ici.

Avec quelques couvertures, elle installerait un lit de fortune, si possible pas trop près de Daniel. Hélas, l'endroit n'était pas grand. La pièce du fond était a priori la seule qui puisse servir de chambre. Pourvu qu'elle n'en vienne pas à regretter sa décision.

— Ne vous inquiétez pas pour nous, Luciana. Nous serons très bien ici. Je suppose qu'on vous reverra dans la matinée ?

— Comme je n'ai besoin que de quelques heures de

sommeil, je serai bientôt de retour pour m'occuper de Miguel. Quand avez-vous dit que le Dr Diaz arriverait ?

— Il faut que je le rappelle pour savoir combien de temps durera son voyage, dit Daniel qui avait repris son masque impassible.

— Parfait. Alors, *adios*. Je reviendrai à 9 heures.

— Accordez-vous une heure de plus.

— Merci. *Buenas noches*.

Après le départ de Luciana, la pièce qui n'était déjà pas grande sembla rapetisser. Annabelle avait une conscience aiguë de la présence de Daniel à son côté, et les bruits réguliers du moniteur ne faisaient qu'accentuer le sentiment de claustrophobie.

Son sourire envolé, Daniel la fixait d'un regard intense.

— Profitons de ce que Miguel est encore sous sédation pour prendre un peu de repos, dit-il en lui faisant signe de passer dans la pièce du fond. Nous n'aurons qu'à laisser la porte ouverte, et le moniteur nous réveillera s'il y a le moindre changement dans les constantes.

— Ce moniteur dont vous ne vouliez pas…

Par cette pique, elle tentait de revenir à leur ancien antagonisme, de rallumer les étincelles de la discorde qui, avec un peu de chance, dissiperaient son émoi. Cet émoi qui l'envahissait à l'idée de passer la nuit en compagnie de Daniel.

— Encore une fois, vous déformez mes paroles. Je vous ai simplement dit que nous avions l'habitude d'opérer sans moniteur. Mais, puisque vous abordez le sujet, j'admets que je suis content de l'avoir. Il nous a été fort utile, et pas seulement cette nuit. Vous avez bien fait de l'apporter dans vos valises.

Elle fit mine de s'éventer, de manière délibérément théâtrale.

— Seigneur ! Vous venez de me dire que j'avais bien fait ! Et que *vous* aviez tort !

— Vous féliciter ne signifie pas que je reconnais avoir tort.

Ils y étaient. La dispute qu'elle appelait de ses vœux prenait forme.

— Ben voyons… Vous n'avez jamais tort.

— Rarement, dit-il, un sourire aux lèvres. Mais j'avoue m'être trompé sur un point. Vous êtes un excellent médecin anesthésiste, parfaitement capable d'assister un cardiologue sur des opérations au long cours comme celle de ce soir. Je vous présente mes excuses pour avoir douté de vos compétences.

Bouche bée, Annabelle le fixa un long moment.

— Un instant… Seriez-vous en train de me dire que vous regrettez de m'avoir empêchée de décrocher le poste de consultante à Philadelphie ?

— À l'époque, j'ai cru bien faire avec les informations dont je disposais, à savoir que vous aviez commis une grave erreur de jugement au cours d'une opération. Ce sont les faits et ils sont impossibles à nier. Pouvez-vous m'expliquer comment c'est arrivé ?

À l'époque, cinq ans auparavant, il ne lui en avait pas laissé la possibilité. Le couperet était tombé tout de suite.

Repenser à son erreur lui faisait mal et elle n'avait aucune envie de préciser les détails de ce funeste épisode à Daniel. Toutefois, il était en train de lui tendre la main, d'essayer de comprendre, et elle ne pouvait laisser passer cette occasion de faire la paix avec lui.

— C'était mon premier mois d'exercice, dit-elle, s'obligeant à soutenir son regard. J'étais en CDD et je voulais plus que tout décrocher un poste permanent dans cet hôpital réputé pour son excellence, où l'on soignait aussi bien les pauvres que les riches. Depuis toujours, je rêvais d'y travailler. Je… Je voulais faire mes preuves, impressionner tout le monde…

Sa voix se brisa tandis que lui revenaient en mémoire les souvenirs de cette terrible journée, la déception qu'elle avait ressentie envers elle-même — et qu'elle ressentait toujours —, et la terrifiante confirmation que ses détracteurs — tous ceux qui avaient prédit qu'elle ne pourrait pas être médecin, qu'elle ne serait jamais à la hauteur — avaient eu raison.

Comme s'il sentait sa détresse, Daniel lui caressa le bras.

— Continuez.

— Sans doute vous rappelez-vous que, ce jour-là, j'avais un interne sous mes ordres. Il était consciencieux, avide d'apprendre, et j'ai voulu lui donner l'occasion de prendre des initiatives au lieu de simplement m'observer ou de suivre mes consignes, tout comme mes tuteurs l'avaient fait auparavant avec moi.

— Oui, je me souviens vaguement de ce garçon. Je ne lui ai guère accordé d'attention car j'étais captivé par la nouvelle doctoresse anesthésiste qui avait des cheveux blonds comme l'or, de fascinants yeux bleus et un corps à damner un saint…

Elle avait du mal à en croire ses oreilles.

— Vous m'aviez remarquée ?

Son cœur cognait à tout rompre. Il avait été attiré par elle… La colère qu'elle avait éprouvée contre Daniel pendant toutes ces années lui avait fait oublier qu'elle aussi elle avait eu d'emblée le béguin pour lui. En plus de lui plaire, il l'avait intriguée, ce cardiologue taillé en athlète qui se montrait si dur envers son personnel et si gentil avec les patients et leurs familles.

— Eh oui, dit-il. Vous me plaisiez et j'aurais bien aimé vous connaître un peu mieux…

Ses mains vinrent se poser sur les épaules d'Annabelle.

— Vous dites que vous vouliez laisser plus d'initiative à l'interne. Mais c'est tout de même *vous* qui avez injecté l'épinéphrine ?

Consternée, elle ferma les yeux devant le rappel de la plus grosse erreur de sa carrière, une erreur qui aurait pu être fatale au patient.

— Oui. L'interne avait préparé l'injection en commettant une erreur de dosage et j'ai pris la seringue qu'il me tendait pour faire la piqûre. Si je l'avais surveillé tandis qu'il perçait la capsule et aspirait le produit, j'aurais constaté l'erreur… Hélas, je lui ai fait confiance. Heureusement, vous êtes parvenu à ranimer l'adolescent… Je n'avais jamais eu l'occasion de vous remercier jusqu'à présent, alors, merci de l'avoir sauvé. Si le patient était mort, je n'aurais jamais pu me le pardonner.

— Annabelle, c'est toute l'équipe qui l'a sauvé.

Il faisait le modeste alors qu'elle l'avait vu, de ses yeux *vu*, ramener le jeune homme à la vie grâce à son parfait contrôle de la situation. Il avait évalué les dégâts puis ouvert sans hésiter la poitrine du malade pour masser son cœur à mains nues, et au bout de très longues minutes il était parvenu à le ranimer. Sans Daniel, l'ado serait mort.

La négligence dont elle s'était rendue coupable la plongea de nouveau dans un abîme de désespoir. Durant toute sa jeunesse, les gens l'avaient traitée de marginale incapable de quoi que ce soit de bien, et cette erreur leur avait donné raison.

Il lui avait fallu beaucoup d'énergie et de détermination pour remonter la pente, apprendre de ses carences et devenir un meilleur médecin.

— C'était ma faute, dit-elle en regardant Daniel bien en face. Entièrement ma faute…

Elle s'armait pour faire face au mépris et à la condamnation qu'elle allait sans doute voir dans ses yeux.

— … L'interne était sous ma responsabilité et je n'aurais pas dû tenir pour acquis qu'il savait doser correctement un produit. Pire, j'ai aggravé ma situation en ne reconnaissant pas mes torts face au médecin anesthésiste en chef et aux administrateurs qui m'interrogeaient sur l'incident. Envers et contre tout, j'espérais qu'on me garderait, qu'on me laisserait une chance de me racheter… Quand vous m'avez accusée de négligence, j'ai persévéré dans mon déni alors qu'au fond de moi je me savais coupable.

Les larmes jaillirent de ses yeux, et elle essaya de se détourner de Daniel car elle détestait se montrer faible et vulnérable. Jamais elle ne pleurait. Depuis toute petite, elle avait appris à ravaler ses larmes qui ne faisaient qu'attiser la colère et la violence de sa mère. À part des yeux rouges, un nez qui coule et des gifles, on n'y gagnait rien.

— Annabelle, tout ça appartient au passé. Il ne faut plus y revenir.

Il enroula les bras autour de ses épaules pour la serrer contre lui.

— J'ai peu d'indulgence envers ceux qui commettent une erreur en cours d'opération. Mais nous sommes humains et faillibles. Le mieux est d'en tirer les leçons qui s'imposent afin de ne plus recommencer.

— Vous, vous ne commettez jamais d'erreur, peut-être ?

— Oh si. J'en ai fait quelques-unes au cours de ma vie, et je n'en suis pas très fier. Je suis prêt à parier qu'à Chicago vous surveillez désormais tous vos internes comme le lait sur le feu.

Un rire proche du sanglot lui échappa.

— Voilà pourquoi aucun ne veut travailler avec moi : il a l'impression d'être fliqué en permanence. C'est vrai, je ne fais plus confiance à personne et regarde sans cesse par-dessus leur épaule.

— Au fond, nous ne sommes pas si différents, vous et moi.

— Je ne sais si je dois le prendre comme un compliment…

— À ton avis ?

Le soudain tutoiement lui fit ouvrir de grands yeux, et ce qu'il fit ensuite la surprit encore davantage. Il se pencha pour effleurer ses lèvres d'un baiser de papillon, léger, presque virtuel, qui la laissa pantelante, le cœur cognant à coups redoublés. Elle voulait davantage et le lui signifia en levant un regard suppliant vers lui.

L'attirant contre lui, Daniel reprit sa bouche, cette fois pour la goûter plus longuement et approfondir le baiser. Un gémissement de plaisir échappa à Annabelle. Afin de ne pas défaillir, elle noua les bras autour de son cou pour s'abandonner à la douce torture qu'il lui infligeait.

Lentement, la main de Daniel descendit au creux de son dos pour pousser ses hanches contre les siennes, et elle sentit la force de son désir. Les sensations qu'il éveillait en elle étaient si impérieuses, si puissantes, qu'elle se mit à trembler.

L'alarme du moniteur résonna soudain et ils s'écartèrent vivement l'un de l'autre. Pendant quelques secondes, ils restèrent à se fixer en silence, le souffle court, puis ils se tournèrent vers l'appareil pour éteindre l'alarme et examiner Miguel.

Le pouls et la pression artérielle étaient stables. Daniel fixa un oxymètre sur le doigt du nourrisson.

Pendant qu'il poursuivait l'examen, Annabelle l'observa, tremblante.

Seigneur, qu'avait-elle été sur le point de faire ? Elle ne pouvait embrasser Daniel et laisser son attirance pour lui altérer son discernement. Jusqu'à présent, leur relation n'avait été faite que d'animosité, de rancune réciproque, et ils n'avaient de surcroît rien en commun. Il était issu d'une famille riche de la bonne société péruvienne alors qu'elle venait des bas-fonds de Chicago. La dernière chose qu'elle voulait, c'était tomber amoureuse d'un homme et être rejetée par les parents de celui-ci lorsqu'ils auraient découvert non sans effroi qui elle était.

Sur ce plan, elle avait déjà donné. Fut une époque où elle avait espéré que sa réussite professionnelle suffirait à faire oublier ses origines, mais elle s'était bercée d'illusions.

Elle avait désormais appris à garder le secret sur son

enfance, à ne dire à personne qu'elle était née dans le ruisseau, que sa mère avait été une droguée qui l'avait ballottée d'un bouge à l'autre, confiée à des *amis* de passage et de son acabit, qu'elle avait connu la faim et le dénuement, physique et moral… En contradiction directe avec ce besoin de taire ses origines sociales, l'Annabelle provocatrice avait parfois envie de crier au monde entier qu'elle s'en était sortie malgré son mauvais départ à force de volonté et de travail. Si elle était médecin aujourd'hui, elle ne le devait qu'à elle-même.

À l'université, elle avait compris qu'il valait mieux ne rien dévoiler de son enfance malheureuse. Les quelques personnes auxquelles elle s'était confiée l'avaient soit prise en pitié, soit rayée de leur cercle d'amis — d'une hypocrisie consommée, elles avaient feint d'admirer sa force de caractère avant de l'éviter, ne la jugeant pas assez bien pour eux. Toute sa vie, elle avait traîné derrière elle ce sentiment d'infériorité, et ce manque de confiance.

À l'occasion, quand elle s'était crue enfin acceptée socialement, certains s'étaient chargés de lui faire une piqûre de rappel. Comme Daniel qui l'avait jugée inapte. Il n'était certes pas au courant de son passé, mais le fait qu'il l'accuse de négligence et qu'il s'oppose à sa candidature pour le poste de médecin anesthésiste titulaire avait ranimé ses anciennes blessures.

Non. Il valait mieux rester seule, ne se lier à personne, et se consacrer au sauvetage des enfants déshérités. Elle ne s'interdisait pas de faire un jour un bout de chemin avec un homme, mais il faudrait qu'il ait le même parcours qu'elle, les mêmes failles. Seul un individu qui avait traversé les mêmes galères pourrait l'accepter et l'aimer.

Le Dr Daniel Ferrera n'était pas cet homme.

5.

— La teneur du sang en oxygène est un peu basse, dit Daniel.

Après le baiser torride qu'il avait échangé avec Annabelle, il se sentait étourdi, et tout son corps était en émoi. Sa libido crevait le plafond, et il avait été à deux doigts de faire basculer Annabelle sur le petit lit, de la déshabiller et de lui faire l'amour toute la nuit. Et tant pis pour le repos réparateur qu'ils étaient censés prendre.

— C'est peut-être un laryngospasme…

La voix d'Annabelle tremblait autant que la sienne. Il n'était de toute évidence pas le seul à avoir succombé au vertige des sens.

— Je le vois chez beaucoup de petits post-opérés, c'est un effet secondaire de l'extubation. Regarde, le taux d'oxygène remonte, poursuivit-elle en fixant l'écran du moniteur. Ça s'améliore déjà. Je suggère que nous attendions un peu avant de lui faire une injection.

— D'accord.

Leurs yeux se croisèrent enfin au-dessus du visage de Miguel, et il esquissa un sourire un peu amer.

— Je reviens sur ce que je t'ai dit concernant ce moniteur. Au fond, ce n'est pas une si bonne acquisition puisqu'il a interrompu le baiser le plus agréable que j'aie jamais échangé avec quelqu'un de toute ma vie.

— Ce moniteur est précieux, répondit-elle d'un ton

guindé comme si elle ne comprenait pas qu'il plaisantait. De toute façon, l'alarme nous a évité de faire une belle bêtise.

— Tu considères ce baiser comme une bêtise ?

— Oui. Sans doute as-tu l'habitude de séances de galipettes entre deux gardes, mais pas moi. Je me refuse à avoir une liaison, même brève, avec un collègue. Je sais à quel point ce genre de choses peut déstabiliser une équipe. Toi et moi, il vaut donc mieux en rester là.

— Hum, je ne suis pas sûr de partager ton avis… Quelques *galipettes* avec toi cette nuit ne m'auraient pas déplu.

Un sévère froncement de sourcils lui répondit. L'Annabelle de l'ère glaciaire était de retour. Il sourit pour cacher sa déception.

L'embellie aurait été de courte durée.

— Hors de question, dit-elle d'un ton lapidaire. Je te rappelle qu'il est 4 heures du matin et que nous avons des patients qui vont bientôt arriver, sans compter les parents de Miguel. Je tiens à effectuer le maximum de travail ici avant d'être appelée à Lima.

— Pour la fameuse réunion que tu cherches à reprogrammer ? De quoi s'agit-il au juste ?

— C'est très important pour moi.

Elle ne désirait de toute évidence pas s'étendre sur le sujet.

— J'attends que mon interlocuteur principal me rappelle, ajouta-t-elle en fuyant son regard. Dès qu'il le fera, j'irai à Lima toutes affaires cessantes.

Pourquoi tenait-elle tant à cette réunion ? Pour enrôler l'hôpital de Lima dans le programme de don de matériel ? Quelle autre raison pourrait-elle avoir ?

— Eh bien, j'espère pour toi que tu auras bientôt de ses nouvelles.

Un bâillement lui échappa, et comme toujours ce fut contagieux, car Annabelle se mit à bâiller aussi.

— Tu vois ? J'ai raison, dit-elle, se déridant enfin. Un

peu de sommeil ne sera pas du luxe. Va dormir, je veillerai sur Miguel.

— Le moniteur nous réveillera en cas de problème. Il vaudrait mieux que tu te reposes aussi si tu veux être en forme pour opérer. Il y a suffisamment de couvertures pour deux sur ce lit.

Le visage d'Annabelle se ferma.

— Non. Cela ne me semble pas une bonne idée de partager le lit.

— Annabelle, nous ne ferons que *dormir*, je te le promets. J'ai compris que le reste ne t'intéressait pas. Comme je suis mort d'épuisement, et que tu l'es probablement aussi, nous tomberons dans les bras de Morphée en moins de vingt secondes…

Rien n'était moins sûr. Dormir à côté du corps de déesse d'Annabelle n'allait pas être facile. Mais il n'avait pas le choix. Il devait se reposer, ne serait-ce que pour ne pas s'endormir au volant durant le trajet de retour vers Ayllu.

— Je vais étaler quelques couvertures sur le sol pour moi, dit-elle.

— Et risquer de te faire manger par un opossum ?

Il sourit devant son expression horrifiée tandis qu'elle promenait un regard circonspect autour de la pièce.

— Luciana a fait le ménage en grand. Jamais elle n'aurait laissé de bestioles traîner autour de la salle d'opération, n'est-ce pas ?

— Bien sûr. Je te fais marcher…, répliqua-t-il, prenant pitié d'elle. Il n'y a ni opossums, ni serpents, ni rongeurs d'aucune sorte. Par contre, il n'est pas question que tu dormes par terre. C'est à moi de le faire.

L'air hésitant, elle se mordilla la lèvre inférieure.

« J'ai peur de dormir sur le sol, semblait-elle dire, mais cela me gêne de te priver du lit. »

Partager le lit semblait inenvisageable pour Annabelle et, comme il n'était pas homme à forcer une femme à faire ce qu'elle n'avait pas envie de faire, il attrapa un oreiller et deux couvertures qu'il étala par terre. Inutile de perdre du temps en discussions puisqu'ils camperaient de toute façon tous les deux sur leurs positions.

Le tendre corps-à-corps avec Annabelle serait pour une autre fois. Peut-être.

— Dépêche-toi de te coucher, Annabelle. Et dors bien.

De retour à Ayllu en début d'après-midi, ils reprirent leurs opérations qu'ils enchaînèrent l'une après l'autre.

Entre deux patients, Annabelle se surprenait à regarder Daniel et à se demander comment il tenait le coup sans rien laisser paraître de sa fatigue.

Elle-même était épuisée. La nuit dernière, elle avait eu du mal à trouver le sommeil en sachant Daniel allongé à quelques mètres d'elle. Elle avait dû lutter pour ne pas rouler en bas du lit afin de le rejoindre pour se blottir contre lui, et tant pis si un opossum rôdait dans le coin.

Enfin, le dernier patient de la journée fut conduit en salle de réveil et Daniel adressa un sourire à la ronde à toute l'équipe avant, comme à son habitude, d'aller faire le point avec Carla pour le programme du lendemain.

Son comportement à son égard était redevenu celui d'un collègue, à la différence qu'il la tutoyait désormais, ce qui n'avait pas échappé à Jennifer et à Karina qui essayèrent d'en savoir plus lorsqu'elles rentrèrent toutes trois à l'hôtel. Mais Annabelle tint bon. Il ne s'était rien passé, leur dit-elle. Absolument rien.

Hormis un baiser qui avait mis ses sens en ébullition. Mais, ce détail, ses collègues n'étaient pas censées le connaître.

Le lendemain matin, tandis qu'ils prenaient seuls leur petit déjeuner dans la salle à manger de l'hôtel, Annabelle annonça à Daniel qu'elle avait reçu l'appel qu'elle attendait.

— Je dois être à Lima en début d'après-midi. Désolée de bouleverser encore ton planning. J'ai bien peur que tu doives passer la journée en consultations en attendant mon retour demain.

— À quelle heure seras-tu de retour ?

Il avait besoin de le savoir pour programmer les interventions chirurgicales, mais pas seulement. Annabelle n'était pas encore partie qu'elle lui manquait déjà… Ce qui était ridicule. Elle n'était qu'une collègue avec qui il avait échangé un unique baiser.

— Je l'ignore, en fait, car une seconde réunion est prévue pour demain avec, cette fois, tous les décideurs au grand complet.

— Tu descendras dans un hôtel de Lima ?

— Sans doute. Les hôtels ne doivent pas manquer là-bas. As-tu une suggestion à me faire ?

— Tu n'es jamais allée à Lima ?

— Si, mais je n'ai jamais visité la ville. Lors de chacun de mes séjours, je me suis cantonnée aux faubourgs, là où se trouvent les dispensaires gérés par les associations humanitaires. Peut-être pourrais-je demander à Karina quelques adresses d'endroits proches de l'hôpital.

— Alors, tu vas aller vers l'inconnu dans une ville étrangère pour assister à une réunion mystère ?

Un hochement de tête lui répondit. Elle était restée très évasive sur le contenu de cette réunion. Tout ce qu'il savait, c'était qu'elle avait été consternée de la rater le jour de son arrivée et qu'elle avait fait des pieds et des mains pour la reprogrammer.

En quelques secondes, sa décision fut prise. Il serait du voyage, que cela plaise ou non à Annabelle. La laisser aller seule dans une grande ville comme Lima n'était pas une bonne idée.

— Tu veux bien m'en dire plus sur cette réunion ?

— C'est un projet qui me tient à cœur.

— Pourquoi ai-je l'impression que tu ne veux pas m'en parler ? Écoute, tu vas te rendre à Lima en nous laissant en plan et nous allons devoir recomposer le planning en ton absence, dit-il, durcissant le ton. Alors, j'estime avoir le droit d'en savoir un peu plus sur la raison qui te pousse là-bas.

Les yeux bleus d'Annabelle le fixèrent, hésitants. Elle avait le souffle un peu court, comme sous le coup de quelque violente émotion.

— D'accord, dit-elle en poussant un soupir. J'aimerais sauver une école de Chicago qui va être fermée et démolie dans deux mois. Mon but est de racheter le bâtiment et de le transformer en centre de formation pour jeunes des quartiers défavorisés. L'école, qui se trouve située dans l'une des zones les plus pauvres de la ville, initierait les jeunes aux métiers d'infirmier, de technicien de laboratoire, de manipulateur radio, et autres, enfin, pour ceux qui en auraient les capacités, il y aurait également une classe préparatoire pour le concours d'entrée en école de médecine. Cela montrerait à ces gamins privés de tout modèle, de toute référence familiale, qu'ils peuvent faire quelque chose de leur vie, et même devenir médecins à condition de travailler suffisamment.

— C'est très louable comme projet, mais qu'est-ce que cela a à voir avec l'hôpital de Lima ?

— Ces gamins de Chicago se croient les plus malheureux de la terre, et je veux qu'ils voyagent à l'étranger pour voir que d'autres mènent des vies tout aussi difficiles. J'ai déjà quelques donateurs à Chicago, mais cela ne suffira pas à financer le projet. Un hôpital important du comté de Cook m'a promis son concours à condition que je trouve un établissement partenaire au Pérou où les élèves de mon école pourront faire des stages ; en retour, de jeunes Péruviens iront en formation à Chicago. Ce programme d'échanges offrirait des expériences enrichissantes à tous et, le plus important, c'est que ces jeunes que tout le monde avait donnés perdants commenceront enfin à croire en eux-mêmes. Ce serait une belle revanche sur la vie, non ?

La détermination se mêlait à l'inquiétude dans la voix d'Annabelle. Elle semblait si désireuse de le convaincre qu'elle en paraissait presque désespérée. Étrange… Cela lui tenait tellement à cœur qu'elle en parlait comme si sa vie en dépendait.

Sans doute s'était-elle beaucoup investie dans le sauvetage de cette école, et il était décidé à tout faire pour l'aider à mener l'opération à bien.

— Je souscris pleinement à ton projet. Et, pour te montrer à quel point je te soutiens, je vais te conduire à Lima.

— Quoi ?

La proposition ne semblait pas l'emballer.

— Inutile…, ajouta-t-elle. Je prendrai un taxi. As-tu oublié que tu as des patients à voir ? Ne t'inquiète pas pour moi, je me débrouillerai parfaitement.

— Je n'ai plus de patients à voir. Je n'ai que des patients à opérer, et ce ne sera pas possible sans anesthésiste. Karina et Jennifer veilleront sur les post-opérés jusqu'à notre retour.

— Je… Je ne sais quoi dire.

— Simplement oui. Un taxi risque de prendre pas mal de temps pour arriver jusqu'à Ayllu, à supposer qu'il y parvienne. Avec moi, tu seras sûre d'être à l'heure à ta réunion.

— Eh bien… d'accord, dit-elle sans conviction. Je te remercie. Connais-tu un hôtel où nous pourrions descendre ? Dans des chambres séparées, bien sûr…

Avait-elle donc si peur de se retrouver à huis clos avec lui ?

— Ne t'inquiète pas, Annabelle, dit-il en riant pour cacher sa déception. J'ai reçu cinq sur cinq ton message d'avant-hier soir. On ne partagera plus de chambre, c'est promis. Mes grands-parents viennent de revenir dans leur appartement de Miraflores, à Lima, après avoir pris leurs quartiers d'hiver dans leur villa de Paracas.

— Tu comptes loger chez eux ?

— Oui. J'avais de toute façon l'intention de leur rendre visite à la fin de la mission. Si j'y vais maintenant, je ferai d'une pierre deux coups. Je te déposerai à l'hôpital puis je viendrai te rechercher pour te conduire chez eux, et nous reprendrons la route demain à l'issue de ta seconde réunion.

Annabelle avait ouvert de grands yeux.

— Tu veux que je dorme, moi aussi, chez tes grands-parents ?

L'idée semblait lui faire peur. Peut-être parce que tous deux se détestaient cordialement il n'y avait pas si longtemps.

Sauf qu'il ne l'avait jamais détestée en tant que personne, bien au contraire. Il avait douté de ses compétences professionnelles, à tort, parce qu'il était devenu méfiant après ce qui lui était arrivé autrefois.

— Bien sûr. Nous n'aurons pas à dormir sur le sol, je te le promets. L'appartement est grand, très confortable, et mes grands-parents seront ravis de faire ta connaissance.

Annabelle pâlit. Au lieu de la rassurer, cette dernière remarque semblait raviver ses craintes.

— C'est que… je ne voudrais pas déranger.

— Tu ne dérangeras personne. Je crois en ton projet, et ce sera pour moi l'occasion d'en savoir plus à ce sujet.

— Dans ce cas, d'accord. Quand veux-tu partir ?

— Le temps de prévenir Carla et l'équipe, et de faire nos bagages.

— Les miens sont déjà prêts. On se retrouve dans le hall dans vingt minutes ?

— Parfait.

Le cœur léger, Daniel remonta dans sa chambre. Ces deux jours qu'il s'apprêtait à passer avec Annabelle à Lima seraient presque des vacances. Il était impatient de lui faire découvrir ses endroits préférés de la capitale, et de l'emmener dans de grands restaurants où la nourriture serait autrement plus raffinée que dans cet hôtel. Peut-être auraient-ils le temps d'aller à la plage, où il verrait enfin son corps magnifique en bikini, ce corps qui hantait ses rêves…

Arrête tout de suite ce délire.

Elle ne voulait pas d'aventure, elle le lui avait signifié très clairement. Une amitié platonique, c'était tout ce qu'ils partageraient.

Jamais il n'avait passé deux jours de vacances avec une femme en *amis*, sans qu'il se passe rien, mais il y avait un début à tout.

Assise dans la grande salle de réunion de l'hôpital de Lima, Annabelle avait du mal à réprimer le tremblement de ses genoux. En désespoir de cause, elle se leva pour aller se placer devant la baie vitrée qui offrait une vue plongeante sur le centre-ville de Lima.

Les mots du discours qu'elle avait soigneusement préparé s'étaient à moitié envolés, et ce n'était pas simplement à cause de son stress à l'idée de rencontrer les grands pontes.

En effet, le trajet d'une heure à côté de Daniel avait mis ses nerfs à rude épreuve. Elle avait de plus en plus de mal à cacher l'attirance grandissante qu'elle éprouvait à son égard, à feindre l'indifférence lorsqu'il lui souriait ou lorsque sa main frôlait la sienne.

Cela ne pouvait plus durer ainsi. Elle devait trouver un moyen de prendre ses distances avec lui, émotionnellement *et* physiquement. Avec un peu de chance, le Dr Diaz et le Dr Velasco arriveraient bientôt, et le premier l'emmènerait à Huancayo. Quelques jours auparavant, elle avait été furieuse contre Daniel pour avoir monté toute l'opération. Furieuse et blessée. À présent, elle avait hâte de s'en aller au pied de la cordillère. Loin de Daniel, elle l'oublierait. Elle ne travaillerait probablement plus jamais avec lui, ce qui aurait dû la soulager… Alors, pourquoi se sentait-elle triste à cette idée ?

Quelle idiote ! Il lui avait fait comprendre qu'il ne voulait aucune relation sérieuse ; seules les « galipettes » l'intéressaient — c'était le terme qu'il avait employé. Pourtant, elle s'entêtait à penser encore à lui.

Même s'il avait été du bois dont on fait les maris, elle n'aurait pas été une femme pour lui. L'origine sociale comptait, et personne ne voulait s'associer à quelqu'un né dans le ruisseau.

Elle étira les bras vers le plafond et prit quelques profondes inspirations pour chasser son angoisse. Quand elle se sentit mieux, elle alla se rasseoir et sortit ses notes pour les parcourir une énième fois afin d'être prête à délivrer son discours dès l'arrivée de ses illustres interlocuteurs.

La ponctualité n'était pas leur fort. Avaient-ils eu un empêchement ? Ils ne pouvaient tout de même pas avoir oublié le rendez-vous qu'ils avaient eux-mêmes fixé il y a à peine quelques heures.

La porte s'ouvrit enfin pour livrer passage au maire de Lima et au directeur de l'hôpital.

Annabelle alla au-devant d'eux, un sourire plaqué sur les lèvres.

— Bonjour. Docteur Loyola et monsieur Oros ? Je suis Annabelle Richards. Merci d'accepter de me voir. Je vous prie de m'excuser pour vous avoir fait faux bond la première fois.

Ils lui serrèrent la main et prirent place autour de la table.

— Aucun problème, docteur Richards, dit le maire. Nous nous réjouissons d'avoir la possibilité de nous entretenir avec vous. Les aléas des voyages en avion, on sait ce que c'est.

— Oh oui, intervint le directeur de l'hôpital. Nous sommes contents que vous nous ayez contactés. L'idée d'un programme d'échanges entre les jeunes défavorisés de Lima et de Chicago pique ma curiosité. Les initier aux carrières médicales me paraît un bon outil d'ascension sociale. J'ai touché un mot de votre projet au ministre de l'Éducation, qui se déplacera demain matin pour vous voir.

— J'en suis très honorée…

Sa nervosité cédait la place à un optimisme mesuré. Les premières paroles de ses hôtes semblaient de bon augure pour la suite.

— Voici le détail du programme d'études des élèves de la future école. Outre les matières médicales, ils suivront des cours de remise à niveau scolaire et seront encadrés par des professionnels hautement qualifiés.

Puis elle leur tendit les brochures qu'elle avait préparées à leur intention.

— En leur ouvrant l'accès à l'enseignement supérieur et à des carrières valorisantes, ce programme offrira un avenir à ces jeunes qui n'avaient essuyé jusqu'alors que des échecs…

Puis elle se lança dans le discours qui énumérait les avantages de son projet.

Ses interlocuteurs l'écoutèrent tout en compulsant la brochure puis ils lui posèrent des questions auxquelles Annabelle répondit posément. Elle travaillait sur ce projet depuis un an et elle n'avait rien laissé au hasard.

À mesure que la réunion avançait, elle commença à y croire de plus en plus. Le maire et le directeur hochaient la tête, échangeaient des regards entendus, et souriaient beaucoup.

Ce qui ne signifiait absolument rien.

Ne t'emballe pas.

Malgré leurs airs bienveillants, ces grands pontes ne faisaient pas de sentiments. Ils accepteraient de participer au programme s'ils y trouvaient un intérêt, pas forcément financier. Un maire qui promouvait l'ascension sociale des jeunes des quartiers défavorisés avait des chances d'être réélu, et ce projet novateur représenterait une formidable opération de relations publiques pour l'hôpital et son directeur. Se gardant de le préciser, Annabelle souligna l'aspect social du projet et les retombées bénéfiques qu'il aurait sur tous les participants ainsi que sur l'image des deux villes concernées.

Elle se découvrit une éloquence qu'elle ne se soupçonnait pas, mais elle œuvrait pour une bonne cause et se devait de réussir. Sa propre vie avait été transformée grâce à une personne, la conseillère d'orientation qui avait cru en elle, et elle se devait de renvoyer l'ascenseur pour changer la vie d'autres jeunes issus de quartiers difficiles.

Alors qu'elle concluait son exposé, quelqu'un frappa à la porte, qui s'ouvrit dans la foulée. La secrétaire qui l'avait fait entrer apparut sur le seuil, et Annabelle retint un cri en voyant qui se tenait derrière elle.

Daniel.

La secrétaire commença à parler en espagnol, mais Daniel l'interrompit.

— Excusez-moi pour cette intrusion. Je suis venu chercher le Dr Richards. En raison d'une urgence, elle et moi devons rentrer à Ayllu.

— De quoi s'agit-il ? demanda Carlos Loyola en se levant.

— Un anévrisme de l'aorte abdominale. Une infirmière m'a appelé pour m'avertir qu'un patient se plaignait d'un mal de dos et d'intenses douleurs au ventre. Après l'avoir ausculté, elle a fait une échographie qui a confirmé la présence d'un anévrisme long de huit centimètres.

— Sa rupture risque d'être fatale, dit le Dr Loyola en sortant son portable de sa poche. L'hélicoptère de l'hôpital va vous emmener. Vous n'arriverez jamais à temps par la route.

— Merci, dit Daniel. J'opérerai le patient et je vous l'adresserai ensuite pour que vous l'admettiez en soins intensifs.

— Parfait. L'hélico attendra pour le ramener.

Le Dr Loyola passa son appel, écouta ce que son correspondant lui disait puis rempocha le portable.

— L'hélicoptère va être prêt à décoller dans quelques minutes. Docteur Richards, aurons-nous le plaisir de vous voir demain matin comme prévu ?

— Bien entendu.

Elle jeta un coup d'œil à Daniel. Peut-être n'apprécierait-il guère ses allers-retours et ses absences répétées qui le forceraient encore à reporter des opérations, mais il n'était pas question de rater la réunion avec le ministre, qui se révélerait sans doute déterminante pour l'avenir de son projet.

— Allons-y, dit Daniel. Il n'y a pas une minute à perdre.

Elle le suivit dans le couloir, sa déception de n'avoir pu obtenir de réponse de la part de ses interlocuteurs envolée. Pour l'heure, il y avait plus urgent que le sauvetage de son ancienne école. Un homme était en danger de mort imminente.

Peu de personnes survivaient à un anévrisme de l'aorte abdominale de cette taille. Daniel avait raison. Le temps était compté, et quelques minutes de plus ou de moins pourraient signifier la vie ou la mort de ce malade.

6.

Trois heures plus tard, Daniel posait le dernier point de suture sur l'abdomen d'Ignacio Castillo. Ils avaient réussi.

— Merci à toute l'équipe, dit-il en ôtant son masque. Jennifer et Karina, bravo pour le diagnostic… Annabelle, bon boulot, comme d'hab.

— « Bon boulot, comme d'hab », répéta-t-elle. Qui aurait cru que tu me dirais cela un jour ?

— Il n'y a que les imbéciles qui ne changent pas d'avis, docteur Richards.

Il plongea son regard dans les profondeurs azur de celui d'Annabelle. Elle ne cessait de le surprendre, et il l'admirait chaque jour un peu plus, non seulement pour sa beauté, mais aussi pour son intelligence, sa compassion envers les déshérités, cette volonté qu'elle avait chevillée au corps d'améliorer leur sort. Pour elle, c'était comme un combat, une croisade.

D'où tirait-elle cette envie farouche de se battre pour les laissés-pour-compte ? Le saurait-il un jour ?

Leur mission se terminerait bientôt. Le décompte avait commencé.

La porte s'ouvrit en grinçant. Eduardo Diaz et Alan Velasco firent leur entrée dans la salle d'opération.

— Je vois qu'on arrive après la bataille, dit Eduardo. Nous sommes allés à l'hôtel en pensant vous y trouver. Carla à la réception nous a expliqué que vous étiez en train de faire des miracles.

— Des miracles, c'est beaucoup dire, répliqua Daniel en serrant la main des deux hommes. On a fait du bon travail, c'est déjà bien.

Il leur présenta Annabelle et les infirmières.

Curieusement, loin du soulagement qu'il aurait dû éprouver en voyant ses collègues, il se sentait inquiet. Il n'avait pas averti Annabelle de sa décision de finalement la garder ici, à Ayllu. Eduardo et Alan continueraient ensemble vers Huancayo pour ouvrir le dispensaire.

Comment Annabelle allait-elle réagir à ce nouveau changement de programme ? Insisterait-elle pour accompagner Eduardo au centre du pays afin de prendre ses distances avec lui, Daniel ?

— Carla a précisé qu'il s'agissait d'un gros anévrisme de l'aorte abdominale, dit Alan en se penchant sur Ignacio. Je n'aime pas ce genre d'opérations. Le patient a généralement peu de chances d'y survivre.

— Il était au point de rupture, répondit Daniel. Dieu merci, nous sommes arrivés à temps grâce à l'hôpital de Lima qui nous a prêté son hélicoptère.

— On a vu l'appareil dans la clairière. Vous étiez à Lima ? Pourquoi ?

— Le Dr Richards avait un entretien là-bas, et je l'ai accompagnée.

Inutile de donner des détails. S'il apprenait de quoi il s'agissait, Eduardo voudrait peut-être participer au projet étant donné qu'il travaillait à l'hôpital de Lima. Célibataire, plutôt beau garçon, il plairait peut-être à Annabelle, ils sympathiseraient et…

Non, il se faisait du mal, songea Daniel. Il voulait être la cheville ouvrière du projet d'Annabelle au Pérou, l'homme providentiel qui l'aiderait à le mettre en place et à offrir un avenir aux enfants des quartiers défavorisés.

La honte l'envahit. Au lieu d'éprouver une jalousie déplacée envers Eduardo, il ferait mieux de se réjouir. Plus il y aurait de personnes pour soutenir le projet, mieux ce serait pour les enfants dans le besoin. Et tant pis si son ego en souffrait.

— On va pouvoir transférer Ignacio à Lima par hélicoptère, annonça Annabelle. Il est parfaitement stable.

Après avoir vérifié une dernière fois les constantes du patient, elle se tourna vers Daniel pour lui adresser un sourire radieux, ce sourire qui l'avait ébloui lors de leur rencontre à Philadelphie. Avant que ne se produise la catastrophe.

Alan et Eduardo la regardèrent d'un air admiratif, ce qui réveilla en lui le démon noir de la jalousie. Ce sentiment s'amplifia quand il vit Annabelle se rapprocher d'Eduardo pour lui parler du dispensaire de Huancayo.

Amusée, elle lui raconta qu'une famille opossum hantait les lieux et qu'elle avait l'intention d'emmener le chat errant qu'elle nourrissait près de l'hôtel afin qu'il tienne maman opossum en respect. Son ton était enjoué, ses yeux brillaient, et Eduardo appréciait visiblement le récit autant que la narratrice.

— Annabelle, qu'est-ce qui vous fait croire qu'un chat sauvage a davantage sa place dans un dispensaire que des opossums ? demanda le médecin en souriant.

— Un chat peut se domestiquer. Ce pauvre matou est très gentil, très câlin, je suis sûre qu'il ne demande qu'à avoir des maîtres.

— Heureux chat, si vous l'adoptez…

Ma parole, il la draguait ! Daniel se félicita d'avoir pris la décision de garder Annabelle à Ayllu. D'ailleurs, il était temps d'annoncer le changement de programme à l'équipe. En partie, du moins. Pour le reste, il préférait s'entretenir avec Annabelle en privé avant de mettre tout le monde au courant. Quelque chose lui disait que la conversation serait à hauts risques.

— Demain matin, Annabelle doit de nouveau assister à une réunion à Lima, où j'ai laissé ma voiture. Nous allons donc profiter de l'hélicoptère pour y retourner et nous rentrerons demain par la route. Eduardo et Alan, pourrez-vous travailler entre-temps avec Jennifer et Karina ?

— Bien sûr, dit Eduardo. Et ensuite Annabelle et moi prendrons la direction de Huancayo.

Non, mon vieux. Je garde Annabelle.

— Karina, assurez-vous que le patient est bien sanglé sur la civière, dit-il seulement. Annabelle, as-tu besoin de récupérer quelque chose à l'hôtel ?

— Non, dit-elle en se tournant vers lui.

Le sourire avait disparu de son visage.

— Je sais que ces allers-retours à Lima bouleversent ton planning, poursuivit-elle, mais songe que nous allons pouvoir opérer deux fois plus de patients dès que le dispensaire de Huancayo sera ouvert. Alors, ne t'inquiète pas.

— Je ne m'inquiète pas, dit-il sèchement.

Pas à ce sujet, en tout cas. Il s'inquiétait de la réaction d'Annabelle quand elle apprendrait qu'elle allait finalement rester à Ayllu avec lui. L'accuserait-elle encore de la manipuler tel un pantin, de disposer des gens sous ses ordres sans aucun respect ?

Aidée du pilote de l'hélicoptère, Karina s'occupa du transfert d'Ignacio dans l'appareil, et Jennifer conduisit Eduardo et Alan à l'hôtel.

Resté seul avec Annabelle, Daniel estima que le moment était venu de lui annoncer sa décision.

— J'ai besoin de te parler.

La mine grave, elle le fixa.

— Il me semblait bien que quelque chose te tracassait.

Elle avait appris à lire en lui. Dommage que ce ne soit pas réciproque.

— J'ai changé d'avis.

— Tu ne veux pas que je dorme chez tes grands-parents ? Pas de problème, je trouverai un hôtel.

Sa voix ne laissait rien paraître, mais son regard trahissait de la tristesse.

— Non, il ne s'agit pas de ça. Mes grands-parents seront ravis de te recevoir. C'est au sujet de Huancayo.

— Et… ?

— Tu m'as accusé un jour d'être un despote qui ne respectait pas son personnel. Et je vais apporter de l'eau à ton moulin… Voilà. J'ai décidé de te garder ici.

Les yeux bleus s'écarquillèrent.

— Tu veux que je reste ?

— Oui. Alan ira assister Eduardo au dispensaire. C'est un bon anesthésiste, mais je connais quelqu'un de plus doué encore. Toi.

— Je ne comprends pas… Tu as fait venir Alan exprès pour qu'il travaille avec toi.

— Parce que je ne m'étais pas rendu compte que j'avais déjà un excellent médecin dans mon équipe : le Dr Richards…

Pas question de se priver du plaisir de travailler aux côtés d'Annabelle même si leur mission prenait fin dans une semaine. Cela lui faisait mal de penser qu'ils devraient bientôt se dire au revoir.

— Je ne sais que dire… Je m'étais préparée mentalement à aller au dispensaire.

— Eh bien, ne peux-tu te déprogrammer pour jouer les prolongations avec moi ? *S'il te plaît…*

Un sourire apparut enfin sur les lèvres d'Annabelle.

— Hum… Je sens qu'il va me falloir une double dose d'exercices de yoga pour y parvenir, mais je dirais que c'est faisable. C'est demandé si gentiment, *pour une fois*, que j'accepte.

— Merci.

Au lieu du baiser qu'il brûlait d'envie de lui donner, il lui serra la main.

Annabelle pensait que Daniel allait passer le trajet à l'arrière de l'hélicoptère, à s'occuper du patient, mais après le décollage il vint s'installer sur le siège voisin du sien et lui prit la main.

— Ignacio va bien. Ses constantes sont stables.

— Tant mieux.

Elle regarda leurs doigts entrelacés. Une partie d'elle-même lui soufflait de se dégager, mais le geste de Daniel était censé la réconforter et rien d'autre. Il savait que le vol en hélicoptère lui faisait peur et, en gentleman qu'il était, il tentait de la rassurer…

Un gentleman qui lui tenait la main beaucoup plus longtemps que nécessaire et qui lui jetait de temps en temps des regards intenses qui faisaient s'accélérer les battements de son cœur.

Mais elle devait garder en tête qu'ils n'étaient pas du même monde et qu'il serait horrifié s'il savait d'où elle venait. Pour éviter d'être une énième fois rejetée et humiliée, il n'y avait qu'une solution : elle devait tout faire pour garder ses distances avec lui. Ce ne serait pas facile mais, Dieu merci, il ne restait plus qu'une semaine à tenir.

Tu peux le faire.

Tel un mantra, elle se le répéta tout au long du trajet.

La nuit tombait sur Lima quand l'hélicoptère se posa sur la piste de l'hôpital, et il serait sans doute trop tard pour profiter de la vue sur l'océan, qui était, selon Daniel, magnifique depuis le balcon de ses grands-parents.

Tu n'es pas là pour faire du tourisme ! se sermonna Annabelle en son for intérieur. *Ni pour passer du temps en compagnie de Daniel. Tu es à Lima pour sauver ton école et trouver un établissement partenaire pour ton projet. Et pour rien d'autre.*

Ils reprirent la voiture de Daniel pour mettre le cap sur

Miraflores. Des gratte-ciel se dressaient sur les falaises, leurs façades de verre offrant autant de miroirs aux derniers feux du soleil couchant. Annabelle poussa un cri d'émerveillement lorsqu'elle aperçut la mer. L'écume blanche des vagues brillait au clair de lune telle de la dentelle.

— C'est tellement beau ! Je n'ai jamais visité les quartiers résidentiels de Lima. C'est incroyable, tous ces immeubles qui ont été bâtis au bord des falaises. Abritent-ils des bureaux ou des logements ?

— Les deux. Et il y a aussi des hôtels pour vacanciers fortunés. Miraflores est un joli quartier qui attire les touristes. Il ne peut toutefois rivaliser avec le Machu Picchu…

Le sourire charmeur qu'il lui adressa la fit chavirer.

— Un de ces jours, il faut absolument que je voie les ruines, dit-elle en s'efforçant de conserver un ton désinvolte. Mes amis s'étonnent toujours qu'après tant de séjours au Pérou je n'y sois jamais allée. Mais les missions ne durent que quelques semaines, durant lesquelles il faut opérer des centaines de patients. On n'a tout simplement pas le temps de faire du tourisme.

— Moi, je suis d'avis qu'il faut de temps en temps s'accorder une pause pour se détendre, éviter le burn out, et si elle nous permet en prime de nous instruire c'est merveilleux. En plus de nous en mettre plein la vue, le Machu Picchu nous offre un cours magistral sur l'histoire de l'Empire inca. Le site vaut vraiment le détour.

Lui, le bourreau de travail, conseillait de faire des pauses ! Pour une surprise…

— Je n'en doute pas…

Elle fut soudain tentée de faire quelques confidences à Daniel sur sa vie, ses objectifs, les raisons pour lesquelles elle avait survécu alors que personne n'aurait parié sur elle. Quelque chose lui disait qu'il comprendrait.

— C'est dur de se détendre et de faire des activités

ludiques quand il y a tant de gens qui souffrent, ici *et* aux États-Unis.

— Tu parles de Chicago ? dit-il, un sourcil levé.

C'était risqué d'aborder le sujet de la pauvreté à Chicago. D'un autre côté, Daniel n'avait aucun moyen de deviner qu'elle avait fait partie de ce sous-prolétariat.

— Oui. Bien que la criminalité soit en baisse, certains quartiers sont gangrenés par la drogue et les gangs. Les enfants qui naissent dans ces zones de non-droit n'ont aucun avenir, et il est primordial pour eux de croiser le chemin de quelqu'un — un éducateur, une assistante sociale, un enseignant — qui leur montre que leur vie a de la valeur, qu'ils doivent avoir confiance en eux, qu'eux aussi sont capables de belles choses. Ici, la situation est encore plus critique…

Se rendant compte qu'elle plaidait sa cause avec un peu trop de ferveur, elle poursuivit avec moins de véhémence :

— Toi qui es cardiologue, tu le sais mieux que personne. C'est une question de vie ou de mort, et les enfants que tu sauves ne sont qu'une goutte d'eau dans l'océan.

— Mais c'est pour cette goutte d'eau que nous sommes là. Une personne ne peut changer le monde, Annabelle. En équipe, nous pouvons par contre faire des miracles, et c'est la raison pour laquelle chacun d'entre nous doit veiller à se préserver, à ne pas trop tirer sur la corde.

— Je ne suis pas d'accord. *Une* personne suffit à faire toute la différence. Une personne qui croit en toi et qui te le dit…

De nouveau, elle se laissait emporter par son élan. Il était temps de revenir en terrain sûr avant qu'il lui demande pourquoi elle prenait le sujet tellement à cœur.

— Parle-moi de tes grands-parents et de ta famille. Es-tu né ici ou aux États-Unis ?

— Ici. J'avais dix ans lorsque nous avons émigré aux États-Unis. Le Pérou était à feu et à sang, des juntes armées semaient la terreur dans tout le pays, et la classe dirigeante ne pensait qu'à s'en mettre plein les poches. Heureusement, la démocratie a été rétablie quelques années plus tard.

— Il fallait que la situation soit vraiment dangereuse pour que tes parents aient été obligés de tout quitter.

— Ce n'était pas la seule raison de leur départ…

Le visage de Daniel venait de se refermer comme une huître.

— Mes grands-parents vivent dans cet immeuble, celui qui a un toit en terrasse éclairé par des projecteurs. On y sera dans quelques minutes.

Le changement de sujet l'intrigua mais, comme Annabelle n'avait pas envie qu'il l'interroge sur son enfance, elle se contenta de faire quelques remarques anodines sur la beauté du front de mer.

À 8 heures du soir, la circulation était encore dense, et beaucoup de piétons se promenaient sur les trottoirs bordés de restaurants et de boutiques chics.

Ils contournèrent un rond-point au centre duquel se dressait une magnifique fontaine puis s'engagèrent dans une rue latérale.

Daniel se gara dans le parking souterrain de l'immeuble de haut standing puis contourna le capot pour lui ouvrir sa portière.

— J'ai une idée. Je vais te présenter à mes grands-parents puis je t'emmènerai dîner — je connais quelques endroits qui proposent une excellente carte.

— Mmm, si tu me prends par les sentiments…

Il se mit à rire.

— Tu as un rapport particulier avec la nourriture, n'est-ce pas ? À l'hôtel où la cuisine n'était pourtant pas fameuse, tu te resservais comme si tu n'avais pas mangé depuis des lustres. À mon avis, tu as dû mourir de faim dans une vie antérieure…

Il ne savait pas à quel point sa remarque était proche de la vérité.

— J'aimerais te faire goûter des plats typiquement péruviens. Avec vue sur l'océan, ce qui ne gâtera rien.

— J'adore faire de nouvelles expériences culinaires, dit-elle, forçant sur la note enjouée.

Était-elle prête pour une expérience autre que culinaire avec Daniel ? Toutes les fibres de son corps lui hurlaient que oui.

Si elle cédait à son attirance pour lui, elle risquait d'aller au-devant de graves désillusions. Tout les opposait. Elle venait des bas-fonds et lui de la haute société. Il n'était intéressé que par des « galipettes » alors qu'elle voulait un engagement sérieux. Non, décidément, ils n'avaient rien à faire ensemble.

Les portes de l'ascenseur s'ouvrirent. Quand ils furent à l'intérieur, Daniel appuya sur le bouton du vingt-cinquième étage.

— Tes grands-parents habitent au dernier étage ?

— Ma grand-mère adore les fleurs. Un jardin en terrasse était une condition sine qua non pour elle quand ils ont commencé à visiter des logements dans cette résidence.

Lorsqu'ils furent arrivés à destination, Daniel l'invita à sortir de la cabine, une main posée dans le creux de son dos.

Un peu déconcertée, elle promena son regard alentour. Ils se trouvaient dans un long couloir fermé par une imposante porte à double battant dont les panneaux étaient découpés dans un bois précieux.

— Mes grands-parents possèdent tout l'étage, dit Daniel.

7.

— Tout l'étage ? Daniel, tu ne m'avais pas dit que…

Sa voix s'effilocha, et elle s'en voulut aussitôt de sa réaction. Les Ferrera étaient des gens riches, ce n'était pas un scoop.

— Dit quoi ? demanda-t-il, l'air perplexe.

Ses amis péruviens prenaient sans doute tout ce luxe pour acquis. Un immeuble face à l'océan, un appartement sur toute la longueur de l'étage, c'était sans doute la norme pour eux.

— Je suis juste un peu surprise. Une suite avec terrasse… C'est la classe, ajouta-t-elle avec un petit rire nerveux.

Ce qui la confortait dans ses résolutions de garder ses distances avec Daniel. Au moins, elle était prévenue et, si d'aventure elle n'écoutait pas la voix de la prudence, elle ne devrait s'en prendre qu'à elle-même.

— Il n'y a rien de trop beau pour mes grands-parents, murmura-t-il d'un ton léger en sonnant à la porte. Ce sont des gens merveilleux, ils le méritent.

Des gens merveilleux cousus d'or qui ne sauteraient pas de joie en voyant leur petit-fils sortir avec quelqu'un qui leur était socialement inférieur.

Non que Daniel et elle sortent ensemble. Mais peut-être le penseraient-ils.

La porte s'ouvrit.

— Daniel !

Une femme vêtue d'un élégant tailleur-pantalon rouge l'embrassa chaleureusement sur les joues.

— Nous étions tellement contents quand tu nous as appelés. Figure-toi que nous ne savions même pas que tu étais au Pérou ! Dire que nous aurions pu te rater si nous étions rentrés quelques jours plus tard de Paracas…

— Désolé. J'aurais dû vous prévenir…

Il lui rendit son baiser puis prit dans ses bras l'homme aux cheveux gris à l'allure tout aussi distinguée pour l'embrasser à son tour.

— Tu as l'air en pleine forme, *abuelo.*

— Et toi, Daniel, tu es superbe, comme d'habitude. Nous parlions justement de venir vous voir, toi et tes parents, cet automne. Et te voilà !

Daniel se tourna vers elle.

— *Abuela, abuelo,* j'aimerais vous présenter le Dr Annabelle Richards. Annabelle, voici mes grands-parents Sebastian et Cynthia de la Piedra Ferrera.

Seigneur, des aristocrates ! Résistant à l'envie d'essuyer ses paumes moites sur sa robe, Annabelle leur serra la main.

— Enchantée. Je vous remercie d'avoir accepté de m'accueillir pour la nuit. Daniel vous a peut-être expliqué que j'avais une réunion demain matin… Je comptais aller à l'hôtel, mais il a insisté pour que je vienne ici.

— Et il a bien fait. Nous sommes ravis de faire la connaissance d'une amie et collègue de notre petit-fils, dit Cynthia avec un sourire qui paraissait sincère.

Sans doute la croyaient-ils l'égale de Daniel de par sa profession. Le malentendu habituel. Parce qu'elle était médecin, les gens pensaient qu'elle était issue d'un milieu aisé.

Pourvu que Sebastian et Cynthia ne découvrent jamais leur erreur.

Leur anglais était impeccable, un signe supplémentaire s'il en était besoin de leur appartenance à la haute société.

Ce qui ne faisait que renforcer le complexe d'infériorité d'Annabelle. Elle qui était incapable d'aligner correctement dix mots en espagnol, elle se promit d'apprendre cette langue pour être un jour capable de la parler couramment.

Elle promena un regard intimidé autour d'elle. Les meubles, tableaux et objets d'art respiraient un luxe sobre et de bon aloi, mais ils étaient éclipsés par la vue qu'offrait l'immense baie vitrée qui courait sur toute la largeur de la pièce.

Jamais Annabelle n'avait mis les pieds dans un tel endroit. Cet appartement semblait sortir tout droit des pages glacées d'un magazine montrant les demeures des gens riches et célèbres.

— Viens voir la vue, dit Daniel.

Lui prenant la main, il l'entraîna vers la fenêtre.

— Je ne t'avais pas menti. C'est beau, n'est-ce pas ?

Le souffle coupé, elle se contenta de hocher la tête et observa les vagues bordées d'écume qui venaient mourir sur la plage. Au loin, un phare clignotait. En bas, des chapelets de lumières — les phares des voitures — bougeaient dans tous les sens, rivalisant avec les illuminations de la ville, le tout sous le regard de la lune dont le disque flottait, suspendu dans le ciel, tel un accessoire de théâtre censé créer une atmosphère sereine.

— C'est… incroyable, murmura-t-elle enfin. Quel bonheur ce doit être de voir cela tous les jours !

— C'est en effet agréable, dit Sebastian.

Exprimait-il réellement son sentiment ? Ou alors il était le roi de l'euphémisme car ce couple, qui avait des quartiers d'hiver et d'été, en avait sans doute vu beaucoup des beaux panoramas au cours de ses nombreux voyages.

— Voulez-vous un verre ? Avez-vous faim ? demanda Cynthia.

— Annabelle n'a encore rien vu de Lima, dit Daniel.

J'ai pensé que je pourrais l'emmener dîner dehors, et j'en profiterai pour lui faire découvrir un peu le vieux quartier.

— Lima est une ville magnifique. Bien sûr, nous ne sommes pas très objectifs et nous pensons que Miraflores est son joyau. Alors, à tout à l'heure. Ou à demain matin si nous sommes déjà couchés quand vous rentrerez.

— Nous ne rentrerons pas tard. Annabelle a rendez-vous à la première heure demain.

Ce furent de nouveau des embrassades et des sourires entre tous les trois. La gorge serrée, Annabelle observa ces manifestations d'affection en se demandant ce que cela ferait d'appartenir à une famille unie et aimante, une famille dont les membres n'hésitaient pas à faire des milliers de kilomètres simplement pour passer du temps les uns avec les autres.

Elle ne le saurait jamais, elle qui avait été seule toute sa vie, même quand sa mère avait été dans les parages.

Avoir une famille pourrait-il constituer l'un de ses futurs objectifs ? Oui, à condition d'avoir un mentor qui lui montre le chemin.

Dans l'ascenseur qui les ramenait au rez-de-chaussée, Annabelle resta silencieuse.

— Tu me sembles mal à l'aise, dit Daniel. Que se passe-t-il ?

Partagée entre le soulagement qu'il l'ait devinée et le regret de n'avoir pu donner le change, elle poussa un soupir.

— Je ne me sens pas à ma place ici.

— Que veux-tu dire ?

— Je… Peu importe.

Ne va pas lui faire des confidences que tu regretterais.

D'autant qu'elle n'avait aucun besoin de lui révéler quoi que ce soit. Cela aurait pu se comprendre s'ils sortaient ensemble, mais ils n'étaient qu'amis. Une amitié toute récente, de surcroît.

— J'ai été surprise de découvrir que ta famille appartient

à l'aristocratie. Ton nom est vraiment Daniel de la Piedra Ferrera ?

— Oui. Le titre nobiliaire est associé à notre domaine de Paracas. Pour des raisons que tu devineras aisément, je ne l'utilise pas, ajouta-t-il en souriant.

— Comme ce doit être agréable d'avoir un domaine, des terres…

Le sourire de Daniel disparut.

— Je fais partie des privilégiés, c'est vrai. Mais cela ne définit pas qui je suis, pas plus que le fait d'être née pauvre ne te définit, toi.

Le sang afflua aux joues d'Annabelle.

— Comment sais-tu que je suis née pauvre ?

Avec sa perspicacité coutumière, il l'avait deviné. Ce n'était pas difficile. N'importe qui pouvait voir qu'elle n'avait pas l'éducation ni la sophistication des filles de bonne famille. Par ailleurs, qui disait bonne famille disait famille riche aux États-Unis, où le statut social se mesurait généralement à la grosseur du compte en banque.

— Parce que tu sembles intimidée par le train de vie de mes grands-parents. Mais la richesse ou le fait d'être né avec une particule n'ont rien d'admirable à mes yeux. Par contre, les gens qui ont travaillé dur pour faire quelque chose de leur vie méritent, eux, tout mon respect.

Les portes de l'ascenseur s'ouvrirent et il lui prit la main pour l'entraîner vers la rue.

— Bien que riches, mes grands-parents ont travaillé toute leur vie pour faire tourner l'entreprise familiale, ajouta-t-il. Certains amis d'enfance qui ont hérité de beaucoup d'argent passent leur vie à flamber dans les casinos, sans chercher à aider ceux qui sont dans le besoin. Moi, je ne suis pas comme eux. Et toi non plus…

Leur situation n'était pas comparable. Mais elle se garda de le lui dire car elle aurait eu à lui expliquer pourquoi.

Il la prit par les épaules.

— Tu as travaillé dur pour entrer en école de médecine, et moi aussi. Depuis, nous sacrifions nos vacances pour aider ceux qui n'ont pas eu la chance de naître aux États-Unis.

Ses doigts glissèrent sous le menton d'Annabelle pour l'obliger à le regarder.

— Toi et moi nous ressemblons bien plus que tu ne le penses, Annabelle. C'est aujourd'hui que j'en prends pleinement conscience.

Inclinant la tête, il déposa sur ses lèvres un baiser si tendre qu'elle en eut le cœur serré, et de délicieux frissons coururent sur sa peau. Sans doute l'embrassait-il pour la réconforter, lui faire oublier ses soucis. Ce fut un succès. Ce sentiment de ne pas être assez bien, de n'avoir sa place nulle part, disparut, noyé par le flot de sensations que lui procuraient les lèvres chaudes de Daniel.

À la fois tremblante et excitée, elle glissa les bras autour de son cou en même temps que les mains de Daniel descendaient au creux de son dos pour la plaquer contre lui, cuisses contre cuisses.

— Annabelle…, murmura-t-il contre sa bouche.

Comme il approfondissait le baiser, elle sentit le désir s'enflammer dans ses veines. Elle voulait plus. Elle voulait tout de cet homme.

Des rires à quelques mètres d'eux la ramenèrent sur terre. Elle s'écarta de Daniel et secoua la tête comme pour faire éclater la bulle sensuelle qui les entourait.

Peu à peu, la raison reprit ses droits. Ils venaient de se donner en spectacle dans la rue, au milieu des passants qui allaient et venaient. Avait-elle donc perdu la tête ?

— T'embrasser ici n'était pas très malin, dit Daniel. Allons dîner, d'accord ?

— Bonne idée.

Il lui prit de nouveau la main, comme s'ils étaient un couple. Et elle se laissa faire.

On entendait le bruit des vagues, l'air fleurait bon l'iode, les gens riaient, et Annabelle n'avait pas le souvenir de s'être sentie à la fois aussi bien et aussi peu à sa place. Marcher sur cette promenade face à la mer, dans l'un des quartiers les plus huppés de la ville, en compagnie de surcroît d'un fils d'aristocrates lui semblait un peu surréaliste.

Daniel avait deviné qu'elle venait d'un milieu pauvre, mais il était loin de se douter du reste, de la mère droguée, de l'abandon, de la déchéance, de cette misère physique et morale qu'elle avait connue depuis toute petite.

Se pourrait-il qu'il ait raison et qu'elle soit autre chose que cette somme d'horreurs ? L'Annabelle adulte avait-elle le pouvoir d'exorciser les démons de son enfance et de renaître, vierge et propre ?

Si elle voulait un avenir, elle devait en tout cas se guérir de son complexe d'infériorité, et cesser de raisonner en termes de classe dès qu'elle rencontrait quelqu'un qui lui plaisait.

Et Dieu sait que Daniel Ferrera lui plaisait.

— Voilà mon restaurant préféré, dit-il en l'entraînant vers une table en terrasse. Tu pourras déguster des spécialités péruviennes tout en admirant la vue sur la mer. Que veux-tu boire ? Pisco ? Tequila ? À moins que tu ne préfères un martini ?

— Je ne bois pas d'alcool. Mais, s'il y a une boisson typiquement péruvienne que tu me recommandes, je serai prête à faire une exception.

— Cela tombe bien. La boisson la plus consommée au Pérou est non alcoolisée. La *chicha morada* remonte au temps de l'Empire inca.

— Va pour la *chicha morada*. Que contient-elle ?

— À première vue, ça peut paraître rebutant. Elle est à base de maïs violet bouilli mélangé à de l'ananas, je crois, et à quelques épices — cannelle et clous de girofle. C'est une boisson très rafraîchissante, tu devrais aimer.

— Hum… Je ne suis pas convaincue par les clous de

girofle, mais qui suis-je pour critiquer une boisson millénaire sans même l'avoir essayée ?

— Je savais qu'il y avait quelque chose de l'aventurière en toi ! dit-il en se penchant pour lui déposer un baiser sur le front. Et la *chicha* n'est qu'un début.

Il prit les menus que la serveuse venait de déposer sur la table pour lui en tendre un.

— Es-tu prête à écouter mes suggestions ?

— Je te fais confiance pour commander, dit-elle en lui rendant le menu. Je lis l'espagnol encore moins bien que je ne le parle, ce qui te donne une idée de la médiocrité du niveau. Mais tout cela va changer. Étant donné que j'effectue de fréquents séjours en Amérique centrale et en Amérique du Sud, je suis décidée à prendre des cours. Ça m'aidera à mieux comprendre mes patients péruviens ou chiliens, mais aussi les malades hispaniques que je suis amenée à soigner à Chicago.

— Je pourrais t'aider à pratiquer, si tu veux.

Sur le point d'accepter, elle se ravisa. Il allait bientôt retourner à Philadelphie et elle, à Chicago, et sans doute ne se reverraient-ils jamais.

Le visage de Daniel devint grave comme s'il pensait la même chose. Ils restèrent à se regarder sans rien dire et elle vit une flamme intense brûler au fond de ses yeux. Se pourrait-il qu'ils soient sur la même longueur d'onde et qu'il n'ait pas plus envie qu'elle de se dire adieu ?

Soudain, Annabelle se rendit compte que la serveuse était devant eux, en train de leur parler. Daniel reporta son attention sur le menu et se mit à lui poser des questions, à moins qu'il ne soit en train de répondre à celles de la jeune femme. Peu importe. Annabelle adorait entendre son accent chantant que sa voix rauque rendait plus irrésistible encore. Elle adorait voir bouger ses belles lèvres, ces lèvres qui avaient su la faire vibrer au plus profond d'elle-même…

S'il l'embrassait de nouveau, elle ne répondrait plus de rien.

Heureusement, ils ne seraient pas seuls dans l'appartement du vingt-cinquième étage. Sebastian et Cynthia serviraient de chaperons. Ensuite, tout danger serait définitivement écarté dans une semaine.

Il fallait tenir jusque-là.

Daniel rendit les menus à la serveuse puis se tourna vers Annabelle en souriant.

— J'ai commandé pour nous deux. J'espère avoir fait le bon choix.

— Comme tu as pu le constater à l'hôtel, je mange de tout. Et je ne lésine pas sur la quantité.

Elle nettoyait tellement bien son assiette après chaque repas que le plongeur n'aurait sans doute pas eu besoin de la laver. La privation de nourriture dont elle avait souffert pendant si longtemps l'avait laissée avec le sentiment qu'elle devait compenser, rattraper le temps perdu en profitant de chaque repas comme s'il était le dernier.

Un détail qui devait changer. Avec son salaire de médecin, elle ne risquait plus de mourir de faim et elle devait se guérir de cette frénésie alimentaire. Mais les mauvaises habitudes avaient la vie dure.

— Ça ne me gêne pas, bien au contraire. J'aime les femmes qui ont des corps de femmes. Les sylphides qui s'affament pour entrer dans leurs vêtements, très peu pour moi.

De nouveau, il se pencha pour lui donner un baiser, cette fois sur les lèvres.

Elle aurait dû lui dire d'arrêter avec tous ces baisers, mais elle ne put se résoudre à le faire.

— Moi, je me trouve trop ronde…

Un clappement de langue réprobateur lui répondit.

— Comment peux-tu te dénigrer ainsi alors que tu es une femme intelligente, éduquée et, en plus, merveilleusement belle ?

Ces compliments lui mettaient du baume au cœur. Bien

sûr, s'il avait su d'où elle venait, il ne lui aurait pas jeté toutes ces fleurs.

— Peut-être parce qu'un certain chirurgien a douté autrefois de mes compétences, dit-elle d'un ton qu'elle voulait malicieux.

— Ah non, on ne va pas revenir là-dessus. C'est de l'histoire ancienne. Parlons plutôt des merveilles que je nous ai commandées — *ceviche y tiradito.* Sache que nous avons les meilleurs poissons et fruits de mer au Pérou. Ça, c'est pour l'entrée. Ensuite, nous aurons des effilés de viande de bœuf accompagnés de pommes de terre sautées, d'oignons frits et de poivrons, suivis eux-mêmes de cuisses de poulet marinées dans une sauce blanche pimentée — une spécialité des Andes. On verra si on a encore faim après ça…

— Encore faim ? Je sais que tu me prends pour une gloutonne, mais je peux t'assurer que je n'aurai plus de place pour rien après ce festin.

— Encore ta manie de te dénigrer. Tu n'es pas une *gloutonne*, mais quelqu'un qui apprécie la nourriture. J'espère que tu vas te régaler et que…

Soudain, il se tut et porta une main à sa poitrine.

— Qu'y a-t-il, Daniel ? dit-elle en se penchant vers lui. Ça ne va pas ?

Sans rien dire, il secoua la tête.

— Daniel, si tu es malade, tu dois me le dire.

Elle lui saisit d'autorité le poignet et, sans grande conviction, il essaya en vain de se dégager. L'œil fixé sur la trotteuse de sa montre, elle lui prit le pouls et constata non sans angoisse qu'il crevait le plafond.

8.

— Ton rythme cardiaque est de cent quarante pulsations par minute ! s'exclama Annabelle. Tu es en plein épisode de fibrillation auriculaire !

— Cela m'arrive de temps en temps, murmura-t-il d'une voix faible.

— De temps en temps ? De quoi souffres-tu au juste ?

Il fixa l'océan sans répondre, ce qui ne fit qu'accroître l'inquiétude d'Annabelle.

— Prends-tu des médicaments pour traiter cette tachycardie ?

— Oui. Ils sont dans mon sac, dans l'appartement.

— Je vais aller les chercher.

Elle se leva, mais il la retint par le bras.

— Attends… D'habitude, ça passe en quelques instants.

Partagée entre son envie de se précipiter à l'appartement et la requête de Daniel, elle finit par se rasseoir.

Au bout de quelques minutes, elle constata toutefois qu'il n'allait toujours pas mieux ainsi que l'attestaient sa pâleur et ses traits tirés.

— Bon, je vais aller chercher tes médicaments. Ne bouge pas.

La serveuse qui avait apporté les entrées les regardait d'un air inquiet.

— Je… Je suis tout de même capable de marcher pour sortir.

Il jeta plusieurs billets sur la table puis esquissa un geste pour se lever avant de retomber sur la chaise. Son regard se fit vague comme s'il avait le vertige.

— Daniel ! dit-elle en lui prenant le visage entre ses mains. Tu es sur le point de t'évanouir, n'est-ce pas ? Ta pression artérielle est probablement en chute libre. Je vais appeler une ambulance pour qu'on t'emmène à l'hôpital.

— Non…

Ses doigts lui enserrèrent le poignet.

— … Pas l'hôpital. J'ai juste besoin de mes médicaments ; ils sont dans une trousse en cuir noir dans mon sac.

Annabelle se précipita à l'extérieur et, le cœur cognant à tout rompre, se mit à courir vers l'immeuble de Sebastian et de Cynthia. Avait-elle raison de céder à la demande de Daniel ? Ne ferait-elle pas mieux de prévenir les secours ?

Elle se sentait perdue. Peut-être les grands-parents de Daniel sauraient-ils quoi faire. Certainement au courant de l'état de santé de leur petit-fils, ils appelleraient une ambulance s'ils l'estimaient nécessaire.

À bout de souffle, elle entra dans le hall et appuya frénétiquement sur le bouton de l'ascenseur. Dès l'arrivée au vingt-cinquième étage, elle s'élança sur le palier et cogna à coups redoublés à la porte.

Sebastian ouvrit, l'air inquiet. Son épouse se trouvait derrière lui.

— Monsieur Ferrera, Daniel a fait un malaise ! Il est en arythmie. Il m'a demandé de lui rapporter ses médicaments. Qu'en pensez-vous ? Doit-on appeler une ambulance ?

Un cri étouffé échappa à Cynthia.

— Je vais aller chercher les médicaments. Où se trouve notre petit-fils ? demanda Sebastian en reculant déjà en direction des chambres.

— J'ai oublié le nom du restaurant, il se trouve à cinq cents mètres. Je vais vous y conduire.

— Je viens aussi, déclara Cynthia en se tordant les mains. Dépêche-toi, Sebastian !

— Daniel m'a dit que cela lui arrivait parfois. De quoi souffre-t-il exactement ?

— Il est né avec une malformation congénitale — une communication interauriculaire, dit Cynthia. Il s'agit en fait d'un trou dans le cœur. Vous qui êtes médecin, vous devez savoir de quoi il s'agit.

Sebastian revint avec un flacon de comprimés, et tous les trois coururent vers l'ascenseur.

— Il n'a jamais été opéré ?

— Non, répondit la vieille dame en entrant dans la cabine. Son frère souffrait du même problème, mais cela ne les empêchait pas de vivre normalement. Ils étaient juste suivis régulièrement par un spécialiste.

— Daniel a un frère ?

Cynthia secoua la tête d'un air triste.

— *Avait*… Gabriel était son jumeau. Je crois que Daniel ne s'est jamais vraiment remis de sa mort.

— Mon Dieu, c'est horrible…

Annabelle était fille unique, mais elle imaginait que perdre un membre de sa fratrie, en plus un frère jumeau, devait être un vrai cauchemar !

Ils pressèrent le pas dans la rue.

— Ça a été une perte immense pour toute la famille, dit Sebastian. Après ça, notre Daniel a décidé de devenir médecin au lieu de travailler dans l'entreprise familiale comme il s'y destinait au départ. Cela nous terrifie quand il fait ces malaises car on ne sait jamais… Il mène une vie parfaitement normale ; or, c'est ce que l'on pensait aussi de Gabriel jusqu'à ce que le pire se produise.

Annabelle était tentée de demander ce qui s'était produit exactement avec Gabriel, mais ils arrivaient déjà en vue du restaurant.

En approchant, elle vit que Daniel était assis là où elle l'avait laissé, le visage enfoui dans les mains. Quand ses grands-parents se mirent à lui parler en espagnol, il releva la tête. Débouchant le flacon, Sebastian en sortit deux comprimés et Cynthia lui remplit un verre d'eau — des gestes qu'ils ne faisaient de toute évidence pas pour la première fois. Puis ils s'assirent de chaque côté de leur petit-fils pour le couver d'un regard anxieux.

Le plus souvent, l'arythmie cardiaque se dissipait tout de suite après la prise d'un anticoagulant — le médicament le plus fréquemment prescrit en cas d'arythmie auriculaire —, mais il arrivait parfois que le patient mette plus longtemps à se rétablir.

Elle répugnait à demander à Daniel comment il se sentait alors que ses grands-parents étaient là pour veiller sur lui. Médecin ou pas, elle n'avait pas à s'en mêler.

Restant debout devant eux, elle réfléchit aux quelques informations dont elle disposait. Daniel avait un trou dans le cœur. Ce qui avait causé la mort de son frère jumeau. Ce qui avait entraîné la décision de Daniel de devenir cardiologue. Était-ce la raison pour laquelle il se montrait aussi exigeant et inflexible envers son personnel, ne tolérant pas la moindre erreur ? Gabriel était-il mort à cause d'une erreur médicale ?

Les minutes s'écoulèrent. Lentement, Daniel se redressa et il adressa un pâle sourire à ses grands-parents avant de lever le regard vers elle.

— Je suis désolé, Annabelle.

Sa gorge se noua.

— Désolé pour quoi ? Pour t'être senti mal parce que tu étais en fibrillation auriculaire ? Tu as des raisons de t'excuser envers moi pour certaines choses, mais pas pour celle-là.

— C'est vrai. Mais je t'avais promis monts et merveilles avec ce repas…

— Tu m'avais mis l'eau à la bouche et je suis en effet *très déçue* de ne pas goûter à toutes ces spécialités péruviennes, dit-elle pour le taquiner. Laisse-moi vérifier ton pouls.

Il lui tendit son poignet sans protester.

— Le rythme est revenu à la normale, dit-elle au bout de quelques minutes. Quatre-vingt-dix pulsations par minute. Tu te sens mieux ?

— Nettement. Juste un peu fatigué. Et embarrassé…

Cynthia se leva pour demander à la serveuse d'emballer le repas.

Pourquoi se sentait-il embarrassé ? Croyait-il que son problème cardiaque était une atteinte à sa virilité ? Ce qui serait absurde. Cet homme était un roc, l'incarnation de la masculinité triomphante, avec, en prime, une personnalité hors normes. Quand l'occasion s'en présenterait, elle se ferait fort de le lui dire.

Ils regagnèrent l'appartement en silence. Daniel marchait d'un pas alerte, la tête haute, comme s'il ne s'était rien passé.

Cynthia réchauffa les plats. Bien que l'appétit d'Annabelle se fût envolé, elle se força à manger.

Sebastian et Cynthia bavardèrent durant tout le repas avec un entrain visiblement forcé. Étaient-ils mal à l'aise car ils savaient que Daniel n'aimait pas montrer ses faiblesses, surtout devant une femme qu'il avait invitée chez eux ?

Faire comme si de rien n'était ne plaisait guère à Annabelle mais, par politesse envers ses hôtes, elle s'obligea à prendre part à la conversation et à se fendre de commentaires élogieux sur la nourriture.

Si elle s'était écoutée, elle n'aurait pas touché à son assiette. Il lui suffisait de regarder le beau visage de Daniel — qui avait désormais repris des couleurs — pour sentir son cœur se serrer. Comme il avait dû souffrir de la mort de son frère ! Et vivre avec cette cardiopathie ne devait pas être facile. Y pensait-il en permanence ? Avait-il l'impression d'avoir une épée de Damoclès au-dessus de la tête ?

— Merci d'avoir demandé à emporter le repas, *abuela*. Au moins, Annabelle ne se couchera pas le ventre vide.

Une formulation amusante, pour plaisanter. Si seulement il savait combien de fois elle s'était couchée le ventre vide…

— Tu sais bien que, quand il y a de la nourriture sur la table, je ne me fais pas prier, répondit-elle sur le même ton taquin.

En réalité, elle était fatiguée de faire la conversation. Elle avait besoin de se retrouver seule pour réfléchir à tout ce qu'elle venait d'apprendre sur Daniel.

— Si vous le permettez, je vais me retirer dans ma chambre, dit-elle à Cynthia à la fin du repas. Ma réunion est à la première heure demain, et je dois encore parcourir quelques dossiers.

— Bien sûr. On se verra demain matin, ma chère.

Contre toute attente, Cynthia la serra brièvement dans ses bras et Annabelle apprécia le geste. Elle aurait tellement voulu avoir une mère ou une grand-mère ressemblant à cette adorable vieille dame.

— Moi aussi, je vais aller me coucher, dit Daniel. On bavardera plus longuement demain.

Il embrassa ses grands-parents, et Annabelle eut un pincement au cœur à la vue de cette énième manifestation de l'amour qu'ils se portaient.

Elle se détourna pour ne pas céder à l'envie de s'apitoyer sur elle-même. Sa vie avait été dure, mais elle lui avait forgé le caractère en lui permettant de devenir la personne qu'elle était aujourd'hui, une personne qui se consacrait à la cause des enfants démunis et qui les aidait à déjouer le destin.

Cynthia les escorta le long d'un couloir dont les murs s'ornaient de délicates aquarelles — de véritables œuvres d'art qui n'avaient rien à voir avec les illustrations à deux sous qui décoraient l'appartement d'Annabelle à Chicago.

— Daniel, tu sais où se trouve ta chambre. Annabelle, vous dormirez ici, ajouta-t-elle en s'arrêtant devant une porte ouverte qui dévoilait une chambre ravissante décorée dans des tons vert pastel. Il y a en principe tout ce qu'il faut, mais n'hésitez pas à le dire s'il manquait quoi que ce soit. Sebastian et moi n'allons pas nous coucher tout de suite. Si vous aviez besoin de quelque chose au milieu de la nuit, composez le 1 sur le téléphone de votre table de chevet. Notre chambre se trouve dans l'autre aile.

L'autre aile… Cet appartement était si grand qu'il avait deux ailes. De plus, l'élégante et riche hôtesse se déclarait à sa disposition à toute heure de la nuit, ce qui gênait un peu Annabelle.

— Je suis sûre que tout sera parfait. Merci encore pour votre hospitalité.

Cynthia rebroussa chemin vers le salon, les laissant seuls.

Annabelle avait tant de choses à dire à Daniel qu'elle ne savait par où commencer. Elle ouvrit la bouche, mais il fit un pas vers elle pour poser un doigt sur ses lèvres.

— Non, ne dis rien. Je devine la pitié que tu ressens à mon égard, et je tiens à te dire tout de suite que tu fais fausse route. Mon état de santé est ce qu'il est, et il ne m'a jamais empêché de vivre comme je l'ai voulu. Le malaise est passé, je vais bien maintenant, alors, ne gaspille pas ta compassion.

— Comment sais-tu ce que j'allais te dire ? Pour ta gouverne, sache que je n'ai aucune envie de m'apitoyer sur un type chéri des dieux qu'un petit problème fait dérailler de temps en temps.

À dessein, elle adoptait un ton brusque. Daniel détesterait être pris en pitié, et c'était parfait car elle n'en éprouvait aucune pour lui. De l'inquiétude, si, par contre, mais elle se garderait bien de lui en faire part en cet instant.

Sans ménagement, elle lui planta un doigt dans le thorax.

— Encore une fois, tu te prends pour Dieu, persuadé de pouvoir lire dans les pensées des gens ! Ce minuscule trou que tu as entre les oreillettes n'affecte en rien ta force physique ou mentale.

— J'aimerais bien que tu cesses de m'accuser de me prendre pour Dieu, dit-il en lui attrapant la main pour la poser sur son torse.

— Alors, n'agis pas comme si tu savais tout sur tout le monde. Cela dit, tu as également beaucoup de qualités. Tu es le meilleur chirurgien avec qui j'aie travaillé, et j'admire le fait que tu mettes tes compétences au service des enfants déshérités et vulnérables. Maintenant que je sais pourquoi tu te montres si dur et tyrannique avec ton équipe, je ne t'en respecte que davantage.

— Eh bien, si je m'attendais à ça…, dit-il en souriant. Au lieu de me plaindre et de m'expliquer que tu es désolée pour moi, tu m'insultes !

— Et que fais-tu de mes compliments ?

— C'est vrai. Merci, murmura-t-il à son oreille. Maintenant, à mon tour de te dire à quel point tu es parfaite.

Sans doute plaisantait-il.

— Tu sais bien que je ne le suis pas. Dois-je te…

— Me permets-tu d'en placer une ? Tu n'es pas la seule à avoir le droit de faire des compliments, que je sache. Je répète que je te trouve parfaite, sur tous les plans, et tu es censée me dire merci.

— Merci, murmura-t-elle. Mais revenons à toi. Tu te sens mieux, soit, mais tu devrais tout de même aller te reposer. Ce n'est pas à toi que je vais apprendre que les arythmies cardiaques mettent tout l'organisme à rude épreuve.

— Je veux bien aller me reposer. À une condition.

— Laquelle ?

— Que tu viennes t'allonger à côté de moi.

Se blottir contre son corps musclé, elle en rêvait. C'était la première fois qu'un homme lui proposait de s'allonger à son côté pour parler, partager des confidences.

À moins que Daniel n'ait autre chose en tête. Mais c'était

peu probable. Après un incident cardiaque, il n'avait sans doute aucune envie de faire des folies de son corps.

S'il comptait profiter de ce moment de rapprochement pour lui arracher ses secrets, il en serait pour ses frais. Elle n'avait aucune intention de lui en dire plus sur elle-même. Par contre, elle essayerait de le faire parler de son frère. S'il acceptait, tant mieux. Sinon, elle se contenterait de rester allongée contre lui, à savourer l'instant.

— D'accord.

Lui prenant la main, il l'entraîna au bout du couloir dans sa chambre et referma la porte derrière eux. Un petit cri échappa à Annabelle quand il la souleva dans ses bras pour la déposer sur le lit.

— Hé, tu n'es pas censé faire d'efforts ! D'autant que je ne suis pas un poids plume.

— Et moi, je ne suis pas un gringalet. Ne viens-tu pas de me dire que mon problème cardiaque ne diminuait en rien ma force ?

— Je parlais de ta force mentale.

Il s'allongea à son côté et glissa un bras autour de ses épaules pour l'attirer contre lui. En posant la tête sur son épaule, elle sentit toutes sortes d'émotions la submerger. L'excitation, la joie. Et aussi la tristesse.

Daniel et elle n'appartenaient pas au même monde. C'était comme s'ils venaient de deux planètes différentes. Rien de durable ni de sérieux n'était possible entre eux, mais pourquoi pas une idylle sans lendemain ?

Une semaine auparavant, elle y aurait été catégoriquement opposée, mais elle avait, depuis, appris à connaître Daniel. Il ne pourrait rien y avoir d'autre entre eux, mais au moins elle pourrait chérir ce souvenir jusqu'à la fin de ses jours.

À leur retour à Ayllu, tout serait sans doute terminé. Mais, de toute façon, leur liaison prendrait fin avec la mission. Chacun rentrerait chez soi.

Elle aurait voulu davantage. Hélas, elle avait appris

depuis l'enfance qu'il ne servait à rien de soupirer pour des choses qui étaient hors de sa portée. Devenir médecin était le seul rêve qu'elle avait réalisé. Le reste était à classer au rayon des chimères.

Sa mère avait enchaîné les liaisons avec des individus peu recommandables et Annabelle avait toujours eu peur de devenir comme elle, d'où son extrême prudence en ce qui concernait ses relations avec les hommes. Mais, maintenant qu'elle se trouvait dans les bras de Daniel, elle savait qu'une nuit avec cet homme constituerait une expérience inoubliable.

Allongée dans le noir, elle le laissa lui caresser les cheveux. Elle avait l'impression de partager un moment de communion intense avec lui. Le sentait-il aussi ?

Si oui, il aurait peut-être envie de lui parler de son état de santé. Ou de son frère.

Elle n'insisterait pas. Mais il fallait qu'elle lui demande.

— Tu veux bien me parler de ton frère ?

— Mon frère ?

La question le surprenait de toute évidence.

— Ta grand-mère m'a dit que ton frère jumeau était mort d'une malformation congénitale. Ça a dû être terrible pour toute la famille.

Le silence qui suivit lui fit regretter d'avoir abordé le sujet. Pourquoi, mais pourquoi n'avait-elle pu se contenter du bonheur d'être dans les bras de Daniel ? Pourquoi avait-il fallu qu'elle aille tout gâcher ?

Le cœur lourd, elle se demanda comment réparer son impair. Peut-être devrait-elle juste lui souhaiter une bonne nuit et regagner sa chambre. Comme elle s'apprêtait à le faire, il prit la parole.

— Gabriel et moi sommes venus au monde à trois minutes d'intervalle. Comme je suis né avant lui, j'avais coutume de l'appeler « petit frère », ce qui l'énervait…

Dans l'obscurité, elle devina le sourire apparu sur ses lèvres.

— … Il me répondait que j'étais peut-être son grand frère, mais qu'il me surpassait en tout — en intelligence, en sex-appeal, en bonnes manières…

— Il semblait avoir le sens de l'humour. Vous deviez être très proches ?

— Comme les doigts de la main. On pratiquait toutes sortes de sports, on rivalisait pour le travail scolaire, on jouait des tours pendables à notre nourrice et à nos amis.

— La malformation cardiaque dont vous souffriez a-t-elle été détectée à la naissance ?

— Même pas. Nous avions six mois quand notre médecin traitant s'est rendu compte que nous avions un souffle au cœur. Il a fallu plusieurs semaines d'examens avant de poser le diagnostic de communication interauriculaire. Le trou entre les oreillettes était tout petit, et le spécialiste qui nous suivait a estimé que nous n'avions pas besoin d'opération. Étant donné que l'aorte grossit au fur et à mesure que l'enfant grandit, il préconisait d'attendre…

De crainte qu'il ne poursuive pas son récit, Annabelle garda le silence.

— En arrivant aux États-Unis, nous avons consulté d'excellents médecins et tous ont conclu qu'il valait mieux ne rien faire — nos électrocardiogrammes étaient normaux, nous étions de jeunes garçons en pleine forme. Hélas, le souffle au cœur de Gabriel n'a pas tardé à s'aggraver. Un scanner a montré que le trou du septum s'était agrandi. Il fallait opérer. Mon frère n'avait que dix-sept ans…

— Et ça s'est mal passé.

Daniel hocha la tête.

— Le consultant en cardiologie était en vacances, mais on nous a assuré que son remplaçant était tout aussi compétent, et il a donc opéré Gabriel. Quelques heures après l'intervention, la pression artérielle ainsi que le taux d'oxygène dans le sang étaient en chute libre ; mon frère avait du mal à respirer. Nous pensions à une hémorragie interne. On l'a ramené en urgence au bloc et le chirurgien a découvert une accumulation anormale de fluide dans la cavité péricardique. Il a commencé à ponctionner, mais c'était trop tard. Gabriel a fait un arrêt cardiaque et ils ont été incapables de le ranimer…

La douleur qu'elle entendit dans sa voix lui brisa le cœur.

— Il aurait dû fêter son dix-huitième anniversaire une semaine plus tard.

— Oh ! Daniel ! J'imagine à quel point tu as dû souffrir de passer ce cap sans lui.

Il soupira, et elle sut que ce souvenir le hantait. Afin de le réconforter, elle déposa un baiser sur son front et il l'attira tout contre lui.

— Mes parents ont failli en mourir. Moi, en imbécile égoïste, comme tous les jeunes de cet âge, j'étais complètement démuni face à ce bouleversement dans ma vie ; je ne savais comment gérer mon chagrin. Pendant longtemps, je l'ai enfoui en moi, et je continue peut-être encore aujourd'hui.

— Tu es devenu cardiologue — c'était ta manière de faire ton deuil.

Même si Cynthia ne le lui avait pas dit en autant de mots, il ne fallait pas être grand clerc pour le deviner.

— Je voulais m'assurer que plus personne ne mourrait comme Gabriel et qu'aucune famille n'aurait à subir ce que nous avions subi…

Il se dégagea et, allumant la lumière, la regarda d'un air torturé.

— … Bien sûr, j'ai compris à la sortie de l'école de médecine que c'était impossible, poursuivit-il. Des gens continueraient à mourir de maladies cardiaques et des familles à souffrir. Mais je me suis promis de l'empêcher autant que faire se peut.

— Et tu as réussi, dit-elle en lui caressant la joue. Tu

accomplis tous les jours des miracles en salle d'opération et tu t'entoures des meilleurs collaborateurs. Je comprends que tu te sois opposé à mon embauche.

Les yeux emplis de regret, il secoua la tête, et ses lèvres vinrent lui frôler la paume.

— J'aurais dû consulter ton dossier, demander l'avis de tes anciens collègues au lieu de mettre d'emblée mon veto.

— Non. Tu as eu raison de le faire. J'aurais dû surveiller mon interne, et la sanction était méritée.

— Je n'en sais rien, dit-il en déposant un léger baiser sur sa bouche. En tout cas, je suis content de voir que tu ne m'en veux plus.

L'étincelle revint au fond des yeux bruns.

— Je ne suis pas homme à parier, mais je sens que c'est de bon augure pour… la suite.

— Que veux-tu dire ?

— Pour cette nuit qui ne fait que commencer. Pour… nous deux.

Il l'attira soudain dans ses bras avec une telle fougue qu'elle poussa un petit cri de surprise avant de lui offrir sa bouche.

9.

— À la réflexion, je me sens un peu faible, murmura Daniel en déposant un chapelet de baisers le long de la gorge d'Annabelle.

— Tu ne te sens pas bien ? demanda-t-elle, inquiète.

Refaisait-il un malaise ? Ou regrettait-il déjà de l'avoir embrassée et cherchait-il à faire marche arrière ?

— C'est toi qui me rends faible. Je rêve depuis si longtemps de ce moment que j'en défaille.

Elle aurait pu lui retourner ces paroles. Jamais elle n'aurait cru que l'inflexible chirurgien qui aboyait des ordres en salle d'op savait si bien embrasser. Elle avait conscience que son cerveau avait abdiqué et que toutes les fibres de son corps réclamaient davantage.

Les doigts de Daniel quittèrent ses cheveux pour se poser dans son dos.

— Je ne crois pas t'avoir dit combien tu étais ravissante dans cette robe. En conduisant vers Miraflores ce soir, j'ai failli plus d'une fois perdre le contrôle du véhicule car j'étais occupé à lorgner tes jambes et à me demander si ta peau était aussi douce qu'elle le paraissait… À présent, j'ai ma réponse, elle est douce comme du satin.

Il descendit la fermeture Éclair.

— Pourtant, même si tu es très jolie dans cette robe, il va falloir l'enlever…

Elle sentit un courant d'air froid dans son dos. Les doigts

de chirurgien de Daniel avaient fait glisser le tissu jusqu'à sa taille en moins de temps qu'il n'en fallait pour le dire.

Ses doigts à elle tremblèrent un peu en lui déboutonnant sa chemise. Cela faisait bien longtemps qu'elle n'avait fait l'amour avec un homme, et elle se trouvait un peu trop ronde. Mais, ce soir, ses quelques kilos en trop ne la dérangeaient pas. Rien ne la dérangeait. Tout ce qu'elle voulait, c'était sentir la peau de Daniel sur la sienne, son corps contre le sien, et goûter à tous les plaisirs qu'il lui offrirait jusqu'au feu d'artifice final.

Et elle ne fut pas déçue. Leurs corps entamèrent leur danse sensuelle en harmonie totale, et, au moment suprême, elle sut que son cœur également appartenait désormais à Daniel Ferrera.

— Un programme d'échanges dont tous les participants sortiront gagnants. Voilà le concept, dit Annabelle en guise de conclusion. Des questions ?

Le ministre de l'Éducation en posa une, à laquelle elle répondit posément. Puis ce fut au tour des chefs de cabinet de la passer sur le gril et elle se soumit de bonne grâce à leur interrogatoire en n'éludant aucun aspect de la question. C'étaient de hauts fonctionnaires, froids et pragmatiques, peu désireux de soutenir un projet qui risquerait de se révéler un gouffre financier, mais Annabelle présenta tous les arguments pour les rassurer.

La présence de Daniel assis au fond de la salle l'encourageait. Après avoir répondu longuement à l'un des responsables, elle laissa son regard dériver vers lui et il lui adressa un clin d'œil, l'air de dire : « Bravo… Tu assures comme un chef. »

Au bout d'une demi-heure, il n'y eut plus de questions. Tous se retirèrent après l'avoir félicitée pour son exposé, ce qui ne préjugeait en rien de leur décision finale. Ils discuteraient entre eux, chiffres à l'appui, étudieraient le projet à la loupe et lui annonceraient leur décision dans un mois environ.

La longue attente commençait.

— Je ne voudrais pas te presser, mais nous devrions retourner à Ayllu, lui dit Daniel en venant la rejoindre. Alan et Eduardo tiennent le fort, certes, mais leur place est à Huancayo.

— Je suis prête, dit-elle en lui souriant. J'ai tout donné pour défendre mon projet ; à présent, ce n'est plus entre mes mains.

— Sage raisonnement…

— Insinues-tu que je ne suis pas toujours sage ? Je sais relativiser, prendre du recul.

— Depuis quand ? dit-il, taquin.

Depuis que je suis tombée amoureuse de toi.

Bien sûr, elle garda la réflexion pour elle-même. Leur relation était si récente qu'elle ne savait où elle les conduirait.

— Pendant que tu ranges tes dossiers, je vais essayer de rattraper Carlos Loyola et le maire, dit Daniel. Qui sait, ils pourraient me confier quelque chose qu'ils ne t'ont pas dit à toi ? On se retrouve en bas dans vingt minutes ?

— Parfait.

Elle le regarda sortir pour rejoindre le groupe d'hommes qui tenaient un conciliabule dans le couloir. Il les dépassait d'une tête, et sa seule vue faisait battre son cœur plus vite.

Cela lui faisait un peu peur. Elle n'aimait pas se sentir vulnérable. Jusqu'à hier soir, elle s'était protégée en refusant de s'attacher à quiconque. Son travail et ses projets lui avaient suffi.

Était-ce mal de rêver à un avenir avec Daniel, d'espérer qu'il lui retourne un jour son amour ?

Depuis le lycée, elle s'était battue pour devenir médecin et grimper un à un les échelons. Le chemin avait été long, ardu, mais elle avait tenu bon. À présent, il était peut-être temps de consacrer la même énergie à réussir sa vie de femme.

Tout en mettant ses dossiers dans l'attaché-case, elle garda les yeux fixés sur Daniel, son port de tête, ses cheveux noir de jais, son dos athlétique… Vouloir qu'il soit à elle relevait-il de la chimère ?

Dans quelques jours, elle serait fixée.

— J'aimerais m'associer au financement du projet de manière anonyme, dit Daniel à Carlos Loyola. Quelles sont les chances qu'il aboutisse ? C'est un projet ambitieux…

Bien qu'Annabelle fût hors de portée d'oreille, il parlait à mi-voix pour être sûr qu'elle ne l'entende pas.

— Très ambitieux. Il passera en commission et je ne peux préjuger du résultat du vote. Ce que je peux vous dire, par contre, c'est que la plupart d'entre nous ont été fort impressionnés par le dossier que nous a présenté aujourd'hui le Dr Richards. Il est très bien argumenté et elle nous le livre en plus clés en main, ce qui facilitera les pourparlers avec le ministère. Je ne vous cache pas que je voterai oui et que votre participation financière est un argument de poids pour faire pencher la balance en sa faveur…

— Tant mieux. Je n'en ai pas encore parlé à mes parents et grands-parents, mais il se peut qu'ils apportent aussi leur sponsorisation.

— Seriez-vous d'accord pour vous charger de la formation des étudiants ?

— Sur le principe, l'idée me plaît, mais je ne peux me libérer que quelques semaines par an pour venir au Pérou. Il faudrait que je voie avec mon employeur principal.

— Il se trouve à Chicago ?

— Non. À Philadelphie.

Cette nuit, tandis qu'il tenait Annabelle dans ses bras, il s'était surpris à envisager un déménagement à Chicago.

Pour la rejoindre et laisser une chance à leur relation de s'épanouir. Puis il s'était souvenu de ce qui s'était passé au restaurant et il était retombé sur terre. Annabelle n'avait pas besoin d'un mort en sursis dans sa vie.

— Croyez-vous pouvoir convaincre le ministère et la ville de se ranger à notre avis ?

— Je crois que le meilleur avocat de ce projet est Mlle Richards elle-même. Sa force de conviction en a impressionné plus d'un ce matin. Quand on connaît son parcours, le milieu difficile d'où elle vient et les obstacles qu'il lui a fallu surmonter pour devenir médecin…

— Le milieu difficile ?

— Vous n'êtes pas au courant ? dit Carlos en baissant lui aussi la voix. Mes collègues et moi nous sommes renseignés avant de la rencontrer. Elle est née dans l'un des quartiers les plus pauvres de Chicago, une sorte de ghetto. Sa mère était une droguée et une alcoolique, et la petite Annabelle s'est souvent retrouvée sans toit au cours de son enfance. Le fait qu'elle ait pu échapper à sa condition misérable à force de travail et de détermination est tout simplement admirable.

Stupéfié par ce qu'il venait d'apprendre, Daniel tourna le regard vers Annabelle qu'il apercevait par la porte ouverte de la salle de réunion. Un doux sourire flottant sur les lèvres, elle était en train de ranger son ordinateur portable dans son sac.

Cette femme à l'intelligence et aux compétences extraordinaires avait grandi dans la misère ? Été SDF ? Avec une mère sur laquelle elle ne pouvait compter ? C'était difficile à croire.

— Oui. Elle force l'admiration.

L'esprit tout entier accaparé par Annabelle, il prit congé du directeur en lui assurant qu'il serait de retour dans deux mois pour participer au projet quand celui-ci aurait reçu l'aval de la commission.

Durant le trajet de retour vers Ayllu, Annabelle et Daniel parlèrent de l'exposé qu'elle venait de faire et de l'accueil que lui avait réservé l'auditoire.

Plus il l'écoutait, plus Daniel avait du mal à croire aux allégations de Carlos.

Le directeur de l'hôpital se serait-il trompé ? Les renseignements qu'il avait glanés sur Annabelle provenaient-ils d'une source douteuse, comme, par exemple, des rumeurs circulant sur les réseaux sociaux ?

Si Carlos avait dit vrai, alors, Annabelle méritait encore davantage son admiration. Il fallait un sacré courage pour avoir surmonté tous ces obstacles comme elle l'avait fait.

Il allait de surprise en surprise avec elle. Med Mission Wishes, le projet de programme d'échanges entre Chicago et Lima… Et, maintenant, cette découverte au sujet de son passé…

Avant tout, il lui fallait s'assurer de la véracité des dires de Carlos. Or, il ne se voyait guère poser la question à Annabelle. Elle ne lui en avait jamais parlé, sans doute parce qu'elle ne le voulait pas, et il respectait parfaitement son choix étant donné que lui-même n'était guère enclin à s'étaler sur une certaine période difficile de sa vie — Annabelle était la seule femme à qui il avait fait des confidences sur Gabriel.

Par contre, il savait à qui il pourrait le demander. Jennifer. Annabelle et elle étaient amies de longue date. Jennifer saurait.

Le tout était de trouver un moment pour lui parler en privé, ce qui ne serait pas facile étant donné leur planning. Toutefois, il se faisait fort d'y parvenir avant la fin de la semaine, qui marquerait aussi la fin de leur mission. D'une manière ou d'une autre, il serait fixé.

10.

Le jeudi soir, Daniel n'était toujours pas plus avancé. Et c'était sa faute, étant donné qu'il préférait passer ses rares heures de loisir en compagnie d'Annabelle plutôt que d'aller frapper à la porte de la chambre d'hôtel de Jennifer pour l'interroger.

Dès qu'il saurait la vérité, il l'annoncerait à Annabelle et lui avouerait dans la foulée les sentiments qu'il éprouvait à son égard.

Eh oui, il était tombé amoureux d'elle, alors qu'il s'était juré de ne pas le faire. Avec son problème cardiaque, tout pouvait s'arrêter du jour au lendemain, mais il pouvait aussi vivre très vieux à condition que son état de santé ne s'aggrave pas… Annabelle accepterait-elle de courir le risque ?

Chaque chose en son temps. Pour le moment, il avait rendez-vous avec elle dans… quatre minutes, vérifia-t-il en jetant un coup d'œil à sa montre. Depuis leur retour de Lima, ils faisaient l'amour dès qu'ils le pouvaient. Ne sachant ce qui se passerait ensuite, Daniel voulait profiter de chaque instant pour faire le plein de souvenirs, au cas où ils ne se reverraient plus.

Il se dirigea vers l'escalier de l'hôtel en espérant ne croiser personne. Hélas, Jennifer sortit à cet instant du salon.

— Bonsoir, Daniel. Tu montes te coucher de bien bonne heure…

L'étincelle taquine qui luisait dans son regard montrait

qu'elle savait exactement ce qu'il allait faire. La relation entre Daniel et Annabelle était devenue un secret de polichinelle.

— Il faut d'abord que je fasse le planning pour notre dernière journée d'opérations. Je n'arrive pas à croire que nous allons tous regagner nos pénates demain soir.

— Ces deux semaines ont filé à la vitesse de l'éclair. Il s'en est passé, des choses…

Elle lui adressa de nouveau le petit sourire entendu qui en disait long. Après tout, pourquoi ne pas l'interroger maintenant ?

Il se rapprocha de la jeune femme.

— Tu connais bien Annabelle, n'est-ce pas ?

— Je pense que oui.

— On m'a rapporté quelque chose à son sujet, et j'aimerais savoir si c'est vrai.

Le sourire de Jennifer disparut. Elle prit soudain un air si grave que Daniel se demanda si Annabelle ne lui avait pas fait jurer le secret.

— De quoi s'agit-il ?

— Quelqu'un m'a dit qu'Annabelle avait grandi dans un milieu très pauvre, parfois sans toit au-dessus de sa tête, avec une mère souvent absente. Est-ce vrai ?

Pendant de longues secondes, Jennifer le fixa comme si elle le jaugeait.

— Je suppose que je peux bien te le dire… Annabelle n'aime pas que ça se sache, elle ne veut pas qu'on la juge, tu comprends ?

— Alors, c'est vrai ?

— Absolument. Je lui tire mon chapeau d'être arrivée là où elle est. Sa mère était une toxicomane doublée d'une alcoolique. Même quand elle était là, elle était ailleurs, si tu vois ce que je veux dire. Elles vivaient dans des taudis infestés de rats et atterrissaient parfois dans des centres pour SDF. Tu imagines dans quelles conditions Annabelle a dû vivre ? Malgré tout, elle a conservé sa détermination intacte pour devenir médecin, et elle a réussi.

— C'est presque incroyable…, dit-il, le cœur serré à la pensée de ce qu'elle avait enduré. Qui pourrait le deviner en la voyant aujourd'hui ?

— Personne. En plus d'être courageuse, c'est l'une des personnes les plus généreuses et altruistes que je connaisse. C'est quelqu'un de profondément bon.

— Merci de m'avoir raconté tout cela. J'avais besoin de savoir.

— Sois gentil avec elle, dit Jennifer sur un ton d'avertissement.

Ne sachant que répondre, il ne dit rien et commença à monter l'escalier. Être gentil avec elle ? Elle méritait ce qu'il y avait de mieux, un traitement de princesse, mais il ne correspondait pas vraiment à l'image du prince charmant avec ses fêlures physiques et psychologiques.

S'efforçant de chasser ces pensées démoralisantes, il frappa à la porte d'Annabelle.

Elle ouvrit, souriante, vêtue de son peignoir rose qui soulignait ses formes.

— Bonsoir, docteur Ferrera. Puis-je faire quelque chose pour vous ?

Envolées, les pensées démoralisantes. Il entra, referma la porte derrière lui et tira sur la ceinture du peignoir. Les seins voluptueux d'Annabelle jaillirent, et il retint son souffle.

Son intention avait été de lui dire qu'il savait désormais tout de son passé et qu'il ne l'en admirait que davantage. Mais le spectacle qui s'offrait à ses yeux changea l'ordre de ses priorités.

— Tu es si belle que j'ai du mal à respirer.

Il l'attira contre lui tout en lui caressant les seins. Puis sa main glissa le long de la peau satinée du ventre pour sentir la chaleur à la croisée de ses cuisses. Elle était brûlante.

Le désir enflamma si violemment son corps qu'il en eut le vertige.

Nouant les bras autour de son cou, Annabelle gémit de plaisir tandis qu'il approfondissait le baiser. Voilà ce qu'il voulait. La toucher et l'embrasser pour le restant de ses jours.

La sensation de vertige s'accentua. Il fit un pas vers le lit, mais ses jambes semblaient ne plus lui obéir, aussi repoussa-t-il doucement Annabelle. Il avait besoin d'air. Des gouttes de sueur commencèrent à couler sur son front et il avait l'impression d'avoir un parpaing en travers de la poitrine.

Oh ! non. Non.

Il essaya d'exorciser le mal en se concentrant sur Annabelle, mais il ne vit que des étoiles à la place de son visage. En vain, il cligna des yeux pour dissiper le malaise. Molles comme du coton, ses jambes cédèrent et il se retrouva à genoux avant de comprendre ce qui lui arrivait.

— Daniel !

Sa voix semblait venir de très loin.

— Mes médicaments…, murmura-t-il.

Puis il s'écroula sur le côté en essayant coûte que coûte de rester conscient. Il entendit vaguement la porte s'ouvrir. Annabelle se précipitait sans doute dans le couloir vers sa chambre.

Mon Dieu, quelle horreur ! Une seconde fois en quelques jours, Annabelle était obligée d'aller lui chercher ses médicaments.

La porte se referma. Elle avait fait vite.

— Tiens, dit-elle. Je vais t'aider à les avaler.

Incapable d'ouvrir les yeux ou de bouger, il se laissa faire. Elle introduisit deux comprimés dans sa bouche puis lui redressa légèrement la tête pour essayer de lui faire boire un peu d'eau. Un filet humide coula sur son menton.

Vite. Que les médicaments agissent. Afin qu'Annabelle cesse de s'inquiéter.

— Je vais prendre ton pouls. Ne crains rien. Tout va aller bien. Tu sais que je t'aime, n'est-ce pas ? Je t'aime plus que ma vie, Daniel.

Elle l'aimait. Elle partageait ses sentiments.

Sa voix tremblait. Elle avait peur. Peur de l'aimer et de le perdre. Il ne pouvait lui infliger cela à longueur de mois et d'année.

— De la tachycardie, comme la dernière fois, dit-elle, les doigts posés sur l'envers de son poignet. Les médicaments avaient fait rapidement effet ce soir-là.

Il sentit ses lèvres lui effleurer le front et ses doigts lui caresser les cheveux.

— Ne bouge pas. Tu vas aller mieux dans quelques instants.

Sans doute. Mais il n'en était jamais sûr. C'était peut-être la crise majeure, celle qui l'emporterait. À moins qu'elle ne soit pour la prochaine fois.

L'évidence s'imposa en lui. Il ne pouvait laisser Annabelle l'aimer. Elle avait déjà suffisamment souffert. Il fallait tuer dans l'œuf leur relation. L'obliger à partir. Peu importe ce qu'il lui en coûterait.

Le lendemain, Daniel ne croisa que des visages graves à son arrivée à l'hôpital. Pas difficile d'en deviner la raison. Tout le monde était au courant de son malaise cardiaque de la veille et estimait sans doute qu'il ne devrait pas travailler. Lui, par contre, savait qu'il était parfaitement en état d'opérer. C'était toujours la même histoire. Les gens qui assistaient à ses crises d'arythmie avaient ensuite tendance à marcher sur des œufs avec lui et à le traiter comme un grand malade, voire un handicapé.

Pourtant, il souffrait bel et bien d'un handicap : celui de ne pouvoir mener une vie normale puisqu'il ne savait jamais quand la prochaine crise frapperait ni quelle serait son intensité. Jamais il ne pourrait demander à une femme de partager sa vie.

En un sens, il était content que son cœur malade ait fait des siennes hier soir, car cela lui avait rappelé cette dure réalité qu'il avait tendance à oublier depuis qu'il était tombé amoureux d'Annabelle.

Comment avait-il pu croire au début que ce ne serait qu'une histoire de sexe entre eux ! Annabelle était tellement plus qu'un corps magnifique et un beau sourire. Avec elle, ce n'était pas une aventure qu'il voulait, mais une vie entière à pouvoir l'aimer et la chérir.

La pensée de ne plus jamais la revoir lui faisait mal. Pas question de lui expliquer que son état de santé risquait de se dégrader à tout moment et qu'il pouvait décéder d'un arrêt cardiaque foudroyant. Généreuse et aimante comme elle l'était, elle insisterait pour lier son sort au sien afin de le soutenir.

Ce ne serait pas juste. Annabelle méritait tellement plus qu'un homme malade qui n'avait peut-être que quelques mois de bonheur à lui donner au lieu des cinquante ans auxquels elle avait droit.

Après avoir ressassé ces sombres pensées toute la journée, il rentra à l'hôtel pour boucler sa valise. Son intention était d'aller passer quelques jours chez ses grands-parents.

Quelqu'un frappa doucement à la porte qu'il avait laissée entrebâillée.

— Il y a quelqu'un ?

Il écarta le battant en essayant de ne pas montrer son émotion à la vue des grands yeux clairs souriants d'Annabelle.

— Plus pour longtemps, dit-il en s'efforçant d'adopter un ton désinvolte. Tu as fait ta valise ?

— Oui, répliqua-t-elle en nouant les bras autour de sa taille. Comment te sens-tu ?

— En pleine forme. Il me semble te l'avoir dit la dernière fois que tu me l'as demandé.

En réalité, il était loin de se sentir en pleine forme. Retenant les mots d'amour qu'il avait envie de lui murmurer, il la serra une dernière fois contre lui puis trouva le courage de se dégager.

— Je vais passer quelques jours chez mes grands-parents. Je n'irai donc pas à l'aéroport avec vous tous.

La déception se lut sur le visage d'Annabelle.

— Pourquoi ne me l'as-tu pas dit avant ?

— Quelle importance ? La mission est terminée, l'équipe se sépare…

Elle leva un regard désemparé vers lui.

— Mais… Je ne comprends pas… Je croyais que nous allions nous revoir aux États-Unis ?

Non, ne faiblis pas maintenant.

— Il y a beaucoup de vols directs entre Chicago et Philadelphie, poursuivit-elle. Je pourrais de temps en temps venir te voir pour profiter d'un de tes fabuleux massages.

— Je vais être très occupé à l'hôpital. Mais qui sait ? Peut-être nous reverrons-nous un jour sur une mission humanitaire ? Je suis en tout cas très content que nous nous quittions en bons termes.

— « En bons termes » ?

L'azur de ses yeux s'assombrit.

— Est-ce un euphémisme pour dire que nous avons couché ensemble ? ajouta-t-elle en haussant le ton. Nous deux, ce n'était donc qu'une aventure sans lendemain pour toi ? Quelques parties de jambes en l'air, c'était tout ce qui t'intéressait ?

Quelle pugnacité ! Cette femme était une véritable guerrière, et il n'y en avait pas deux comme elle. Il enfonça les mains dans ses poches pour résister à l'envie de l'attirer dans ses bras. Ce qu'il faisait était d'une cruauté innommable, mais c'était pour le bien d'Annabelle.

— Tu es fâchée ? Pourtant, tu devais t'attendre à ce que cela n'aille pas plus loin entre nous ; d'autant que, toi et moi, nous sommes trop différents, ça n'aurait jamais marché. Crois-moi, il vaut mieux en rester là et garder de bons souvenirs.

Le sang reflua du visage d'Annabelle et ses lèvres se mirent à trembler.

Daniel était déchiré entre l'envie de prendre sa valise pour dévaler l'escalier et celle d'embrasser Annabelle et de lui dire que tout cela n'était que mensonges.

— Fâchée ? Qu'est-ce qui peut bien te le faire croire ? Sois rassuré, je ne cherchais pas non plus le grand amour en batifolant avec toi.

Puis elle sortit de la chambre, la tête haute. Dans le couloir, elle se retourna.

— Je vous souhaite une bonne continuation, docteur Ferrera.

Daniel referma la porte. Voilà. Il avait fait ce qu'il devait, quitte à en souffrir pour le restant de ses jours.

Assise sur la chaise en plastique du terminal, Annabelle essuyait les larmes qui ne cessaient de couler sur ses joues. À chaque Kleenex jeté, elle maudissait de plus en plus fort Daniel.

— Non, je ne pleure pas, dit-elle à Jennifer en dépit de l'évidence. Ce serait faire trop d'honneur à cet individu méprisable.

— Je ne sais que dire, répondit Jennifer d'une voix coupable. Jamais je ne lui aurais parlé de ton passé si j'avais su qu'il réagirait ainsi. Quel hypocrite ! Après m'avoir écoutée, il m'a dit éprouver une admiration sans bornes à ton égard. Et le lendemain il te largue ! Comme je regrette mes confidences !

— Cela a au moins le mérite de nous montrer son vrai visage.

— Il collectionne sans doute les conquêtes au cours de ses missions. Mais je n'aurais jamais cru ça de lui.

— Moi non plus. Quelque chose ne colle pas..., ajouta Annabelle en se mouchant. Durant cette semaine où nous avons été ensemble, il ne cessait de me dire qu'il voulait apprendre à me connaître, tout savoir de moi. Naturellement, j'en ai conclu qu'il voudrait continuer notre relation, et maintenant cette volte-face !

Avide de prendre ses désirs pour une réalité, avait-elle mal interprété le comportement de Daniel ? L'humiliation était cuisante. Elle était tombée amoureuse d'un homme qu'elle croyait doté de toutes les qualités et qui se révélait un snob, égoïste et superficiel.

— Daniel fait partie de ces riches qui veulent aider les pauvres, peut-être pour apaiser leur mauvaise conscience. Il soigne les indigents, les opère, console les familles, mais il n'est pas question pour lui de faire une place dans sa vie à l'un d'eux. Et je *suis* l'un d'eux, Jennifer. Je le resterai toute ma vie.

— Non. Tu as su déjouer le destin. Mais sa famille ressemble peut-être à celle de ton ancien petit ami — ces abrutis te regardaient de haut parce que tu avais le tort d'être née dans un quartier chaud de Chicago. Les grands-parents de Daniel ne voulaient peut-être pas qu'il sorte avec quelqu'un qui leur était inférieur socialement, et il a préféré rompre, c'est la seule explication que je vois.

— Je ne sais pas... Je ne connais pas vraiment ses grands-parents, mais ils me semblaient être des gens ouverts et généreux.

Comme Daniel, une fois qu'elle avait su percer sa cuirasse de chirurgien austère.

— S'il veut sortir avec des femmes de son monde, grand bien lui fasse, reprit Jennifer. Mais il aura laissé passer la perle rare : toi.

Fidèle Jen, qui essayait de la réconforter comme elle

pouvait. La vérité, Annabelle la connaissait : en fait, elle n'était pas assez bien pour Daniel. Il s'était insinué dans son cœur en lui faisant croire qu'il tenait à elle, mais cela n'avait été qu'un mirage.

Un rêve de plus qui ne s'était pas réalisé.

11.

Au bout d'une semaine chez ses grands-parents, Daniel se décida un matin à leur annoncer sa rupture avec Annabelle.

— Dommage… Cette jeune femme nous avait bien plu, dit Cynthia, l'air déçu. Lorsque tu as fait ton malaise, son inquiétude n'était pas feinte. On voyait qu'elle tenait sincèrement à toi. Tu n'en retrouveras pas d'autre comme elle.

— Je sais, *abuela*. Mais tu oublies que j'ai un trou dans le cœur. Je ne sais pas combien de temps il me reste ; or, elle mérite quelqu'un qui lui offrira une vie longue et heureuse.

— Toi, un cardiologue, tu dis ça ? intervint son grand-père d'un ton sévère. Tu devrais savoir que personne ne sait de quoi demain sera fait.

— Annabelle a déjà suffisamment souffert dans son enfance. Je veux lui éviter de souffrir davantage.

— Alors, tu préfères jouer au martyr et te sacrifier ?

— Non, dit-il en se levant de la table du petit déjeuner. Je cherche simplement à la protéger. Si nous avions continué à nous voir et qu'il ne soit arrivé quelque chose, je lui aurais brisé le cœur.

— Peut-être lui as-tu déjà brisé le cœur, répliqua Cynthia d'une voix douce. Laisse-moi te poser une question… Si Gabriel avait décidé de quitter la maison pour nous épargner des angoisses, comment l'aurais-tu pris ?

— Ce n'est pas comparable. Gabriel était mon frère.

— Et ce sont les souvenirs des moments heureux que vous avez passés ensemble qui t'ont permis de supporter sa perte. Si tu avais su à l'avance qu'il mourrait à dix-sept ans, aurais-tu préféré ne pas grandir à ses côtés et renoncer à ces moments ?

— Non. Bien sûr que non.

Il commençait à comprendre où sa grand-mère voulait en venir. Une vie sans douleur, mais sans bonheur non plus, ne valait pas la peine d'être vécue.

Daniel chérissait les souvenirs de ses années avec son frère jumeau. Si on lui avait offert la possibilité de tout recommencer, il aurait tout refait exactement pareil, sans renoncer à une minute de la compagnie de Gabriel.

Et Annabelle ferait pareil avec lui, il en était intimement persuadé. Elle l'aimait et elle voulait partager sa vie, quitte à souffrir plus tard.

Son aveuglement l'horrifia. Il s'était persuadé qu'il agissait pour la protéger alors qu'il la privait en réalité d'une chance d'être heureuse.

Mais peut-être n'était-il pas trop tard pour la récupérer. Si elle voulait encore de lui.

— Merci pour m'avoir ouvert les yeux, *abuela*, *abuelo*, dit-il en les embrassant tour à tour. Je vais aller retrouver Annabelle à Chicago et je vous tiendrai au courant.

Annabelle s'affairait au milieu des cartons de fournitures médicales qui affluaient des quatre coins des États-Unis pour Med Mission Wishes.

Un jour, elle engagerait peut-être un étudiant pour les trier mais, pour l'heure, elle était contente d'occuper ses heures de loisir ainsi. Cela l'aidait à ne pas penser à l'homme qui l'avait licenciée cinq ans auparavant et qui, deux semaines plus tôt, lui avait brisé le cœur.

Quelqu'un frappa à la porte ouverte du hangar.

— J'ai un paquet pour Med Mission Wishes, dit une voix masculine derrière elle. Suis-je à la bonne adresse ?

Penchée sur un carton dont elle inventoriait le contenu, elle ne prit même pas la peine de se retourner.

— Oui. Posez-le à l'entrée. Sur le conteneur vert, ce sera parfait.

— Sais-tu que tu es presque aussi jolie de dos que de face ?

Annabelle se redressa brusquement. Ses oreilles devaient lui jouer des tours !

N'osant y croire, elle se retourna. Daniel.

— Que fais-tu ici ?

— Je viens faire un don, dit-il en déposant par terre un grand carton.

— De quoi s'agit-il ?

— De ma personne. Je viens m'offrir à toi. Je t'aime, Annabelle. Je n'avais pas encore eu le courage de te l'avouer mais, voilà, c'est fait.

— Tu ne sais même pas ce qu'est l'amour !

Les mots cruels qu'il avait prononcés lors de leur dernière entrevue étaient gravés au fer rouge dans sa mémoire.

— C'est vrai. Je ne le savais pas jusqu'à ce que je te rencontre. Avant de te quitter à Ayllu, je t'ai dit des horreurs à dessein car je voulais te protéger, t'éviter de souffrir s'il m'arrivait un jour malheur. Tu méritais mieux qu'un homme au cœur malade.

Il ne l'avait pas laissée tomber à cause de son passé ? Ni parce qu'elle n'était pas assez bien pour lui ?

— Et maintenant ? demanda-t-elle, tremblante.

— J'ai changé d'avis. Grâce à mes grands-parents. Ils m'ont fait comprendre qu'il faut saisir le bonheur lorsqu'il est à portée de main. Je veux passer ma vie avec toi, Annabelle, pour le temps qu'elle durera. M'aimes-tu toujours ? demanda-t-il en l'attirant dans ses bras.

— Oui, Daniel. Je n'ai jamais cessé de t'aimer, même quand tu me disais ces horreurs. « Toi et moi, nous sommes trop différents, ça n'aurait jamais marché. »

— C'étaient des mensonges !

— Mais je t'ai cru. J'étais persuadée que tu me laissais tomber car tu avais découvert mon passé et que tu ne m'estimais pas assez bien pour toi.

— Pas assez bien ? Tu es la femme la plus généreuse, la plus intelligente, la plus courageuse qui existe sur cette terre, mon amour. C'est moi qui ne suis pas assez bien pour toi. Mais prépare-toi à un scoop : tu vas devoir quand même me supporter.

Puis il l'embrassa avec tant de passion qu'elle dut s'accrocher à ses épaules pour ne pas défaillir.

— Acceptes-tu de m'épouser, Annabelle, pour le meilleur et pour le pire, jusqu'à ce que la mort nous sépare ?

— Oui, j'accepte de t'épouser…

Elle posa une main sur le torse de Daniel : contre sa paume, elle sentait le cœur battre vigoureusement.

— … à une condition, ajouta-t-elle, malicieuse.

— Laquelle ?

— Ne me fais plus renvoyer de nouveau.

Il éclata de rire.

— Je te promets que cela n'arrivera plus, ma chérie. Nous travaillerons main dans la main et je sens que nous allons faire une belle équipe !

BLANCHE

HARLEQUIN

Le souhait d'une infirmière, de Carol Marinelli - N°1668

Infirmière dans un hôpital de Londres, Libby rêve d'une vie calme… et d'un bébé. Mais sa rencontre avec Alistair Lloyd vient bouleverser ses plans. Secouriste de métier, il n'a rien d'autre à lui offrir qu'une liaison torride. Une relation passionnée à laquelle elle ne réussit pas à mettre un terme, hélas ! Comment renoncer à celui qui la fait vibrer quand elle espère en secret qu'il puisse changer pour elle ?

Le bébé de Dolphin Island, de Marion Lennox

Le Dr Ben Duncan lui propose un poste de médecin sur Dolphin Island ? Anya n'en revient pas de cette aubaine. Situé au large de la Grande Barrière de corail, ce paradis est le cadre idéal pour un nouveau départ. Et puis, l'idée de travailler au côté de Ben n'est pas pour lui déplaire. Seulement voilà, quand la passion s'invite dans leur relation professionnelle, Anya se prend à rêver que l'idylle se transforme en histoire d'amour…

Rencontre en Méditerranée, de Connie Cox - N°1669

La mer, les voyages et une vie sans attaches : voilà les raisons pour lesquelles Annelise a choisi d'exercer son métier de médecin sur un bateau de croisière. Car la chose à laquelle elle tient le plus au monde, c'est son indépendance, qu'elle soit professionnelle ou sentimentale. Sauf que le jour où, pendant une mission, elle rencontre le beau Nikos Christopoulos, Annelise sent sa vie basculer. À l'encontre de tous ses principes, elle est tombée amoureuse…

Sous le charme du Dr St Claire, d'Emily Forbes

Caspar St Claire, le célèbre médecin, veut l'interviewer dans le cadre du reportage qu'il tourne actuellement dans l'hôpital où elle travaille ? Annie est désemparée : il est hors de question qu'elle accède à sa demande, elle qui, venue à Blue Lake pour changer de vie, apprécie plus que tout l'anonymat que lui offre cette grande ville. Pourtant, Caspar est si attentionné envers elle que bientôt elle sent sa résolution faiblir…

Leur mission : sauver des vies.
Leur destin : trouver l'amour.

HARLEQUIN
www.harlequin.fr

BLANCHE

HARLEQUIN

Deux enfants pour un médecin, de Dianne Drake - N°1670

Chirurgien dans l'armée, Matt McClain est un homme de terrain, sans la moindre attache. Aussi tombe-t-il des nues lorsqu'il devient soudain responsable de deux enfants. À peine est-il nommé tuteur de son neveu orphelin que la belle Ellie lui annonce qu'elle est enceinte de lui, après leur éphémère liaison... Toujours en déplacement, comment pourrait-il offrir un foyer digne de ce nom à ces êtres innocents ? Décidé malgré tout à assumer cette famille inattendue, Matt espère compter sur l'aide d'Ellie...

La fiancée retrouvée, de Louisa George

Quand elle reçoit l'expert chargé d'examiner le centre médical qu'elle a ouvert dans la petite ville où elle a grandi, Mim sent le sol se dérober sous ses pieds. Car cet expert n'est autre que Connor Wiseman, avec qui elle a brutalement rompu ses fiançailles quelques années plus tôt. Et, s'il y a bien une chose dont elle est sûre, c'est qu'aujourd'hui Connor ne lui fera aucun cadeau, malgré l'attirance qu'ils éprouvent encore l'un pour l'autre...

Leur mission : sauver des vies.
Leur destin : trouver l'amour.

HARLEQUIN
www.harlequin.fr

VOTRE COLLECTION PRÉFÉRÉE DIRECTEMENT CHEZ VOUS

Vous souhaitez découvrir nos collections ? Une fois votre 1er colis à prix mini reçu, si vous souhaitez continuer à recevoir nos livres, cela se fera automatiquement. Vous n'avez aucune obligation d'achat et cette offre est sans engagement de durée !

Dans votre 1er colis, 2 livres au prix d'un seul
+ en cadeau le 1er tome de la saga *La couronne de Santina*.
8 tomes sont à collectionner !

☛ COCHEZ la collection choisie et renvoyez cette page au
Service Lectrices Harlequin – CS 20008 – 59718 Lille Cedex 9 – France

Collections	Prix 1er colis	Réf.	Prix abonnement (frais de port compris)
❑ **AZUR**	4,75€	AZ1406	6 livres par mois 31,49€
❑ **BLANCHE**	7,30€	BL1603	3 livres par mois 25,15€
❑ **LES HISTORIQUES**	7,30€	LH1202	2 livres par mois 17,69€
❑ **PASSIONS**	7,80€	PS0903	3 livres par mois 26,79€
❑ **BLACK ROSE**	7,90€	BR0013	3 livres par mois 27,09€
❑ **HARMONY***	5,99€	HA0513	3 livres par mois 20,76€
❑ **SAGAS***	7,99€	SG2303	3 livres tous les 2 mois, 29,46€
❑ **VICTORIA**	7,80€	VI2115	5 livres tous les 2 mois 42,59€
❑ **GENTLEMEN***	7,50€	GT2022	2 livres tous les 2 mois 17,95€
❑ **NORA ROBERTS***	7,90€	NR2402	2 livres tous les 2 mois prix variable**
❑ **HORS-SÉRIE***	7,70€	HS2812	2 livres tous les 2 mois 18,65€

*livres réédités / **entre 18,45€ et 18,85€ suivant le prix des livres

F23PDFM

N° d'abonnée Harlequin (si vous en avez un) |_|_|_|_|_|_|_|

Mme ❒ Mlle ❒ Nom : ______________________

Prénom : ______________________ Adresse : ______________________

____

Code Postal : |_|_|_|_|_| Ville : ______________________

Pays : ______________________ Tél. : |_|_|_|_|_|_|_|_|_|_|

E-mail : ______________________________________

Date de naissance : ______________________________

Date limite : 31 décembre 2023. Vous recevrez votre colis environ 20 jours après réception de ce bon. Offre soumise à acceptation et réservée aux personnes majeures, résidant en France métropolitaine, dans la limite des stocks disponibles. Prix susceptibles de modification en cours d'année. Vous pouvez demander à accéder à vos données personnelles, à les rectifier ou à les effacer. Il vous suffit de nous écrire en nous indiquant vos nom, prénom et adresse à : Service Lectrices Harlequin CS 20008 59718 LILLE Cedex 9. Service Lectrices disponible du lundi au vendredi de 9h à 17h : 01 45 82 47 47.